公元787年，唐封疆大吏马总集诸子精华，编著成《意林》一书6卷，流传至今
意林：始于公元787年，距今1200余年

意林®轻文库

青春最美，梦想出发
中国式好看轻小说优鲜品牌

俏皇宫（二）
龙殿公子

柳扶疏 著

吉林摄影出版社
·长春·

图书在版编目（CIP）数据

俏娇小仙闹皇宫. 二, 龙殿公子 / 柳扶疏著. -- 长春：吉林摄影出版社, 2018.3
（意林·轻文库. 绘梦古风系列；019号）
ISBN 978-7-5498-3040-4

Ⅰ.①俏… Ⅱ.①柳… Ⅲ.①长篇小说—中国—当代 Ⅳ.①I247.5

中国版本图书馆CIP数据核字(2018)第041910号

俏娇小仙闹皇宫（二）龙殿公子
QIAOJIAO XIAOXIAN NAO HUANGGONG (ER) LONGDIAN GONGZI

著　　者	柳扶疏
出 版 人	孙洪军
总 策 划	安　雅　张　星
责任编辑	李　彬
图书统筹	凉小葵
特约编辑	杨　宁
绘　　图	Carol可　团　子
书籍装帧	胡静梅
图书设计	张云丽
开　　本	700mm×1000mm　1/16
字　　数	330千字
印　　张	14
版　　次	2018年3月第1版
印　　次	2018年3月第1次印刷
出　　版	吉林摄影出版社
发　　行	吉林摄影出版社
地　　址	长春市泰来街1825号
	邮编：130062
电　　话	总编办：0431-86012616
	发行科：0431-86012602
网　　址	www.jlsycbs.net
经　　销	全国各地新华书店
印　　刷	天津泰宇印务有限公司
书　　号	ISBN 978-7-5498-3040-4　　定价：29.00元

版权所有　　侵权必究
如发现印装质量问题，请与印务部联系退换，电话：010-51908584

第一章 / 001
施家屯里施阿团

第二章 / 013
醉生梦死落九幽

第三章 / 029
烛光掩映现真容

第四章 / 043
碧水凝光鲛人泣

第五章 / 063
寰珠海下浮波城

第六章 / 077
沧海月明珠有泪

第七章 / 091
心事无踪乱纷然

第八章 /105
旧时樱落满肩头

第九章 /131
宝剑有意玲珑心

第十章 /147
月色未明映临川

第十一章 /167
往事如烟梦华年

第十二章 /181
浪涛声里霜华落

第十三章 /199
血莲绽放故人归

第十四章 /215
云卷云舒又一春

第一章
施家屯里施阿团

　　施家屯原本是个平凡无奇的地方，却以一种特产闻名于世——洋葱。

　　这里所产的洋葱，个头儿饱满，颜色鲜亮，远销中土海外，十分有名气。在这施家屯中有一大户，户主人称施员外。施员外人如其名，乐善好施，是个大大的善人，却一直膝下无子，让他甚为苦恼。

　　终于在他五十岁那年，施员外得了个儿子，但这孩子生来体弱多病，脖子上还有一道与生俱来的暗红色狭长胎记。为了好养，故而起了个贱名儿，叫作施阿团。

　　话说这施阿团的诞生颇有些离奇色彩，据说有一日施员外和夫人去庙里烧香，求神佛保佑施家香火旺盛，夜里施夫人便梦见九天祥云缭绕，有一仙人身披金色霞光，立于云端之上。次日施夫人忽觉头晕胸闷，请来郎中一诊，竟是有喜了。

　　怀胎十月之后，施阿团诞生了，施员外无比高兴，当宝贝一样。然而没过多久，高兴就变成了忧愁。为什么呢？

　　因为这施阿团是个傻子。

　　别人家孩子一岁会说话，两岁能跑，三岁就可以背唐诗三百首了，然而阿团直到四岁还讷讷得像石头一般。问他什么话也不会回答，问得多了，他便小嘴一撇，一双亮晶晶的眼睛盯着你，眼里就憋出了泪花儿，让人只觉得仿佛是自己错了似的。

　　阿团有个宝贝，是一把剑。那时候他只有三岁，还不曾开口说过话，有一天施夫人带着他外出，阿团忽然指着田里的某一处说："娘，剑。"施夫人吓了一跳，顺着看过去，只见一把旧旧的破铁剑斜插在草丛中，如果不仔细看根本看不出来。阿团仿佛很喜欢这把剑，跑过去抱着它不撒手。

　　对于他的举动，施夫人又惊又喜，不管怎么说儿子终于会说话了，于是也就任由他将那把剑捡回了家。虽然在众人眼里那剑又旧又钝，简直像块破铁，然而阿团却将它当宝贝一样，去哪儿都带在身边。

　　后来阿团就慢慢会说话了，也比以往活泼了许多。虽然他并不似别家孩子那么聪明，又挑食得紧，坚决不吃洋葱，但对于这个儿子，施员外是当作心头肉般看待的。眼见他一天天长大，施员外一方面欣喜的同时，另一方面又难言地忧虑。

　　阿团的身体一直不好，时常生病，夜里也常做噩梦，喊一些奇怪的话语。他做梦的时候会下意识地摸着自己的脖子，就是那道胎记所在的地方，仿佛要护着自己，又仿佛要将它抹去似的。而当次日醒来，问起梦里的事，他又一概不记得了。

　　为了阿团的事，施员外想尽了办法。各路名医都来诊治过，却发现不了任何问题。后来当地一个有名的术士看过阿团后，对施员外说："这孩子命中有贵人，只是

第一章
施家屯里施阿团

开化得晚了些，如遇见贵人，便可点石成金。"

得了这句话，施员外也总算吃了颗定心丹，便任由他去了。

时光飞逝，转眼间，阿团也平平安安、快快乐乐地长到了九岁。

这一年的花朝节，施夫人照例带着阿团去庙里上香，一回身，发现阿团不见了。施夫人急坏了，到处寻找，最终在湖边的一大片紫藤架下找到了阿团。问他刚刚干什么去了，阿团很高兴地说："娘，阿团在跟一个漂亮的大姐姐……"说到这里，他仿佛忽然想到了什么，立刻捂上嘴，"阿团才没有跟一个漂亮的大姐姐玩呢！"

施夫人大惊，印象中阿团已经不是第一次说这样的话了。可是施夫人环顾四周，哪里有什么他说的大姐姐？听说小孩子的眼睛可以看到魑魅精怪，难道所遇非人？可是细一思量，在这佛门之地又怎么可能呢？

带着这样疑惑的心情，施夫人带着阿团离开了。望着他们离开的背影，在紫藤架后猫了很久的杨淙淙站起身来，长长舒了口气。

好险啊，差点儿被发现了。哎哟，她的腰……

说到杨淙淙和阿团的渊源，那可就久远了。相比起阿团这个有点儿呆又有点儿可爱的名字，杨淙淙更喜欢像曾经那样叫他——沈仪心。

没错，如今的施阿团，就是当年的沈仪心。

在三百年前沈越、蒋堃的那场叛乱中，沈仪心和敌人同归于尽。杨淙淙拼尽一切求天帝开恩，让他重回人间。然而如今的沈仪心已经完全不记得当年的事，更不记得她了。

当杨淙淙通过司命仙君打探到沈仪心如今所在的人家后，就一直在关注着他。但因为身份的关系，她不敢正大光明地出现，只敢偷偷陪他玩，教他些东西，并再三叮嘱不能把她和他在一起的事情说出去。不过阿团这个傻孩子……

"唉……"仙界里，杨淙淙托腮坐在自家的菜园中，长长叹了口气。

"有空叹气，不如过来帮我锄草。"一道平和温润的声音从旁边传了过来。

身为一个有几百年修为的小仙，虽然本体是一颗洋葱，但杨淙淙自从在上一届的比武大会上打败坞邕夺得头筹之后，也算是彻底扬眉吐气了一把，好多人都知道她的名字，她的两个好朋友白珠珠和白算算甚至给她成立了一个粉丝后援会，作为"被"入会的第一人，当然非锦澜仙君莫属了。

杨淙淙天不怕地不怕，最怕的就是自家仙君叫她干活儿。

锦澜仙君穿着一身竹青色麻衫，弓着腰在菜园锄草，衣袖挽了起来，露出一截修

长的手臂。明明是天上高高在上的仙家，生着一副俊美逼人的面孔，他却偏对种菜情有独钟，每天闲散淡然得很，乐呵呵地给菜地锄草浇水。明明用一个很小的仙术就可以解决的事情，他却喜欢亲力亲为。别的仙子、仙君的家中都是花园，只有锦澜仙君这里是菜园，若不是远处升腾缭绕的祥云，以及天边遥遥闪烁的天河，直让人以为这里不是天庭，而是人间的哪块田间地头呢。

杨淙淙起身，一副闷闷不乐的样子。

"又去看那傻小子啦？"锦澜仙君抿嘴一笑，"他可有长进？"

"还是那副样子，呆呆傻傻的。"杨淙淙一脸惆怅，"仙君，你说他会不会以后一直是这样傻乎乎的啊？"

"会啊。"

"啊？"杨淙淙大惊，"那怎么办？"

锦澜仙君乐呵呵地一边锄草，一边说："不怎么办，顺其自然呗。你当年不也挺傻的，现在还不是好好的？"

"仙——君！"杨淙淙气得跺脚。她家这位仙君，表面上看似单纯无害，实则不然。他最大的爱好，一是种菜，二就是欺压杨淙淙。当然，他自己从来不承认。

锦澜仙君坐在凉亭中歇息，倒了杯茶："你怎么那么担心他会变傻子啊？"

"我……我……"杨淙淙憋红了脸，支吾半天，忽然大着嗓门儿说，"我怕他长大以后娶不到媳妇儿！"

"噗——"锦澜仙君刚喝进嘴里的茶，就这么毫无征兆地喷了出来。

杨淙淙心虚，不敢看他，立马捡起锄头，闷头锄起草来。

"话说，现世的沈仪心，该有十岁了吧。"遥遥地，风将锦澜仙君的声音吹了过来。他坐于凉亭之中，闭目凝息，一只手放在膝盖上呈莲花状，另一只手飞快地掐算着什么，陡然间，他抬起头来："淙淙。"

他的声音严肃起来，片刻之前的一派淡然模样顿时消失不见："沈仪心当年元气大伤，虽然你求天帝给了他现世，但由于精魄受损，这一世的他生来便有缺陷，思想神识不如寻常人那般。若想他此生平安无恙，须得有人点化他、带着他修炼，他才可以逐渐恢复神识，找回记忆，想起当年旧事。"

杨淙淙不明白："仙君，点化、修炼这些我懂，可是为什么要他想起当年旧事呢？"

"一切自有定数，待到他十八岁那年，你就会明白。"

第一章
施家屯里施阿团

　　锦澜仙君一副"天机不可泄露"的样子，杨淙淙听得稀里糊涂，心头一惊，正想细问，锦澜仙君却忽然换了语气："啊，该给丝瓜搭架子了！"

　　菜园里的丝瓜长得正好，开出了茸茸的黄色小花来，甚是可爱。锦澜仙君说着，就跑了过去。那里原来是有个架子的，只是不够高。

　　"淙淙，帮我扶好下面的架子啊，我要爬上去在最高处再搭一个。"

　　杨淙淙看着锦澜仙君爬上爬下的身影，正发着愣，忽然他低头说道："好啦，我刚才是故意吓唬你呢，你也不用太担心啦，冥冥之中自有定数，是福是祸都未可知。现在他已经十岁，到了该找个师父修炼的时候了。你觉得孔雀仙子怎么样？"

　　"孔雀仙子……呃……她大概只会教他用一些药粉来敷面，美容养颜什么的吧……"

　　孔雀仙子在天庭中爱美是出了名的，倾慕她的人多了去了，但她一直都对锦澜仙君青睐有加，时不时暗送个秋波什么的。不过锦澜仙君却仿佛什么都不知道一般，好似块石头，杨淙淙看不下去，好几次暗示他，结果每次一提，都会被他敲脑袋。

　　"说的也是。"锦澜仙君认真地点了点头，"景若仙子呢？"

　　景若仙子居住在东海，颇爱种花，尤其是水仙，结果某一次水仙池中被人恶作剧地栽进去了一颗蒜头，便误打误撞地长成了杨淙淙的好友白算算。她和锦澜仙君的关系特别好，经常给他送些菜种子什么的，这不，前些日子还送了包西红柿种子过来呢，锦澜仙君可喜欢了。

　　"景若仙子向来喜欢聪明伶俐的，像沈仪心这样的，怕是不讨喜吧。"

　　"有道理。那太上老君呢？"

　　杨淙淙叹了口气："沈仪心那笨蛋肯定连丹炉都不会打扫，弄得灰头土脸的。"

　　锦澜仙君也陷入了惆怅："这么说来，这个傻乎乎的家伙注定是找不到师父了？"

　　杨淙淙原本正泄气着呢，此时仿佛忽然想到什么一样，两眼放光地看着锦澜仙君："其实也不是啦，嘿嘿嘿，这不是还有仙君你……"

　　锦澜仙君打了个寒战："你可别打我的主意，这些年，除了你，我可不想再教第二个人。"

　　杨淙淙感动得眼泪汪汪："仙君，原来我在你心里这么独一无二吗？"

　　"不是。是因为你太笨，光教你就已经耗尽我所有的精力了。"

　　杨淙淙顿时泪流满面。

锦澜仙君摸了摸她的头以示安慰，然后继续往高处爬，爬着爬着忽然想到什么，回头说："淙淙啊，你也修炼了好几百年，是不是该考虑收个徒弟了？"

杨淙淙一愣，扶着架子的手无意识地就松开了。

"咚"的一声，锦澜仙君一下子掉在了地上。好不容易快要搭好的架子也稀里哗啦全部散落了下来，翠绿的丝瓜藤缠了他一身，鼻子上还挂了一朵黄油油的丝瓜花，看上去甚是好笑。

杨淙淙自知闯祸，马上扑过去一把鼻涕一把泪地抱住锦澜仙君，这是她犯错时的常用伎俩，仙君心软，往往也就不跟她计较了。不过这次，任由她哀号了老半天，锦澜仙君还是坐在原地，一个字也没说。

杨淙淙抽抽鼻子，一脸悲伤地看着他："仙君，难道你真的怪我吗？"

锦澜仙君也一脸悲伤地望着她，叹了口气："淙淙啊，你实在是让我倍感痛苦啊。"

"为什么？"

"因为，你踩到我的脚了……"

杨淙淙怎么也想不到，自己竟然会有收沈仪心为徒的一天。

不过想不到归想不到，在做出了这个决定后，杨淙淙就开始了全方位的筹划，比如说在哪里教他、教他什么、如何教他，而这其中最让她伤脑筋的，还是如何将他从施家接走。

虽然她对沈仪心所有的事都了如指掌，但现在的他只不过是个名叫阿团的孩子，正是需要在爹娘身边的时候，然而修炼需要清净，要离开世俗之地是肯定的。杨淙淙其实也不忍心让他这么早就同家人分离，可是锦澜仙君告诉她，十岁已经不小了，如果再晚些，那么修炼的效果会大打折扣，是后面若干年都赶不上的。

可是，如何说服施家让沈仪心跟她走是个难题。杨淙淙正苦恼着呢，锦澜仙君一拍胸脯说都包在他身上了，让杨淙淙夜里拿上一把蒲扇跟他走，杨淙淙不停追问，他却神秘兮兮地一个字都不肯透露。

这天夜里，施员外和施夫人同时做了一个梦。

梦里是满天星辰，浩瀚天河，忽然天空中有祥云浮现，一个素衣乌发的男子在云雾缭绕中负手而立。男子衣衫纤尘不染，明明没有风，衣袂却翩然飞舞，整个人如芝兰玉树，俊美得不似凡人。他缓缓开口，声音如从瑶池飘来，是那般悦耳。

第一章
施家屯里施阿团

他告诉施员外夫妇，他们的孩子阿团命中带有仙缘，但尚未开化，为了他此生安康，必须得跟着仙人离家修炼。在明日会有一白衣女子前来接阿团，那就是阿团命里注定的师父。

说完这些，他乘着祥云缓缓离去，衣袂无风自动，唯留下一个淡然的背影。

次日施员外夫妇一醒来，便跟对方诉说了这个梦，得知两个人梦见的内容竟然一样，不由得大惊。施夫人忽然想起，在得知怀上阿团的前一夜，她也做了一个离奇的梦，细细想来，昨天梦中出现的，不正是当初的那位仙人吗？

联想起阿团平素里并不寻常的种种举动，又加上当年有术士曾说过他命中有贵人的话，种种情况综合在一起，经过慎重考虑，施员外夫妇虽然舍不得孩子，但为了阿团好，他们最终决定忍痛割爱。

于是，当第二天一袭白衣飘飘的杨淙淙前来接阿团时，就万分顺利了。

锦澜仙君出的那条妙计，就是——托梦。

作为仙人，天庭的规定是不可对凡人使用仙术，不过嘛，作为一个人缘一级棒的老好人，锦澜仙君自然还是有些法子的。夜游神平素里没少到锦澜仙君的菜园里摘些瓜果什么的，这次受锦澜仙君所托，为施员外夫妻俩创造了一个璀璨迷蒙的梦境，又把杨淙淙和锦澜仙君放了进去，都不是难事。

但是，梦里的环境虽然能创造，梦里的人却是不能用仙术来改变的。杨淙淙终于明白为什么自家仙君那天要特意嘱咐她带着蒲扇了，原来用途就是——扇风！

天晓得为了那看起来仙气十足的衣袂纷飞效果，杨淙淙躲在云里扇了多久的蒲扇，手臂都快扇断了。好不容易结束了梦境，她刚想坐下喘口气，就被仙君叫了起来，极度自恋地看着天河里自己的倒影，喜滋滋地说："淙淙，你说我刚才是不是特别帅？"

杨淙淙觉得，他是在报那天她踩了他脚的仇。

不过不管怎么说，她总算顺利地将沈仪心这个小徒儿接走了，同时带走的还有那把他时刻不离身的破剑。

杨淙淙选的修炼的地方叫作忘离山，是一处与世隔绝的半仙之地，有仙气浸润，对修炼很有好处。以前杨淙淙还担心这一世的沈仪心年纪小，离开爹娘会哭闹不止，却没想到他听话得很，任由她牵着小手乖乖带走，仿佛知道这是命中注定的一样，让她甚为欣慰。不过很快，杨淙淙对他的印象就从"乖"这个字彻底改观了。

"阿团是你的俗世名字，而你既然跟着我修行，就要另起个名字，嗯……沈仪

心，这个名字我很喜欢，你喜欢吗？"杨淙淙小心翼翼地问他，语气很轻很轻，仿佛怕声音稍大一点儿，就会将什么吹走似的。

多年来，她还是第一次在他面前将这个名字叫出口，不知道现在的他，会接受这个完全陌生的名字吗？

出乎意料地，小男孩点了点头，没有丝毫犹豫。

杨淙淙紧张的心一下子就舒缓了下来，她笑着弯腰看着他，伸手摸了摸他的头："而我呢，我叫杨淙淙，从今天起就是你的师父。乖，叫师父。"

沈仪心仰着小脸看着她，一双眼睛眨呀眨的，没说话。

"叫师父。"

"淙淙。"

沈仪心的话让她一愣，重复道："不是淙淙，是师父。"

"淙淙。"

"师父！"

"淙淙师父。"

"淙淙！"

"淙淙。"

"好吧……"

和沈仪心的第一次交手，就这样以杨淙淙的完败收场，从此以后，"淙淙"就成了沈仪心对她这个师父的特定称谓。

师徒二人就这样在忘离山住了下来。起初杨淙淙以为带徒弟，无非就是教他读书、练剑、懂道理，但事实上却是洗衣、做饭、哄孩子！

这还不算，她还得跟这个小徒儿斗智斗勇。

起初沈仪心还比较听话，做错了事，她眼睛一瞪，他就瘪着小嘴委屈地不说话。而现在，有时候他偷懒不想练功，则会耍起小机灵，一会儿假装头晕，一会儿假装肚子痛，杨淙淙心软，纵然知道他在装病，也舍不得让他太辛苦，也就睁一只眼闭一只眼了。而当他真的生病了，杨淙淙端来药给他喝，他又嫌苦，假装喝下去，转身就找个没人的地方吐了。被杨淙淙发现，又是一顿罚。

看着沈仪心现在的样子，杨淙淙总算觉得这就是最初在锦澜仙君的监督下处处想办法偷懒的自己，果然，有其师必有其徒啊！不用教，连偷懒的手段都是一模一样的。

第一章
施家屯里施阿团

她也总算明白锦澜仙君为什么不想再带徒弟，真的是太辛苦了。

半仙之地的时间和人间是不同的，这里一个月，便抵得人间一年。时光飞逝，转眼间，师徒二人也在忘离山修炼了七个月，此时的沈仪心已经从一个懵懵懂懂的孩子，长成一个十七岁的清秀少年了，个子竟然比杨淙淙还高出了一头，脑袋瓜儿也清明了许多，尽管算不上十分聪明，至少也不傻了。虽然依然不谙世事，但他脸上的轮廓已经依稀有了当年的影子，眼神中偶尔流露出的，也仿佛有曾经的风华。

杨淙淙看着日益俊朗挺拔的沈仪心，不知道为什么，心里有些隐隐的担忧。她始终不能忘记当年那个年轻的帝王最终绝望的眼神，困兽之斗，宁死也不屈服，最终跟敌人同归于尽……看着现在的沈仪心，往事不时会浮上她的心头，有些沉甸甸的，她下定决心，这一次无论如何都要保护好他，不会让他再受到任何的伤害了。

这一天，锦澜仙君路过忘离山，顺便来这里喝茶。锦澜仙君来这里多次，沈仪心早就认得他了，一见他便立马扑过去："师公！"开心得像朵小花。

沈仪心特别喜欢锦澜仙君来，因为每次一来，杨淙淙就会缠着他做饭，锦澜仙君的手艺那可是闻名天界的，做出的菜道道色香味俱全，老远闻见就让人流口水了，比永远都只会煮清汤挂面的杨淙淙强到不知道哪儿去了。

说到做饭，沈仪心这家伙还真有天赋。跟着锦澜仙君学了几次，竟然已经掌握了厨艺的精髓，有不少拿手菜了，学习之快，厨艺之精，让锦澜仙君颇为满意，也让杨淙淙为自己汗颜。后来，两个人做饭的事自然也就被沈仪心承包了。

这次锦澜仙君来，除了给这个小徒孙传授厨艺之外，还带来了一个消息，那就是到了要带沈仪心出门历练的时候了。

沈仪心早就向往山下的大千世界了，可是淙淙总不让他去，这次可算有机会了。一听到这句话，他高兴得立马就冲回房收拾自己的小包袱，而留在大厅里的杨淙淙则面有担忧。

"该来的总会来，你总不能让他在这里待一辈子。"仿佛看出了杨淙淙心里所想，锦澜仙君说道，"他也长大了，该去外面的世界走走了。"

听了这番话，杨淙淙总算定下心来，决定带沈仪心下山了。说实话，她也好想念外面的花花世界啊，河阳城最出名的那家包子店，不知道还在不在；锦绣镇那家四季酒楼的酱爆肘子，她也好久没吃过了；对了，还有双流县的酱香兔头、华阳镇的鸳鸯火锅……

对于一个吃货而言，每天吃清汤挂面，真是莫大的痛苦啊！

说走就走,第二天,杨淙淙就带着沈仪心下山了。

第一次来到城里,沈仪心那叫一个兴高采烈,这里看一看,那里瞧一瞧,兴奋得不得了。一会儿拽着杨淙淙去看皮影戏,一会儿注意力又被街边卖糖人儿的小贩吸引了,一转身就没了影子。

杨淙淙找不到他,正焦急呢,忽然沈仪心从人群里钻了出来,手里拿着个糖人儿。杨淙淙一看,他手里握着的那个糖人儿,塌塌的鼻子,薄薄的嘴巴,脸上挂着一副欠扁的表情。她正想说丑,就听到沈仪心得意扬扬地说:"淙淙,看我捏的你,像吧?"

杨淙淙的小心脏在瞬间碎成了一百八十块。

沈仪心看了看手里的糖人儿,不明白杨淙淙为什么忽然生气走了,明明他捏得很写实嘛。望着杨淙淙的背影,他颇感委屈,嘟着嘴一言不发地跟了上去。

杨淙淙这个人,一向是化悲愤为食量的,她一路走一路寻觅着好吃的,当她来到一家店门口的时候,脚步忽然停顿住了。

店门口挂着一块巨大的牌匾,上面"御江山"三个金灿灿的字映在她的眼中。

回忆一下子扑面而来,这……不就是当初她和沈仪心初次相遇,然后一起吃饭的地方吗?

沈仪心也跟了上来,一会儿望着这块牌匾,一会儿又望着忽然愣住的杨淙淙,不明所以。他早没了从前的记忆,这个地方对他来说只是一家普通的饭庄罢了。

"两位客官里边请!"

杨淙淙本想换一家店吃饭,奈何小二热情无比地上前招呼,沈仪心就乐呵呵地跟着进去了,她只能无奈跟上。

看了看菜单,熟悉的各式菜名映入眼帘。沈仪心想来是饿坏了,点了满满一大桌子菜,当菜端上来的时候,杨淙淙一看,愣住了。椒盐鸭下巴,千层叉烧酥,窝蛋牛肉粥,椰奶红豆糕,水晶虾饺,泡椒凤爪,酱香牛肉,姜汁撞奶,杨枝甘露……

这,简直就是当初的情景再现!

杨淙淙在心里小声嘀咕,这家伙,记忆早就没了,爱吃的东西竟然还是一模一样的。

沈仪心显然饿坏了,狼吞虎咽的,连连夸好吃。小二在旁边自豪地介绍道:"客官真是慧眼,咱们这家店哪,最初开在前朝末代沈帝在位年间,一路传承下来,可是三百年的老店了。"

沈仪心疑惑："前朝末代沈帝？"

杨淙淙刚想岔开话题，就听到小二压低了声音说道："可不是嘛，听说那帝王十分年轻，勤政爱民，最后却不得善终……啧啧，当真引人叹息。不过，那也都是从说书人那里听到的旧事了。"

沈仪心若有所思地点了点头，没再追问，杨淙淙的心也终于放了下来。时间过去了三百年，当初的沈越仅在位几年就被推翻，江山易主，现如今天子家姓蒋，皇后家姓良，杨淙淙猜想蒋氏一族或许就是当年蒋茹嫣一脉的后裔。时光流逝，岁月轮转，纷繁复杂的权力游戏依然在皇城之内继续上演着，但这一切都与他们无关了。

带沈仪心游历的日子是单纯而快乐的，起初他呆呆的，不谙世事，闹出了不少笑话。有一次两个人在街上遇到一个怀孕的女子，沈仪心没见过，非要追问杨淙淙那姐姐的肚子里装着什么，为什么那么大，杨淙淙回答："小宝宝呀。"沈仪心愣了老半天，捂着嘴巴惊道："她……她把小宝宝吃进肚子了？"杨淙淙笑得肚子都痛了。

还有一次，两个人恰巧遇到一户人家成亲。沈仪心见别人拜天地，觉得很好玩，一回到客栈就拉着杨淙淙拜着玩，杨淙淙告诉他不行，一个男子只有要娶一个女子，要同她白首偕老才可以拜天地的，沈仪心仰头说道："那我也要和淙淙白首偕老。"他说这话的时候眼神清亮，认真得很，一点儿也没觉得哪里不对，反倒害得杨淙淙脸红了，在他脑袋上狠狠敲了一记。

沈仪心特别爱看书，在忘离山的时候，他看的书都是四书五经、天文地理、历史兵法之类的，如今接触的那可就多啦。一次在街上，遇到有卖故事话本的，沈仪心非常感兴趣，驻足了好久。他买回去了许多书，什么《花颜错》啦，《守护十二生辰石》啦，等等，杨淙淙都不妨碍他看，还挺鼓励的，这些都是有趣的好书。但有一本故事书，杨淙淙却怎么都不允许他买，也不让他看，那是摊主私下里偷偷卖的一本书，据说在民间销量极好，名叫《沈帝传奇》。

沈仪心不明白为什么杨淙淙不许他看，自从当初在御江山听了小二的话以后，他就对沈帝的故事非常好奇。在他看来，那本书只不过是一个讲前朝末代帝王的传奇话本而已。他不知道，那正是他自己的故事。

纵使杨淙淙万般阻拦，沈仪心还是抵不住好奇心，悄悄把那本书买来了，藏在枕头下，当杨淙淙发现的时候为时已晚，他已经偷偷摸摸地看完了。杨淙淙懊恼不已，沈仪心却觉得那故事着实是精彩，太好看了，错过的话真的要抱憾终生呢。

既然已经看了，那也别无他法，其实杨淙淙对这本书也是好奇已久，想知道话本

里的沈仪心究竟是怎样的，索性自己也看了起来。

　　这一看，真是哭笑不得，故事里的皇帝并没有被提及全名，只是简单的"沈帝"二字，书中他天赋异能，是天神后裔，李金兰则貌美如花，心狠手辣，还有个神秘的祸国红颜名叫萧扬紫，在沈帝身边潜伏了数年，杨淙淙猜测可能是误传，毕竟这个红颜名字虽然妩媚动人，但谐音太像太监"小杨子"了……

　　故事的最后，沈帝不是拔剑自刎，而是为了天下苍生、黎民百姓，毅然咬舌自尽，据说他嘴里的血滴在地上，长出了一簇鲜红芍药，年年盛开。看到这里，沈仪心唏嘘不已，感慨万千，杨淙淙则觉得写书的人想象力实在太丰富了……

　　随着经历增多，沈仪心虽然偶尔依然会说一些让人哭笑不得的话，但总的来说，终于慢慢脱掉了稚气，日渐成熟起来。有时候杨淙淙觉得时间是不是重叠了，现在的她带着徒儿，当初的她带着小跟班，同样是涉世未深，同样是在游历中成长，一切都是那么似曾相识。

第二章
醉生梦死落九幽

这天两个人经过一片湖，那里有一座有钱人家的宗祠，他们看到很多人聚在那里，不时还有叫好声传来，向旁人一打听，原来是有高人在作法。

沈仪心好奇心起，便扯着杨淙淙过去看热闹。挤到人群前面，只见那所谓的高人是个三十几岁的道士，皮肤黝黑，满脸络腮胡，穿着一身黄色道袍，身前的长桌上摆了些宝剑、香烛之类的东西。沈仪心悄悄地在杨淙淙耳边说："怎么感觉这个人有些奇奇怪怪、不伦不类的？"杨淙淙也点点头，想看他接下来会怎么样。

"各位父老乡亲，感谢大家捧场，也感谢洛员外慧眼识珠，给贫道这个机会，接下来给大家展示的仙法，名为'呼鱼自来'，请拭目以待！"

道士说完，只见他在空气中胡乱抓了几把，浑身筛糠似的抖了起来，双脚在地上蹭了几下，然后走到了湖边，吹了个口哨。就在这时，异象发生了，湖里的鱼忽然纷纷浮了上来，聚在他近身的水中，黑压压一大片。他走到哪里，鱼群就跟到哪里，仿佛无限尊崇一样摇首摆尾。

在那鱼群中，有一尾火红的锦鲤，仿佛一团燃烧的火焰一样在波光粼粼的湖面下跃动，落入她的眼中。

杨淙淙的心脏，忽然就在瞬间凝滞了一下。

她想到了那个名字。

那个时常跟她拌嘴逗趣的家伙，那个她以为是锦鲤小妖的男子，而他的真实身份是自上古以来便有的族类，与天地同生的尊神，人界敬仰膜拜的战龙。

他曾带她在海底看过神秘瑰丽的回梦花，在那里她看到他的记忆，九天之上战龙翱翔，令人不敢逼视；她曾听到过龙吟之声，如同雷霆贯耳，如同巨涛奔腾；她还在梦境中触摸过他的眼泪，看着他跌落在幽深寂寞的眠龙渊底……

他的名字，唤作江月明。

杨淙淙自始至终都不知道江月明去了哪里，她问遍了所有的人，却没有一个人能告诉她他的踪迹，包括仿佛知晓一切事情的锦澜仙君。江月明好似人间蒸发了一般，再也没有留下任何痕迹，唯有回忆的碎片深深地嵌在她的脑海里。

当今天看到那尾红色的锦鲤，回忆再度苏醒，关于江月明的一切也浮上心头，让她的心隐隐作痛。

就在这时，惊呼声让杨淙淙的思绪回到了当下。原来是百姓们见此异象大为惊奇，纷纷议论。而那被称作洛员外的人，脑满肠肥，大腹便便，则对着那道士不断鞠躬，称他是仙人现世，又让仆人将许多银子放到了长桌上，说是供养。

杨淙淙看得出，那道士看到银子的时候虽然貌似平静，实则两眼冒光，她断定此人定是个不折不扣的江湖骗子。

杨淙淙素来热心又正义，她可不能看着老百姓上当受骗，更不能容忍有人打着仙界的名号坑蒙拐骗，就在她想着要如何拆穿他的时候，沈仪心忽然跨出一步，大声说道："大家不要受骗了，这根本不是什么仙法，而是骗术！"

此言一出，人群中顿时炸开了锅，尤其是洛员外。道士肤色本来就黑，此时脸更黑了，看得出他非常生气，但还是故作客气地说道："这位小哥，贫道是跟随世外高人学了数年的仙法，才能有如今成效，却被你说成是骗术。在场众人都看得一清二楚，那鱼群是自行前来，何骗之有？还请口下积德。"

沈仪心不管他，朗声对众人说道："青壳鸭蛋五个，放茅厕内浸七天，羊肉三两，面粉半斤，野八角、茴香各十克，捣烂成泥，调羊油二两成糨糊状涂于脚下，便可散发出特殊的味道，吸引鱼群。"

听闻此言，人群顿时炸开了锅，还有人捏住了鼻子。杨淙淙也愣了一愣，这家伙是什么时候知道这些的？

道士马上反驳："满口胡言！你这乳臭未干的黄口小儿，我念你不懂事，速速离开，否则莫怪贫道不客气！"

沈仪心毫不畏惧："你若想证明我是满口胡言，就把鞋子脱下来，给大家看看你的鞋底，孰是孰非自然一目了然。"

道士佯作镇定："揪着人鞋底不放，算什么好汉！我身负仙法众多，呼鱼自来只是小菜一碟而已，接下来还有诸多妙术，定叫你五体投地！"

沈仪心自信满满："拭目以待。"

道士接下来表演的，是竹篮打水。一个底部镂空的竹篮，在湖里一荡，竟然打了满满一篮水上来。就在众人觉得离奇之时，沈仪心用手戳了一下那竹篮底部，顿时水"哗啦"一下全部漏了下来。沈仪心一语道破天机，原来那竹篮底部事先用鸡蛋清涂过数次，晾干之后虽然看不出任何痕迹，实际透明又有韧性的蛋清已经将缝隙填上了，才能瞒过众人眼目。

所谓"仙术"再一次被拆穿，道士的脸一阵黑一阵红，终于扬言要使出绝招——墙上点灯。

好奇的众人跟着他来到附近的一处破茅屋旁，那是他平时栖身的地方。只见道士走到一面墙跟前，用笔蘸墨在墙上画了几盏灯，然后拿出火石去点灯。说也奇了，分

明是画上去的灯,此刻竟然被一一点燃了!

围观的众人纷纷啧啧称奇,而沈仪心则蹙眉陷入了沉思,看来,这个题目确实难到他了。

道士扬扬得意:"你若是现在认输,给我叩几个头,赔个不是,我便饶了你。"

沈仪心走到墙边,双目直直盯着那些闪烁的灯火,嘴唇抿得紧紧的,面色严肃。杨淙淙在旁边也替他捏了把汗。

就在这时,沈仪心两眼一亮,说:"我知道了!"

他随手在地上捡了一根细树枝,在墙壁上的某一处画了朵莲花,然后用火石去点。杨淙淙从来都不知道原来他竟有画画的天赋,那莲花画得栩栩如生,犹如浮在水面之上。奇异的景象发生了,那莲花的花蕊处竟被火石点燃,散发出了橘红的光芒。

"起初我确实不知道是怎么回事,直到方才我走近这面墙时,嗅到有轻微的香味,这才看出了端倪。这面墙是事先经过处理的,它上面有很多微不可见的小孔,里面被塞入了樟脑、松香等物质,一见火便被点燃,造出了这墙上点灯的错觉。"

听到沈仪心如此解释,围观的人们上前查看,发现这墙上点灯果然只不过是个障目的戏法而已。所谓的大师、高人实际上是个哄人钱财的江湖骗子,得知了真相的洛员外顿时面色黑红,怒意四起。就在他想找那道士算账时,却发现道士已经不知道什么时候,趁众人不注意,脚底抹油溜了。

回到客栈,吃过晚饭,杨淙淙舒服地躺在了花园中的躺椅上。这家客栈虽小,好在地方清静,客人不多,还有个开满了夜来香的小花园,夜风吹来,心旷神怡。

沈仪心在她身边借着烛光看书,头低着,在青石板小路上投出一个侧影,脖颈修长、鼻梁直挺,如同雕刻出的一样,是那样清秀俊朗。

杨淙淙忽然有些恍惚,觉得时光好似忽然一下回到了几百年前,那时候还是在宫里,他是睥睨天下的帝王,而她是在他身边蹭吃蹭喝的"小太监"。那时候她修为不高,也没有多大的志向,每天只想着吃饱喝足,然后到处玩耍。那时候虽然朝中暗潮汹涌,但有他在她身前,那波涛便一点儿都溅不到她的身上。但后来……

回想起当年,杨淙淙多想像说书人那样感慨一句:"人生若只如初见。"

时光虽然不返,然而此时此刻,星空、夜风、夜来香,还有灯下低头看书人的侧颜,杨淙淙只觉得岁月静好,几百年的时光仿佛就在这静谧的夜里,悄悄地重叠了。

看着看着,杨淙淙忽然想到白天的事情,终于抑制不住内心的好奇,问:"你到底是怎么知道那些江湖骗术真相的呀?"

第二章
醉生梦死 落九幽

沈仪心白天揭穿那骗子时，自信满满、意气风发，而此刻被杨淙淙这么一问，竟然吞吞吐吐起来，被杨淙淙一催再催，老半天才从怀里慢吞吞地拿出了另一本粉色封面、只有巴掌大的小书。

杨淙淙一看那书名，先是一愣，再看到沈仪心那副做贼心虚的样子，顿时笑出了泪花，这本书的名字叫作《哄女孩开心的高招——三十八种妙法大全》。

"你什么时候偷偷买了这本书的？"杨淙淙忍住笑，假装严肃地问他。

沈仪心把书揣回怀里："我……我就是上次买其他书的时候，看到这本书名字有趣，就……"

"你是不是看上哪家姑娘啦，想哄别人开心？"

"没没没！"沈仪心立马摆手，头摇得像拨浪鼓。

"那是谁？"

沈仪心被一追问，竟然有些脸红了，垂下头去："其实就是……"

就在这时，忽然有一阵尖锐的响声破空而来，杨淙淙反应快，立马把沈仪心推到一边，同时自己就地一个翻滚，也闪过了攻击。只听到一阵刺耳的声音，再一看两个人刚刚所在之处的地上，斜插着几把明晃晃的飞镖，闪着冰冷的光。

一道黑影从两个人身后的屋檐上闪出，黑衣蒙面，气势汹汹，刚才那飞镖就是出自他手。

"小心！"眼见那黑衣人持刀从背后向沈仪心袭来，杨淙淙立刻出声提醒。

沈仪心跟着杨淙淙修炼了这么久，功夫虽一般，但反应力至少还是上乘的，立刻拔剑防守。他随身带着的那把剑，通体纯黑，看着简直像块破铁。而对手的刀锋利无比，寒光闪闪，一看就是把好刀。

杨淙淙不忍直视，她仿佛已经看到沈仪心那把宝贝得不得了的破剑碎成了渣儿的模样。

刺耳的交击声仿佛能穿透人的耳膜，很快一切都安静了下来，过了片刻，一声哀号响彻夜空："我的刀——"

一击之下，杨淙淙惊讶地发现沈仪心的剑完好无损，连一个豁口也没有，反观另一把长刀，竟然拦腰断成了两截！和她有着同样反应的还有那个黑衣人，他整个人愣在原地，手里握着半截刀柄，呆若木鸡。

杨淙淙趁机一把扯下他的面罩，发现他竟然是白天那个江湖骗子！

更令她意外的是，因为扯得太用力，她扯到了他的胡子，那一整片络腮胡竟然都

被扯了下来，原来那胡子竟是假的！

那个人从惊愕中回过神来，眼见身份暴露，索性也不遮掩了，大声吼道："我蒋老九在道上混了这么久，还是第一次碰见你们这种不长眼的，先是断我财路，又是断了我的宝刀，是可忍孰不可忍，休怪我手下无情了！"

见蒋老九目露凶光，杨淙淙知道这下情况更加严重了。从刚才的情形看来，此人的身手并不弱。这三百年来，杨淙淙的修为日益精进，尽管在人间并不能使用仙术，仅靠功夫，她也是有绝对的把握打赢他的，不过她一向不喜欢惹事，所以还是决定不多做纠缠，况且还有沈仪心这个小累赘在……

"沈仪心，快使绝招！"

听到杨淙淙这一声大喊，沈仪心的目光沉了下来，定定地盯着蒋老九。蒋老九脸色一变，立马收住攻势，摆出了一个防守的姿势。

没有想象中的强势攻击，更没有血雨腥风，只见沈仪心的身影晃了一晃，犹如一道闪电一样划过天边，竟在倏忽间不见了！

另一边，杨淙淙也在同样的时间消失了。

蒋老九一脸愕然，老半天才回过神来，他怎么也没有想到这个看似要发大招的家伙，最后的绝招只有一个字——溜！

回想起今天的事情，蒋老九越想越气，绝对不能就这么善罢甘休，一咬牙一跺脚，拔腿追了上去。

而另一边，杨淙淙跟沈仪心已经飞奔出了老远。

沈仪心嘛，虽然武功稀松平常，但轻功却是极好的，这一切都得益于杨淙淙的灌输。杨淙淙一直认为，练武最需要练的就是轻功，为什么？打不过了还可以跑嘛！

一口气跑了十几里地，杨淙淙和沈仪心来到了城外一处驿站附近。此时天色漆黑，驿站空无一人，而借着月光，杨淙淙看到外墙上贴了一张通缉令，悬赏通缉一个武功高强的江洋大盗。一看画中那个人，不是蒋老九又是谁？

画中的蒋老九并没有胡子，想来他是为了躲避追踪而故意乔装打扮，装成道士。本来他伪装得挺成功，但不幸的是后来碰上了杨淙淙和沈仪心，他们一个揭穿了他的伎俩，一个又揭穿了他的真面目，这蒋老九真是够倒霉的。

沈仪心跑得有些累了，坐在地上直喘粗气。杨淙淙也想休息一下，就在这时，沈仪心忽然喊道："不好！"杨淙淙顺着他的目光看过去，只见月色下，地平线上遥遥地奔过来一个手握着半截刀柄的身影。

在外游历的这些日子里，两个人也遇到过不少对手，一来杨淙淙不想在人间惹事，二来有一身好轻功，所以从没出过什么意外，就算对方再强，一般跑个十几里地也就气喘吁吁地放弃了。然而这次，他们显然低估了蒋老九，当他们以为已经摆脱掉他的时候，他竟然又追了上来。

杨淙淙心里一阵叫苦，只能马上拉着沈仪心又奔逃起来。想想也是，他们识破了这个被通缉的江洋大盗的真面目，看来蒋老九是一定不会善罢甘休了。

天空中不知什么时候飘来了几朵彤云，把月光挡住了大半，能见度低了许多。杨淙淙和沈仪心本来就对这里不熟，又黑乎乎的，辨不清方向，稀里糊涂地就跑到了一大片怪石林中。这里怪石嶙峋，参差错落，在黑暗中高低耸立着，有的石头像一头大张着嘴的怪兽，有的远远看去又好像一个猫着腰的人影，各有姿态。

两个人走着走着，就迷路了。

"这些石头形状好奇怪，以前都没见过呢！"沈仪心摸了摸身边的一块石头，言语间竟然有点儿兴奋，"如果卖给那些有钱人装饰花园，肯定能赚一大……"

话还没说完，他的后脑勺就被杨淙淙敲了一下，"作为一个修行之人，你要像我一样视金钱如粪土，不能贪财！再说了，现在的重点是要怎样从这里离开。"

沈仪心满心满腹的小委屈，视金钱如粪土，他明明记得有一次杨淙淙在路边捡到了一小块碎银子，都笑开了花了，立马说要带他下馆子。然而在去餐馆的路上，她看到路边有可怜的小孩在乞讨，于是就把银子给了小孩，自己只能站在餐馆外咽口水。

他哪里贪财啦，还不是想赚点儿钱带她吃好吃的吗？

"怎么每块都好像一样，又好像都不一样，根本分不清楚我们到过了哪里。"杨淙淙可不知道他这些小心思，她望着那些怪石，陷入了思索。

沈仪心说："不过所幸蒋老九也不见了，想来是被我们甩掉了。"

沈仪心这张乌鸦嘴，说好的不灵，说坏的倒是一说一个准儿。正在两个人想办法寻找出路的时候，忽然背后有疾风袭来，气势猛烈，有一个人影持刀从一块怪石后斜冲了出来，正是不知道藏匿在哪里的蒋老九。

"小心！"沈仪心喊了一声，然而杨淙淙却一下子没反应过来。

那个人来势汹汹，眼见刀锋就快要划到杨淙淙的后背了，沈仪心来不及多想，一个箭步就冲了上去，挡在了杨淙淙身后！

刀只有半截，然而断掉的尖端依然锋利，直直地没入了沈仪心的胸口。

沈仪心看着没入自己胸膛的半截刀刃，愣了愣。

杨淙淙心里又惊又怒，瞬时转身，以迅雷不及掩耳之势一把握住蒋老九的手腕，用力往后一翻！她这招看似简单，实则非常凌厉，蒋老九哀号一声，手里的刀掉落在地，整个人也倒向了一旁。

万万没料到，蒋老九倒下的那个地方竟然有一个黑洞，深不见底，掉下去是凶多吉少。虽然是敌人，也不能见死不救，眼见他即将要掉下去了，旁边的沈仪心一把抓住了他，但落势太猛，他整个人也被拖拽着向前，到了洞口边缘。杨淙淙想去拉他，然而在巨大的拖拽力下，三个人一同跌落到了洞里。

掉下去的一瞬间，杨淙淙闭着眼睛，心里想着完了完了，这无底洞幽深无比，她跌落下去倒还没什么，然而沈仪心肉体凡胎，刚刚又受了伤，可经不起这么一下。在凡间使用仙术是违反天条的，可是她总不能眼睁睁看着沈仪心被摔成肉饼呀！

就在杨淙淙进行着激烈思想斗争的时候，几个人已经跌落到了洞底。意外的是，情况并没有想象中的惨烈，这洞底铺了厚厚的一层稻草，软绵绵的，人掉在上面完全不痛。

杨淙淙担心沈仪心，落地后立马爬起来去看他，却发现他竟然以一个极舒服的姿势在稻草上躺着，甚至还翻了一个身。再一看他胸口，虽然衣裳破了，却一点儿血都没有，杨淙淙伸手一掏，掏出来一本小书，中间被划了一道长长的口子，已经几乎被穿透了。

一看那本书的名字，杨淙淙哭笑不得，原来正是她无比嫌弃、沈仪心却当宝贝的那本书——《哄女孩开心的高招——三十八种妙法大全》！正是由于它的存在，才使得沈仪心免受伤害。

见他没事，杨淙淙悬着的心才放了下来，沈仪心这家伙傻是傻了点儿，运气还真的是极好的。

"都说傻人有傻福，真是没错。"

"我才不傻呢。"沈仪心反驳得极没有底气。

"傻傻的，总是让人放心不下。"杨淙淙撇撇嘴，"从第一次你用剑硬接下蒋老九那招时，我就很担心了。"

沈仪心一脸感动："担心我的安危吗？"

杨淙淙叹了口气："是担心你的破剑断了啊……"

沈仪心感动的脸瞬间变得无奈极了。

环顾四周，这是一个十分幽深的洞穴，顶上和底下都有奇形怪状的钟乳石延伸出来，还有暗河流淌，凉气森森的，十分潮湿，一会儿身上就凝了一层细小的水雾。洞穴不止一个，是连环洞，一环套一环，岔路极多，不知哪里才通向出路。

刚才掉落下来时，蒋老九受到的冲击比较大，已经昏过去了。杨淙淙想了想，还是让沈仪心过去把他唤醒，其实沈仪心也是同样的想法，否则刚才也不会伸手去拉他。虽然他们是敌对关系，不过把蒋老九一个人放在这里肯定是生机渺茫，这可不是他们的做事风格。

蒋老九睁开眼，老半天才回过神来。当他明白杨淙淙和沈仪心并没有找他算账的意思，而是想救他时，他的面色浮现出一丝羞愧，但他没说什么，默默地站了起来。

虽然这里辨不清方向，但洞穴里有静静流淌的暗河，顺着水流的方向走就有很大的希望出去，于是一行人开始迈步前进。

三个人在洞穴之中走了很久，都不见出口。正有些沮丧的时候，忽然远处有乐音传来。那乐音婉约动人，仿佛瑶池畔的仙子在拨动琵琶长琴，又好像春季晨时的清风鸟语。

抬眼一看，眼前的景色也不一样了，重重洞窟不知道在什么时候消失不见，眼前是一片美丽的桃花林，一条小溪缓缓流过。桃树亭亭而立，落英缤纷，花瓣铺了满地，其中最大的一棵树下放着一坛酒，香气扑鼻。

见此情形，几个人都是目瞪口呆。沈仪心愣了一愣，说："这……难道就是传说中的世外桃源？"

杨淙淙没有说话，因为她看到在那桃林中有一个人影，那是一个男子的背影，身穿火红色的衣衫，静静立着。几瓣桃花从枝头飘下，悠悠地落在他的肩头。

杨淙淙的心，仿佛一瞬间停止了跳动。

"江……江……"她张了张口，却发现无论如何都唤不出那个名字。

春光下，男子缓缓地转过身来。

俊俏的眉目，稍稍向上扬起的桃花眼里含着笑意，起风了，风吹起他散落的发，也吹走了他肩上的落花。他向她扬了扬手示意她过来，那般安静，那般美好，仿佛从来不曾改变的旧时光阴。

三百年了，她和他分别已有整整三百年。三百年对于大千世界和广袤万物来说都太短了，可是对相思来说，却太长太长。

杨淙淙猛地扎进了他的怀里，泪眼婆娑，正想对他倾诉这么久没见的思念时，脑门儿却忽然被人弹了一下。

"多日未见，小洋葱还是这么矮，哈哈，才到我的胸口！"眼前的男子一扫方才的温柔，眼眸里充满戏谑的笑。

杨淙淙顿时被弹蒙了，心里汹涌澎湃的思念来不及表达，还有一肚子的话来不及跟他说，就变成了生气。哼，这个江月明，这么久过去了还是喜欢跟她斗嘴，拿她开玩笑！他懂不懂这些年她想他想得多辛苦，多难受？好不容易见了面，他还这么欺负她……杨淙淙越想越生气，越想越委屈，狠狠地跳了起来向他的脚面踩去！

江月明抱住了她。

她的脚还没落地，整个人就已经被抱了起来。男子的目光温柔得仿佛落进了阳光，要令人融化："淙淙，想我吗？"

"不想。"杨淙淙的脸蓦地红了，口是心非地将脸埋进了他胸口衣襟之中。

咦？他的身上怎么这么香？有一股淡淡的酒气，又仿佛和桃花的芬芳混合在一起，是她从来没有闻过的味道。好好闻啊，好想一直就这样沉醉下去……

"小洋葱，我新得了一种酒，特别好喝，你这么贪嘴，肯定会喜欢的。"江月明将她放下，牵着她走到那棵最大的桃树下，那里有一坛酒。

"我哪里贪嘴啦？"杨淙淙辩驳着，表情却出卖了自己。那酒真的很香，芬芳四溢，令人不能自拔。

江月明给她斟了一杯酒，他手指修长，拿着酒杯，小指微微翘起，和他的人一样好看。

杨淙淙听到身后似乎有人在远远地叫她的名字，然而她不想理会。她和江月明这么多年没见了，他错过了她生命中许多重要的时刻，可是至少他回来了，其他什么都不重要，此刻她只想不醉不归，唯有大醉一场，才能填补他和她之间错失的那些光阴。

杨淙淙将酒举到了唇边，正要喝下去时，忽然脑后一阵钝痛袭来，紧接着眼前一黑。那些桃花、美酒，还有江月明的模样统统变得模糊，然后渐渐散去。天空中忽然下起了好大的冰雹，噼里啪啦地砸在她的脸上，杨淙淙一个激灵，醒了过来。

睁眼一看，一张脸映入眼帘，正是沈仪心。

"刚刚怎么了？"她问。

"刚刚你落入幻境了，无论我们怎么喊你你都不醒来，还非要去喝那暗河里的水，拉都拉不住。还好蒋老九想出办法，让我把你敲晕，然后再唤你醒来。"

杨淙淙摸了摸自己的脸颊，火辣辣的："你是怎么唤我醒来的？"

"这个简单，就扇了你几巴掌而已。"沈仪心说这话时一脸正义，仿佛一点儿都

第二章 醉生梦死落九幽

没意识到哪里不对，言语间还透着一股"幸好我机智"的得意劲儿。

扇了几巴掌……而已？

几百年前在湄泠河畔初遇时，他还是个离家出走的公子哥，以为她溺水，左右扇她耳光叫她醒来，如今几百年过去了，她陷入幻境，他又来这一招！

看着沈仪心认真的脸，杨淙淙只能把郁闷憋在心里，眼泪在心里默默地淌成了小溪。可是，刚才她又为什么会陷入幻境？

"看此情形，我们怕是陷入了九幽窟。"一直没说话的蒋老九此刻开口了，"进九幽者，九死一生。传说九幽窟是一个神秘恐怖的地方，没有人知道它在哪里，也没有人知道它里面是什么样的，因为去过九幽窟的人都是有去无回，纵使有运气好的离开了，也变得疯疯傻傻，除了嘴里念叨着'醉生梦死'之外，什么都不知道了。"

"醉生梦死？"

蒋老九点头，语气严肃："我也是听江湖上的一些朋友说起，这九幽窟是有主人的，据说那主人性格古怪，阴晴不定，举止飘忽犹如鬼魅。在九幽窟中，他设置了'醉生梦死'四关，落入其中的人必须突破这四关才有活着回去的希望。看刚才那情形，应当就是第一关，'醉'。"

九幽窟主人？还要通关才能出去？

杨淙淙在心里长叹一声，怎么这种明明只存在于传说中的事都被她碰上了。根据蒋老九的描述，杨淙淙已经自动脑补出了一个一身黑衣，眼神阴鸷、内心狡诈，喜欢躲在角落里暗戳戳玩弄心眼的大叔形象。

三个人到了这地步，已经是拴在一根绳上的蚂蚱了，听蒋老九严肃的口气，就知道所言非虚。回想起方才幻境里的一切，杨淙淙有些失落。

一问沈仪心和蒋老九，原来他们方才也各自经历了不同的幻境。幻境可以呈现出一个人心中最渴望得到的东西，或者是最思念的人，越是有执念就越沦陷，如果不能识破幻境，就会一直陷入其中，不复醒来。

杨淙淙问在幻境中沈仪心看到了什么，他欲言又止地说："我看到了一大堆好吃的，美酒佳肴，还有……"

"还有什么？"

"还有你啃着一个鸡腿，怎么样也不给我吃……"

天哪，在他心里她就是这样一个彻头彻尾的吃货形象吗？呃……不过好像也是事实，但是至少不要连在幻境中都看到这些啊。

"俗话说,梦是反的,所以嘛,嘿嘿,"沈仪心讨好地笑着,"也就是说,淙淙在我心里,是一个视美食如粪土的人!"

视美食如粪土,这个比喻真的是……太有水平了。

"那你后来是怎么知道那是幻境的?"

沈仪心说:"不知道从哪里出现了一个青色衣衫的姑娘,表情好像很着急的样子,拽着我就走,我稀里糊涂地走呀走呀,走过一大片浓雾,忽然就发现自己在山洞里了。"

"青色衣衫的姑娘?那她人呢?"

"我也不知道,她好像忽然一下子就不见了。"

杨淙淙觉得很是疑惑,却没有头绪。转头看向蒋老九,不知道他在幻境中经历了什么,此时神色有些黯然,碰上杨淙淙的目光,他立刻把头转向了一旁,那一刻她看到他眼里似乎有泪光闪现。杨淙淙犹豫着要不要上前安慰他,想了片刻还是作罢,每个人都有自己的伤心事,旁人多余的关怀可能反而适得其反,给予他一些空间或许才是最好的。

不管怎样,身陷九幽窟中,前方的路还是要继续走下去。此刻患难为兄弟,三个人商议了一下,决定放弃之前的成见,既然避无可避,索性共同进退、正面应对。

接下来的路依然不好走,但有了心理准备,至少不再那么被动。果然如蒋老九所说,没过多久就到了"生"这一关。那是一个巨大的石室,好似一个八卦,八个方向均有一道门,每道石门的上方,分别以篆体雕刻着"乾、坎、艮、震、巽、离、坤、兑"。在这八道门中,仅有一道为生门。

"这些门,是按照先天八卦来排列的。"沈仪心走到那八卦中间,说道。杨淙淙本想拉住他,见他一副成竹在胸的模样,便也收回了手。

"天南为乾,地北为坤,日出东方为离,日落西方、无日有月为坎,西北昆仑为艮,东南海洋为兑,西南多风为巽,东北多雷则为震。这些字,正是代表八个方位。所处的位置与环境不同,八卦所指的寓意也便不同,这里的方位……"沈仪心闭目用手指掐算默念了一阵,忽然睁眼指着"巽"的方向说,"那里便是生门!"

杨淙淙没想到沈仪心这么快就得出了结论,印象中,他虽爱读书,尤爱道家学识,但能否学以致用却还未知。蒋老九也望向她,有些犹豫的样子。

沈仪心的眼神很笃定,他定定地望着刻有"巽"的那道石门,眼睛里有一种清澈却又深邃的东西。这一世,杨淙淙第一次见他出现这种眼神,仿佛……

仿佛当年九五之尊的帝王,坐在龙椅上,下方风云变幻,尽在他眼中。

杨淙淙第一个踏出脚步,走向了"巽"门。

石门本是紧闭的,在她靠近的一刹那竟然缓缓打开了,发出沉重的声响,门后是一条黢黑的通道。刚一踏进,那通道竟然着起熊熊烈火,如一条火龙一般将她包围!

然而奇怪的是,她却感觉不到丝毫灼热。

"这是第三关——'梦'。"蒋老九低声提醒。

是梦吗?

在那火焰之中,杨淙淙看到了金銮宝殿,亭台楼阁;看到了漫天红绸,皇城飘雪;看到了身穿盔甲的士兵浴血厮杀,倒在雪地中;最后,她看到宫殿在火焰中燃烧,一个年轻的身影因火光而模糊,他轻轻喊着她的名字,那时候化为透明的她其实就在他身边,他却看不到她,也触碰不到,更加不知道她哭着对他说:"我在,我在……"

火海连天,天地之间出现了一个巨大的迷宫,以地平线为对称轴呈现一种镜像关系,沈仪心在天的那端,而杨淙淙则在地的这端。她想向他走去,然而刚踏出一步,那迷宫却倏然消失了,如镜花水月一般,连带着消失的还有彼端那个人的朦胧身影。

一滴泪,从她的脸颊滑落。

火渐渐灭了,梦也醒了,方才眼前的一切都是虚幻的,唯有脸颊上挂着的那滴冰冷的泪水,依然真实。

一别经年,她以为曾经的那些痛苦和悲伤都已经忘却了,然而那些场景却在今天重现,纷至沓来,入梦中。

杨淙淙悄悄用手背抹去眼泪,正想假装没事一样,却忽然听到沈仪心在背后问:"淙淙,刚才那个人是谁?"

杨淙淙讶然:"你们也看到了?"

蒋老九点头:"因为你是第一个踏入的,所以呈现的是你的梦境,我们也看到了其中的内容。"

沈仪心闷闷地说:"原来淙淙的梦里,藏着一个人。"

看着他这副样子,杨淙淙不禁有些好笑,沈仪心竟然在吃自己的醋!

蒋老九疑惑:"奇怪,听说在'梦'这一关里,会出现一个极其复杂的镜像迷宫,许多人都被困在其中,可是为什么我们竟然这么顺利地就出来了?"

杨淙淙心想,或许是因为梦里的东西一般都不是真实的,迷宫又是镜像,亦真亦

幻，让人分不清真实与梦境，所以才会迷失其中。然而他们不同，真实的沈仪心在此，那幻境便自然而然地破了。

三个人继续往前，走着走着，却发现没有路了。

眼前是一道深渊，往下看去不可见底，只隐约听到湍急的水声。两侧石崖陡峭，如刀劈斧砍一般。站在深渊边上，冷风不知道从哪里吹来，让人寒意遍生。往四周看去，也没有其他路可以走。

"这是条死路。"杨淙淙说。

第四关——"死"。

他们仔细探查着周围的环境，试图发现有没有什么隐蔽的机关，然而什么都没有。这里完全是一片荒芜，漆黑，幽深，让人心生绝望。

"路不见了。"沈仪心忽然说了句。

杨淙淙一转身，发现连他们来时的那条路都不知什么时候悄然消失了。也就是说，他们彻底被困在了这里。

"死路，死……"蒋老九眉头紧锁，"莫非，是置之死地而后生？"

其实杨淙淙心里也有同样的想法，只是觉得太冒险了，毕竟这只是猜想。如果实际情况和他们料想的不同的话，那后果不堪设想。

"我想——"沈仪心刚想说什么，话还没说完，就被杨淙淙狠狠敲了下脑袋，顿时委屈极了，"我话还没说完呢……"

"我知道你想说什么，"杨淙淙瞪了他一眼，"想下去探路，没门儿！"

沈仪心瘪着嘴没说话，蒋老九上前一步，说："我去吧，我有些功夫在身，轻功也尚可，探路容易些。"

杨淙淙本想自己去的，不管怎么说，她毕竟身为仙体，但蒋老九这句话实在是出乎她的意料。她和他相处时间并不长，原本还是敌对关系，只是身陷险境才共同进退，她从没想过他竟会主动要求去探路。

这情景，这地势，若是下去探路的话，定是凶多吉少。

仿佛看出了她的疑惑，蒋老九说道："滴水之恩，当以涌泉相报。在刚落下九幽窟时，你们救了我一命，没有弃我而去，此刻便是我报答的时候了。探路虽凶险，顶多不过一死，我蒋老九不愿欠任何人人情。"

说罢，他不等杨淙淙回答，纵身跃入了深渊之中！

杨淙淙一声惊呼，来不及阻拦，他的身影已经被黑暗所吞噬。就在她担忧无比的

第二章 醉生梦死 落九幽

时候，意想不到的情况发生了，黑暗忽然退却，深渊也消失了，眼前是一片宽阔的平地，蒋老九站在地上，也是一脸惊讶。

"如此重情重义，当真少见。这样的人，我怎能让你轻易死掉？"

一个声音不知从何方传来。那是一个男子的声音，缥缈似雾，虚幻如烟，仿佛缭绕在耳畔，又仿佛远在天边。不远处有一团雾气升腾，渐渐凝成一个模糊的人形，不辨眉目，只隐约像是一个年轻男子，纯白衣衫，遥遥而立。

"你是……"

"想必你们应该听说过，进九幽者，九死一生。已经很久没有人能突破'醉生梦死'四关了，如今你们来了，倒真是难得。"

果然是他，九幽窟主人。

杨淙淙说道："既然如此，你可以放我们出去了吧？"

"来者是客，既然来了，怎能让你们轻易离开？"男子的声线仿若有着蛊惑人心的力量，虽然好听，杨淙淙心里却隐隐有一种不妙的感觉，江湖传言这九幽窟主人性情古怪，此时看来果然不错。

果然，他接着说道："不如，我们来做个交易？"

"明明已经通关了，却还不放我们走！"说话的是沈仪心，自打九幽窟主人一出来开始，他就感觉到了强烈的敌意，"我们又为什么要跟你做交易？"

九幽窟主人的面容虽然在雾气缭绕中看不清，但杨淙淙能感受到他向沈仪心看了一眼，语气中浮现一丝玩味："因为这里是九幽窟，而我是这里的主人。若是换作其他人，连同我做交易的资格都没有。"

这就是所谓人在屋檐下，不得不低头。如今他们在别人的地盘上，如果不答应他，怕是连出去的机会都没有了。

杨淙淙说："什么交易？"

"沈仪心。"九幽窟主人说道。

"啊？"

就在沈仪心张嘴的一瞬间，九幽窟主人一扬衣袖，一滴幽蓝水滴自他指尖弹出，一下子没入了沈仪心的喉中！

沈仪心吓了一跳，瞪着眼睛咳了半天也没咳出来什么。

杨淙淙怒道："你给他吃了什么？"

"毒药。九九八十一天之内，去寰珠海，为我取一袋鲛人泪。让他服下毒药，不

是为了取他性命,而是为了让你们遵守承诺罢了。若是敢食言,那么……他会死。"

"你——无耻!"杨淙淙快要气炸了,利用她没关系,但他竟然用沈仪心的性命威胁她!

杨淙淙已经陷入一触即发的状态,人间不能使用仙术?

她可不管!大不了跟眼前的人拼了,逼他交出解药,只要能救沈仪心,大不了她再被罚去幽闭几百年,那又如何!就在她要爆发的时候,一只手拉住了她的手腕,转头,她对上沈仪心平静的双眼。

"好,我答应你。"沈仪心昂首,字字掷地有声。

杨淙淙强忍怒意,担心地看着他,而沈仪心却对她微微一笑,仿佛在说他没事。

杨淙淙叹息:"真是不平等的交易。"

"这世间一切,本就是不平等的。"九幽窟主人微微一笑。

他的身影原本是隐于雾气之中,此刻一笑,面容竟好似清晰了一些,然而总也看不分明。杨淙淙向他的方向望去,他也仿佛正望着她,目光相触的一刹那,仿佛有什么触到了她的心里,让她的心脏为之一颤。

她捕捉到了一种既熟悉又陌生的感觉,仿佛时光凝驻,又仿佛大梦一场,梦里初见。他,究竟是谁?

当她想再进一步探寻的时候,那个人的声音却越来越远,身影也随之渐渐消失了。周围的一切都开始晃动起来,如同平静的湖面落入了一颗石子,掀起层层波澜。

再一转眼,洞穴、黑暗全都消失了,头顶烈日当空,竟然已经回到地面上了。

正在这时,身后传来了轰隆巨响,三个人回头,发现不远处的地面在快速地塌陷着,天摇地晃,沙石坠落,其情可怖,并且塌陷的地方正在逐渐向他们靠近,犹如一只吃人的猛兽。

"这里要毁了,快走!"

三个人一路狂奔,跑到一座山头上,终于远离了那塌方的地带。他们气喘吁吁地站在山顶望过去,只见来时的方向一片狼藉,烟尘漫天。那里,正是九幽窟的所在。

"传说中的九幽窟,不复存在了。"蒋老九说。

杨淙淙望着远方,心情复杂。这场"交易",是无论如何也躲不掉了。

第三章 烛光掩映现真容

鲛人是一种古老而又神秘的生物，常年生活在大海的最深处，极少与人类来往。传说鲛人寿命可以长达数百年，人身鱼尾，无论男女都极其纤秀俊美，更奇特的是，他们可以织水为绢，泣泪成珠。

传说中鲛人常出现的地方，叫作寰珠海。

前往寰珠海的路程是漫长的，杨淙淙等人先是乘马车到了最近的渡口，再乘船从湄泠河顺流而下，目的地是沿海的凝光镇。

关于九幽窟主人，杨淙淙的心里有着诸多疑问，他神秘莫测，却似乎对三个人并无恶意，然而让他们千里迢迢地去寻找鲛人泪，又不知目的何在。说他身份成谜，她却觉得他的身上有一种很独特的气息，像夜里的大海，掠过凉而微咸的风。

那是一种她说不上的感觉，成了一个谜团纠结在她的心里。她担心沈仪心的身体，于是暗中求太上老君给沈仪心解毒，可是给他诊过脉后，太上老君什么药都没开就离开了，说没有大碍，再加上沈仪心这些时日身体并没有什么不适，她才稍加安心。

关于心里的这些疑问，杨淙淙也曾去求助过锦澜仙君。听她一脸苦闷地说完近来所经历的一切后，锦澜仙君眨眨眼，一脸认真地说："听说凝光镇有许多海鲜，尤其是有一种鱼味道极其鲜美，你去一趟也没什么坏处。"

杨淙淙刚觉得开心了点儿，心情又立马低落了下来，因为她想到了江月明。许多年前，这个家伙还在她身边总和她斗嘴打趣的时候，有一次她被他身上隐形的鳞甲割到了手指，他骗她那鳞甲是有毒的，平常没事，一旦吃了鱼，脸就会肿得很大，吓得她好长一段时间看到鱼都退避三舍。后来她知道他其实是吓唬她的，因为水族是他的同类，他只是不想她吃罢了，就如同她不想他吃洋葱一样。

江月明，生而为龙，是古老而强大，可以潜游海底，亦可以翱翔九天的龙族。

想到他，杨淙淙心里又隐隐难受起来。

"掐指一算，也快要到时间了……天意，不可违。"锦澜仙君的声音飘进耳里，杨淙淙一抬头，发现他的身影已经忽而远去了。

时间，什么时间？又有什么事快要发生了吗？所谓"天意"，又是指什么？锦澜仙君很少说这种话，他既出此言，必有所指。怀着这一肚子的疑惑，杨淙淙决定去探一探这所谓的"天意"。

在出发之前，杨淙淙和蒋老九谈过，说九幽窟主人下毒是在沈仪心身上，跟蒋老九并没有什么关系，前路未卜，他可以选择离开。然而蒋老九态度坚定，说自己绝不是忘恩负义之人，同甘共苦，定当一路同行。

第二章 烛光掩映现真容

关于蒋老九自己的事情，他并不主动说起，然而一路上，杨淙淙和沈仪心从老百姓口中听到了许多关于他的故事。原来蒋老九是个义匪，专门劫富济贫，贪官污吏纷纷闻之色变，对他是又恨又怕，便想尽办法通缉他。为了避开风头，蒋老九于是掩藏起一身功夫，乔装打扮行走江湖。他依然不放过那些恶人，只不过教训他们的办法不是去"明抢"，而是去"暗骗"，那些人拥有大量不义之财，往往心虚得很，特别希望神明庇佑，于是他便用所谓仙术哄得他们心甘情愿地将钱财贡献出来，而他则将之分给了老百姓。上次那个洛员外，也是个到处搜刮民脂民膏的恶霸，只不过蒋老九的计划却被忽然出现的杨淙淙和沈仪心打乱了。

"原来如此……"得知真相的杨淙淙觉得脸红红的，本以为自己是一身正气，结果没想到竟有着这样的隐情。还好，蒋老九并没有再提起这件事情。

这天，三个人夜宿在沿岸的一家客栈中，一来是整日在船上太过劳累，二来也是去附近的城镇中买些路上的食物用品。晚上，蒋老九在屋里休息，杨淙淙和沈仪心则去街上买了东西回来，走到客栈附近，远远地看到有一队官兵在沿岸搜查，他们隐约听到什么"通缉""逃犯"，似乎还听到了蒋老九的名字。

两个人心意相通，相视点头。沈仪心在暗处盯着那些官兵，而杨淙淙则匆匆绕到客栈后门，去房里通知蒋老九快些逃离。

事发突然，她根本没来得及敲门，直接推门而入。然而，眼前的一幕，却让她目瞪口呆。

在本该属于蒋老九的房间里，坐着个眉清目秀的男子，他的面前是一面铜镜，而他正望着镜子，手轻抚着自己的容颜。烛光掩映下，他的身上带着朦胧的光圈，眼神有一种怅然若失的感觉，仿佛镜中的人不是自己一般。

男子见到忽然出现的杨淙淙，也是一愣。杨淙淙以为自己走错了房间，低低说了声"抱歉"就退了出去。过了一会儿，她才后知后觉地感觉有些不对劲儿，回头一看门牌，没错啊，确实是蒋老九的那间房！

犹豫了一下，杨淙淙再次走了进去。门依然没锁，男子还是在刚才的位置，仿佛知道她会回来，在等着她一样。

"我早知会有如今这么一天，一路同行，有些事我也确实不该再隐瞒下去了。"

听到他的声音，杨淙淙惊得下巴都要掉下来了，这……分明就是蒋老九的声音！

男子起身，打开了一个藏在隐蔽之处的箱子，里面有一个制作精巧的仿真面具，还有一些装扮用的物品，以及一堆棉花。原来他身形很瘦，全靠那些棉花塞在衣服

中，才扮成一副壮硕模样。

就在这时，外面遥遥地传来了一声呼哨，那是沈仪心传来的信号，表示官兵快要到来了。望着一脸惊讶的杨淙淙，男子将箱子锁好，起身给她倒了杯茶，犹豫了片刻，终于还是开口说道："我的真名，叫作顾之臻。"

顾之臻说起了他曾经的那些往事。

原来，顾之臻年少时曾经有一个玩伴，他喜欢了她很多年，一心想娶她为妻，奈何他家境贫寒，不为女子家人所喜。后来女子被当朝一个大官看上，强娶过去当了妾室。大官知道两个人青梅竹马，容不得顾之臻，为了除掉他，便设计陷害他杀人，纵然他从没有做过什么杀人之事，却有口难辩，只能到处躲藏。

有一天，顾之臻无意之中救了一个伤重的人，便是义匪蒋老九。蒋老九那时被仇敌所伤，已经到了弥留之际，为了感念顾之臻的恩情，送给了他一个盒子说是谢礼。伤重的蒋老九没过几天便过世了，葬了他后，顾之臻打开了那个盒子，里面是一把长刀，以及一个蒋老九面容的仿真面具，还有一部武功秘籍。

长刀就是被沈仪心斩断的那把，那是当年蒋老九的随身宝物，在江湖上也是叫得出名号的，所以看到宝刀被毁时顾之臻才会那么气愤。话说回来，也多亏了那把刀和武功秘籍，也因为他的勤奋苦练，原本没太多武功底子的他在一两年间功夫精进了许多，借着蒋老九的名号继续走天下，替他做着他未完成的那些惩恶扬善的事。

虽然蒋老九也是被通缉的，可是顾之臻却更加喜欢这个身份，无拘无束，无惧无畏，可是每每在夜里，他都会感到怅然若失。这副面具他已经戴了很久，久到他已经不知道自己到底是谁了。

或者说，这两个人都是他，却都不是他。

一个是记忆中怯懦的他，看着心上人被逼嫁人却无可奈何的他；另一个是现在行走江湖，看似自由自在的他。很多次他在夜里拿下面具，看着镜子中那陌生的容颜，想着这个人究竟是自己，还是一个只活在记忆中的人。

"那你以后，想一直戴着面具生活吗？"杨淙淙问。一直这样生活着，以另一个人的面容，还有身份。

"这……"顾之臻有些失神，望了望窗外的月色，"你觉得呢？"

杨淙淙端详了他一阵，忽然掩嘴笑了起来："我觉得，还是你现在的模样更帅一些。"

顾之臻先是一愣，然后也笑了起来，他笑起来的时候眼神很柔和，跟先前那个扮

出来的大汉形象截然不同。

"我也这么觉得。"他说。

月色朗朗，之前一直横亘在心里的什么东西，仿佛一下子就散去了。

"淙淙……我曾经立下过一个誓言。"

"什么誓言？"

顾之臻眼睛垂下，似是有些犹豫，烛光下又仿佛有些羞涩："那就是……如果谁第一个看到了我的真面目，那证明是缘分所致，上天注定，我一定要娶她为妻。这也是我今天向你坦白一切的原因，既然要携手终老，就不能有所隐瞒。"

杨淙淙的嘴巴大得简直能塞得下一枚鸡蛋。这种话本小说里的桥段，竟然也能被她碰上？顾之臻这个家伙，立下什么誓言不好，非学别人立这种誓！欸？等等！"既然要携手终老，就不能有所隐瞒"？这话说的，怎么仿佛默认她一定会答应似的，她可从来都没点过头啊！

杨淙淙深吸一口气，硬是挤出一丝笑容："这个……你有没有想过，万一第一个看到你面容的人是个男的呢？"

话一说完，原本尴尬的气氛顿时变得更加尴尬了。

顾之臻自信满满地说："那就结为兄弟。"

杨淙淙在心底哀号，为什么男的就是结为兄弟，而女的不是结为兄妹却是结为夫妻啊？不公平啊不公平！

"我不能答应你。"她故作平静地说道。

"为什么？"

"因为你的心里肯定还有别人，你的青梅竹马，我不信你忘得了她。"在那九幽窟里的"醉"那一关中，她有绝对的理由相信他在幻境中看到的是那个女子，所以那时他的表情才会那般伤感。

顾之臻的眼睛有一瞬间的黯淡，很快又有了神采，他说："她已做人妇，有了自己的生活，我也是时候放下自己的执念了，人总不能一直活在记忆里。况且，你这样好，是多少人求之不得的。"

"可是……"看样子顾之臻真的是认真了，杨淙淙一方面不忍伤害他，另一方面又觉得必须要火速而果断地拒绝，当断不断，反受其乱啊！

"有一件事我一直没告诉你，"杨淙淙咳了两声，说道，"其实，我早已定了娃娃亲了。"

"娃娃亲？"顾之臻一愣，"和谁？"

"就是……沈仪心。"杨淙淙实在没办法了，只能拉沈仪心出来当挡箭牌，硬着头皮继续扯谎，"明年就要正式成婚了。"

"明年才要成婚的意思，就是现在还没成婚。没关系的，我不在意。"

杨淙淙郁闷极了，以前只知道沈仪心呆呆的，没想到顾之臻也是如此，根本没听出她话中之意！难道读书人都是这样？真不知道是该说他木讷呢，还是说他执着。

"笃笃笃！"敲门声忽然响了起来，两个人立刻噤了声。

杨淙淙以为是官兵来了，让顾之臻藏好，然后小心翼翼地打开房门，却发现沈仪心一脸不高兴地站在门口。

"官兵没有查到这家客栈，已经走了。"他表情严肃地开口，眼睛一直盯着顾之臻，却没有惊讶的表情。

看他这样，杨淙淙就知道他显然已经听到两个人之前的谈话了，从顾之臻的身份，到后面说要娶她……糟了，他会不会也听到了她瞎扯的娃娃亲的事？

"淙淙，你刚说的是真的吗？"沈仪心一脸严肃地问她。

"那个，其实……其实……"杨淙淙"其实"了半天也说不出后面的话了，此时顾之臻和沈仪心都在场，任她怎么圆谎，都不可能天衣无缝啊！

"我知道了。"反倒是沈仪心先下了结论，什么也没说，只是抬头望月。

杨淙淙望着沈仪心的背影，居然有点儿萧索的意味。其实她没明白，沈仪心压根儿没听到有关娃娃亲的那些话，他方才来是想告诉两个人官兵快到了，却无意中听到顾之臻说要娶杨淙淙，心里难受得紧，就跑开了，后面的话也没听到，直到官兵走了他才回来。他问她"是真的吗"，其实是想问她对顾之臻是不是真的，而杨淙淙却以为他问娃娃亲的事是不是真的，支支吾吾老半天，让沈仪心更加认定她是喜欢顾之臻的了。

那个顾之臻……哼！才跟淙淙认识多久，就想拐走她了，他绝对不允许！

第一次，沈仪心对一个人有了明显的敌意。

沈仪心觉得很惆怅，顾之臻的真容的确挺俊的，武功也不错，样样都挺好……他的心里好像堵了团棉花，特别难受，却又发泄不出来。

他叹了口气，手指无意间触到腰间的剑，仿佛有一股电流通遍全身，让他精神为之一振。不，光是怅然是没用的，他必须行动起来，只有让自己更强，才能更好地保护淙淙，才能不让她被人拐走。

那把乌黑的长剑，他先前总是觉得它重，此刻也不知怎的，练起来竟然趁手无比。原来那些难练的招式，一朝一夕间也仿佛突然熟悉了许多，心念所往，剑锋所至。月色下，也不知是看花眼还是怎么了，他竟然发现剑锋上好似隐约散发出了青色微光，再一眨眼，那微光便消失了，唯有月晕笼罩。

那一夜，沈仪心吹了一夜的风，也练了一夜的剑。他感觉仿佛有什么在冥冥之中指引着他，又或者血液中的什么在逐渐复活。他看到一个人的影子，那个人有着跟他一样的面容，在月下吟着诗，舞着剑，饮着酒，指点着江山。

他想，或许第二天，他就能和那个人一样了。

然而事实上……

第二天，他便染上了风寒。

凝光镇是寰珠海旁的一座城镇，原先这里只是个小渔村，后来逐渐因盛产珍珠而闻名，愈加繁华起来。传说中，珍珠分两种，一种来自贝类，是为常品，而另一种来自鲛人，是为珍品。而珍品中的珍品，就是以鲛人坠泪而凝成的，叫作鲛人泪。

传说鲛人泪圆如月盈，耀如月辉，散发着梦一般的光芒，持有它的人可以获得极致的美丽和优雅，在皇宫贵胄的女眷中极受追捧，谁若是拥有一颗鲛人泪，便会成为万人瞩目的中心。然而因为鲛人稀少，又与人类鲜有往来，难见泣泪，所以鲛人泪往往千金难得，甚至流传着这样一句话："黄金取来易，鲛泪得之难。"

走在凝光镇中，只见处处都是卖珠宝的铺子，鳞次栉比。鸽子蛋大小的夜明珠，无数颗珍珠穿起来的珠帘，熠熠生辉的珊瑚树……各种宝贝应有尽有，却没有一家店有鲛人泪，每当三个人问起，掌柜总是摇摇头。其中一家店的掌柜告诉杨淙淙他们："这鲛人泪啊，现在几乎已经寻不到了，你们可以去城中心的璨星楼看看，那是凝光镇最大的珠宝铺子，或许能有一些收获。"

三个人来到璨星楼前，只见那是一幢三层的建筑，装修得富丽堂皇，连门口的招牌都是以拇指大的珍珠镶边的，看得沈仪心不由得咂舌，这么大的珍珠，在前面那些店里都是当镇店之宝卖的，璨星楼竟用它来装饰牌匾。门口的牌匾上，以金粉书着"璨若星辰"几个大字，落款是良苑栎。

"良苑栎是谁？"沈仪心小声问。

顾之臻定定地望着那个名字，说道："是当朝皇后的哥哥，也就是国舅。当朝皇后娘家炙手可热，气焰连天子都要让之三分。"在他说这句话的时候，杨淙淙注意到

他的眼神有些复杂。

见三个人进来,立刻就有个小厮来招呼,穿着也是华丽无比,衬得三个人倒显得寒酸了。当听三个人说明来意后,小厮让他们稍等,便请来了管事的。

管事的是个四十来岁的中年男人,留一撮山羊胡,说话也倒算是和气:"听说几位是想购买一颗鲛人泪?"

沈仪心说:"我们不是想买一颗,是想买一袋。"

管事的一愣,还以为自己听错了,再一看沈仪心一点儿也不像开玩笑的样子,不禁失笑道:"你可知道这鲛人泪一颗价值几何?"

见三个人摇头,管事的伸出一根手指。

沈仪心拿捏了一下,说:"十两?"

管事的摇头。

"一百两?"

管事的还是摇头。

"一……一千两?"

"一千两黄金!"管事的说道。

听到这个数字,三个人都倒吸了口凉气。先前只知道这鲛人泪珍贵,却没想到价格竟然已经高到如此地步。

见三个人的表情,管事的心知自己之前的判断是对的,看他们的衣着打扮,脸上分明写着"买不起"三个字,还要不死心地来问价格,一开口就说想买一袋,真是异想天开。

管事的收起了那副和善的样子,头一昂,鼻孔冲天,正想离开,被杨淙淙叫住了。

"敢问这鲛人泪,为何如此之贵?"

管事的看了看这个长得虽然清秀,却打扮得普普通通的小姑娘,翻了个白眼:"这哪里算贵了?我们这里还有能治百病的仙药,那才叫价值连城。不过即使告诉了你们,你们买得起吗?"说罢,扬长而去,留下杨淙淙三个人面面相觑。

出了璨星楼,天已经黑了,顾之臻说有些累,先行回客栈了,剩下杨淙淙和沈仪心在街上溜达。忙活了一天,肚子都饿得咕咕叫了,两个人决定先去吃点儿东西。

"那个管事的,真是个势利眼,哼!"饭店里,沈仪心愤愤地说道,狠狠地咬了一口手上的鸡腿,仿佛要泄愤似的。

看他这副样子,杨淙淙有些好笑,他虽然比她高出了许多,轮廓也明显了,可心

里有时候仍像个孩子，让人觉得有些傻，又有些可爱。

"那个九幽窟主人为什么要鲛人泪呢？这鲛人泪如此贵重，我们连一颗都买不起，更何况说一袋……"杨淙淙托腮，有些惆怅。

"买不到，我们可以用别的方法得来啊。"

"什么方法？"

沈仪心说："璨星楼通过什么渠道得来的，我们可以追根溯源。再珍贵的东西，最初时都未必高价，我们可以去源头试试看。"

他的话令杨淙淙恍然大悟，对啊，璨星楼自己肯定是不产鲛人泪的，那么他们就去寻鲛人泪的源头，到海边、岛上，或者沿海的渔民那里去一探究竟，或许有意想不到的收获呢！

杨淙淙忽然觉得，沈仪心一点儿也不傻，他聪明着呢，这才是大智若愚。

"又是你这小子，上次被你溜了，这次偷东西被我抓了个现行，看你往哪儿跑！"

客栈里忽然吵吵闹闹的，两个人的注意力被吸引了过去。只见店老板正拎着一个十来岁的男孩的衣领，那男孩穿得破破烂烂的，脚上的草鞋连脚趾都露出来了。他怀里抱着几个包子，正奋力地想从老板手里挣开，却怎么也挣不脱。

"我没有偷！我妹妹想吃包子，我是买的，我给了你钱！"

"给钱？"老板冷笑，"就凭扔在我这儿的一块破布，能值几个钱？"说到这里，他摊出手来，手中有一块白色的织物，看起来松垮垮的，有些粗糙。

"那不是破布，那是鲛绡！"

鲛绡。听到这个词，杨淙淙的注意力一下子被提了起来。

"哈哈，鲛绡，大家伙儿看看，有这样的鲛绡吗？传说中鲛绡轻薄如纱，柔软如丝，坚韧如钢，你若说你给我的是块抹布，我还相信些。"

听到这里，众人又是一阵哄笑。

少年紧咬着牙，坚称自己没有偷东西，在众人的哄笑声中，他依然一脸桀骜不驯。

"老板，放他走吧，这几个包子我给钱。"杨淙淙说道。

"这位客官，您可别心软，这小子叫阿中，不是头一次偷东西了，被抓到了毫无悔意，还满口谎言，今天我非得教训教训他不可！"

"如果不是被逼到无路可走，没有人会愿意这样的，希望他以后能学好吧。"

沈仪心也在一边帮腔："是呀，是呀。"

老板犹豫了一下,把阿中放了下来,说道:"算你小子运气好,遇上了贵人相助,快些滚远,以后要敢再犯,我一定打断你的腿!"

阿中甩开他,在地上站定,望着杨淙淙和沈仪心。说来也奇怪,分明是他们两个刚才帮了他,他的眼神里却没有丝毫感激,目光冷冷的。

"这些你拿走吧。"杨淙淙从自己这桌拿了好几个包子,还有其他的一些吃的,塞到少年怀里。

这一刻时光仿佛倒流,她想到许多年前的某天,她和沈仪心也是这样帮过一个少年,少年的名字叫玉生。最后,玉生成了沈仪心最重要的伙伴和助手之一。

时光仿佛走了,又仿佛一直都停在那里。

"记得,诸恶莫作,众善奉行。"望着阿中的眼睛,她说。

阿中看着杨淙淙,忽然狠狠地踹了她一脚,飞一般地跑开了。

"您看看,您看看,我就说这小子忘恩负义吧!"饭店老板气不过,不住地念叨着。

杨淙淙却并不生气,望着阿中离开的方向有些失神。从少年的眼睛里,她看到了许多东西,憎恨,愤怒,还有一种悲哀。

小小的年纪,何以承受了那么多呢?

出了饭店,天已经黑透了,街上的人也稀少下来,杨淙淙和沈仪心往客栈走去。

沈仪心说:"淙淙,你说,那孩子为什么这么仇视我们?"

杨淙淙也不明所以,说:"或许是经历了什么事情吧,从他的眼神中,我感觉他经历的东西比我们想象中多得多。"

"我觉得他不像是会偷东西的人。"沈仪心忽然说道。

"为什么?"

"眼神啊。"沈仪心说,"一个人的眼神是骗不了人的,就算处于劣势,他的眼神依然坚定,我由此就知道他内心是纯粹的。"

杨淙淙没想到沈仪心会说出这么有内涵的话来,赞同道:"相由心生,的确如此。"

沈仪心点点头,自言自语道:"怪不得我总觉得淙淙是世间最漂亮的人,原来是相由心生。"

这句话让杨淙淙的鸡皮疙瘩掉了一地,她正想教训他何时竟变得如此油嘴滑舌了,然而转头一看,沈仪心面上竟然丝毫开玩笑的意味也没有。这话语落在她耳中,

配上他一脸认真的表情，竟让她觉得耳根软软的，心里有些甜丝丝的，好像吃了上好的桂花糕，那软糯的感觉是从来没有过的。

晚风吹来，道路两旁的夜来香散发着幽香。

两个人继续走着，途经一条偏僻的小巷子时，忽然有一个人影蹿了出来，把两个人吓了一跳，却听那个人问道："两位可是想买鲛人泪？"

借着月色，杨涼涼看清这人很瘦，还有点儿驼背，她迟疑地问："你怎么知道？"

"方才两位在饭店吃饭时，我也在，只不过那时不好搭话罢了。"

沈仪心问："你有鲛人泪？"

"正是，我祖上传下来鲛人泪一斛，一直保存着。但到了我这一辈，只恨我无用好赌，家道中落，无奈之下只能靠变卖祖产度日了。"

"我们怎么知道你所说的是真是假？"

"两位若是不信，随我一看便知。"

杨涼涼和沈仪心对视了一眼，决定还是先一探究竟。

瘦子带着他们七拐八绕地穿过许多小巷，最后来到了一个海边渔村。在一个破旧的小茅屋里，瘦子从地下挖出了一个带锁的箱子，里面用金色帕子裹着一包东西，一打开，满是浑圆的珠子，有的雪白，有的浅紫，熠熠发光。

"这是祖先留下的最后一斛鲛人泪了，只要一千两，就可以卖给你们。要不是我实在走投无路，也万不会变卖祖先留下的宝物啊！"

杨涼涼并没有见过鲛人泪，这个人的话她也有些怀疑。璨星楼卖一千两黄金一颗，而这里一千两银子就能得一斛，这价格差距也太大了吧？

没有天上掉馅饼的事。

"你祖先留下的鲛人泪还真是不少，这几日看你都卖了好多'最后一斛'了。"

忽然，一个声音冷冷地从一旁传来，瘦子吓了一跳，待看清来人之后，不禁面露凶光，从怀里抽出一把匕首来："又是你小子，真是阴魂不散！三番五次坏我好事，看我不要了你的小命！"

那个忽然出现的人，正是不久前两个人在饭店里遇上的少年，阿中。

"你敢？"沈仪心话一出口，手中黑色长剑已经搭在了瘦子的脖子上。

瘦子哪里见过这等阵势，顿时吓得抖如筛糠，连声说："好汉饶命，好汉饶命！我、我、我承认这鲛人泪是用贝母和一种发光的染料仿冒的，但小的只是谋财，从来

不敢有害命的想法……"

原来是只纸老虎，外强中干。杨淙淙心里好笑，表面故作冷酷，哼了一声："若是再被我们发现你为非作歹，决不轻饶！"

"是，是……不轻饶，不轻饶！小的再也不敢了！"

沈仪心收回了剑，瘦子连滚带爬地跑开了。

"阿中，你怎么会在这里？"沈仪心问少年。

少年不说话，冷冷地转头就走。

"忘恩负义的小孩子。"杨淙淙说。

阿中忽然站住，转身说："如果我忘恩负义，就根本不会揭穿他，让你们被骗了最好！想获得鲛人泪的人，都是坏人！"

杨淙淙暗笑，她是故意用激将法的，这样阿中才会跟他们说话，毕竟是个孩子，很容易就说出了内心所想。而他最后的那句话，也引起了她的注意。

"为什么想获得鲛人泪的人都是坏人？"

"你们以为鲛人泪是怎么得来的？那是鲛人的眼泪！那些人获得鲛人泪的方法，也分外无耻！"阿中的情绪喷薄而出，终于说出了真相。

鲛人是一种奇妙的生物，很早的时候，人们便知道了鲛人泪的珍贵。以前，有渔民为了取得鲛人泪，假意把自家的小孩投入海中。鲛人生性单纯善良，不疑有假，见小孩蒙难，便伤心落泪。而事实上这只是一场骗局，渔民的小孩都极善水性，潜游水底，在鲛人落泪之后便打捞那些凝成的珍贵宝珠，之后带上岸来交给渔民，渔民出售给商贾，以此牟利。

这种事情出现得多了，鲛人们也渐渐知道了是骗局，不再上当。人们一看软的不行，在利益的驱使下，决定来硬的，那就是——捕鲛！

捕鲛船，往往船身巨大，装备精良，可以在深海巡游许久。鲛人并不好抓，但是一旦抓到了一个，就等于拥有了无价之宝。被抓住的鲛人极惨，人们会以种种残酷的手段去折磨，以使其落泪。长此以往，鲛人死伤不在少数，幸存的也潜居大海深处，不再露面了，鲛人泪的市价也越来越高，乃至价值连城。

听阿中说完这些，杨淙淙和沈仪心都不禁倒吸了口凉气。原来传说中纯洁如雪、剔透似玉，被镶嵌在凤钗、金步摇上的鲛人泪，它得来得竟然如此残酷，如此血腥！

"建立在鲜血之上的美丽是肮脏的，所有想要得到鲛人泪的人，都是坏人。"阿中沙哑着嗓音，沉沉说道。

第三章 烛光掩映现真容

杨淙淙沉默了，她从不知道鲛人泪竟然是这样得来的，而其中真相又如此骇人听闻。怪不得在饭店的时候，她虽然帮了他，他还狠狠踹了她一脚，原来是将她当作同流合污的恶人了。

"你是怎么知道这些的？"沈仪心问。

阿中沉默了片刻，说："我曾在海滩上救过一个鲛人，那时她被捕鲛船所伤，我将她藏在了家里，这些都是她告诉我的。"

想到今天白天在饭店里的事，杨淙淙问："你拿的那些鲛绡，是真的？你又为什么要去拿它来换几个包子？"

"我父母早逝，我自己一个人照顾妹妹。如果不是妹妹年纪小，肚子饿，吵着要吃那家的包子，我是绝不会去用鲛绡来换的。"阿中说，"当初我救了那个鲛人，我们成为朋友，那也是我唯一的朋友。她说要报答我，于是织了鲛绡送我。可是她的手受伤了，拉不紧线，也凝不成丝，只能织出那般成品。她很难过，却没有哭。我说不要紧，只要她平平安安就好。后来她伤好了，她说她要回到大海，那以后我再也没有见过她。"

少年的声音很平静，然而杨淙淙从那平静之下，仿佛看到了整片大海下的波澜。

一个在黑暗中成长的少年，独力扛起生活的重担，艰难而坚强，坚强而孤独。在那孤独中，曾有一个海底的精灵浮了上来，潜入他的生命中，又悄然离开了。

"你为什么要告诉我们这些？"

黑暗中，杨淙淙能感受到阿中看过来的眼神，他说："我觉得，你们不是坏人。"

沈仪心笑了："可你不久前还说我们是坏人。"

"起初我以为你们想得到鲛人泪，是为了牟利，我于是跟着你们，想进一步探听情况。后来我听到了你们在路上的谈话，觉得你们真实不虚假，之前对我的帮助也并非伪善。所以在我发现你们可能被那个人欺骗时，便出来阻止。好了，我要说的说完了，以后你们好自为之吧。"说完，他转身要走。

"阿中！"杨淙淙叫住了他，"谢谢你。"

"不必谢我。我阿中从不受人恩惠，先前你们帮助了我，现在我还给你们，你们想知道的我也做了解答。从此之后，我们两不相欠。"

"我可以问你最后一个问题吗？"

"说吧。"

"那个你曾经救过的鲛人,叫什么名字?"

少年的眼神忽然柔软下来,杨淙淙第一次见到这样的情愫在他眸子里浮现,声线也变得温和。

"琴幽。"

"那……"

"我不知道你们为什么要得到鲛人泪,但我希望你们可以放弃这个念头,为了那些血泪掩盖下的真相。尤其,是不要成为璨星楼的客人。"

说完最后这句话,阿中转身消失在了黑暗之中。

回到客栈后,夜已经深了。杨淙淙躺在床上想起阿中的话,辗转反侧。

璨星楼?阿中特意提到这个地方,让她觉得有些疑惑,仔细想想,确实也有很多她想不通的地方。比如为什么这城中那么多家的珠宝店都没有鲛人泪,唯独璨星楼有?而璨星楼的小厮一听到他们要买鲛人泪,立刻便请来了管事的,显得十分熟门熟路,可见这里此类交易并不少见。那么多的鲛人泪,璨星楼又是如何得来的呢?

杨淙淙左思右想,觉得璨星楼这个地方,必须一探。

　　顾之臻最近这几日病了，杨淙淙让他好好休养，自己和沈仪心去探查璨星楼的情况。这一探查，两个人发现璨星楼的守卫比他们想象中多得多，除了层层如铁桶般的护卫不断巡视外，还有数名隐藏在暗处的暗卫。

　　虽然一个珠宝商行守卫多也并不少见，然而这些守卫集中的地方并不是放置珠宝的前楼，而是后院，这就有些反常了。

　　除此之外，杨淙淙还发现，每隔三天，都会有一个郎中打扮的人在子夜丑时来到后院门口，手提药箱，通过守卫的重重检查进入其中，又在天亮之前匆匆离开，十分奇怪。

　　这璨星楼中一定隐藏着什么秘密，但它守卫众多，难以硬攻，两个人一商量，决定从那个郎中身上寻找突破口。

　　这天晚上，午夜时分，杨淙淙和沈仪心蒙面潜伏在一条去璨星楼必经的小巷中，在黑暗里屏息等待着。他们已经打听到那郎中姓冯，一定会经过这里。时间一分一秒流逝，更夫打着梆子走过，边打边念唱着："丑时四更——天寒地冻——"

　　更夫渐渐远去，黑暗中两个人对视了一眼，知道时间快要到了。

　　果然，没过多久，有一个提着药箱的人匆匆而来。虽然夜里家家都关门闭户，长街无人，但这个人依然小心翼翼，正是冯郎中无疑。

　　眼看这个人近了，沈仪心一跃而出，手中长剑"唰"地搭在了冯郎中的颈间，将他逼到了一个角落里，同时反绑住了他的双手。冯郎中大惊，刚想要喊人，嘴巴就被塞进一团破布，叫喊声立时被堵在了喉咙中。

　　一袭黑衣且蒙着面的杨淙淙缓步走出，看着一脸惊惧的冯郎中，说："你不用担心，我们既不谋财，也不害命，只是想问你一些问题。"

　　沈仪心故意压低了声音，恶狠狠地说道："对于我们的问题，如实回答的话，可放你一条生路。如果敢耍什么花招，就别怪刀剑无眼了。"

　　冯郎中额上沁下了汗来，"唔唔"出声，连连点头。她使了个眼色，沈仪心便把那布团扯了出来。

　　冯郎中靠在墙上，惊魂未定："两……两位大侠，小的只是个寻常郎中，两位有什么问题尽管问，小的必定知无不言……言无不尽。"

　　杨淙淙问："我问你，你在深夜如此行色匆匆，又恐人发现，是要去哪儿？"

　　冯郎中犹豫了一下，沈仪心冷冷地"哼"了一声，也没看他，只是擦拭着手里的剑，冯郎中马上打了个寒战，说："是去璨星楼。"

第四章
碧水凝光 鲛人泣

原来沈仪心扮起坏人来还这么有模有样的，杨淙淙心里好笑，表面上依然冷冷地问："去璨星楼做什么？"

"去治伤。"

"给什么人治伤？"

"我……我也不清楚。每次进去之后，我的眼睛都会被蒙上，被带到一个地方，给那里关押着的一些人治伤。虽然看不到，但从看守的人之间的对话，我觉得那里应该是个地牢。"

地牢？一个珠宝商行的后院里，为什么会有地牢？

"你是怎么治伤的？"

"我的眼睛一直被蒙着，看不到那些人的模样。那些人从不说话，也不动，会有人把他们带来让我把脉。把完脉以后，我会给他们一一开出方子，守卫会拿去，此后便没有我的事了。"

"根据你的经验，那些人受的什么伤？"

"多是些皮外伤，其他的也似乎没有什么……哦，对了，那些人脉搏很弱，似乎都有失血过多的症状。"

听完冯郎中所说，杨淙淙心里的困惑愈加多了，这看似富丽堂皇、极尽奢华的璨星楼里，究竟隐藏着些什么秘密？

"对不住了。"

说完这句话，杨淙淙一掌劈在了郎中脖子上，冯郎中来不及叫喊，便昏了过去。

两个人将冯郎中拖到一个角落里，沈仪心扒下了他的长褂套在身上，又在他身上摸了摸，发现了一块刻着"璨"字的腰牌，此外还有本诗集，其中一页折了个角。

"倒是个文雅人。"杨淙淙凑过来看了看，她向来不爱读书，看到那一大堆文字就头痛，也就没细看。而沈仪心则认真地看了看，而后将它放到一边。

杨淙淙脱下了身上的夜行衣，里面穿着一身灰色男装，她将头发高高束了起来，面庞素净，看起来少了些女子的柔美，多了些男子的英武。

再看沈仪心，他穿着冯郎中的那件衣裳，手提药箱，那衣裳是浅蓝色的，月色下显得一尘不染，衬得他面庞俊朗无比，晚风吹来，衣袂微扬，影子投在长街上，颇有些超凡脱俗的意味。

一向不爱吟诗作赋的杨淙淙脑袋里忽然蹦出来这么一句诗：公子世无双，遗世而独立。

这些年来,她像照顾徒弟一样带他学习、修炼,总觉得他还是一个长不大的孩子,然而此时此刻,看到他修长的身姿和英气的面容,她忽然觉得,他不再是当年那个总跟在她屁股后面"淙淙""淙淙"叫她的小孩子了,而是一个玉树临风的翩翩少年郎。

发现杨淙淙目不转睛地盯着他,沈仪心愣了一下,说:"淙淙,我脸上有灰吗?"

"没有啊。"

"那你干吗一直看我?"

杨淙淙的脸蓦地红了,意识到自己竟然在这个时候胡思乱想,真是没出息!

"我是在看你这身打扮,哪里在看你,真是自恋。"杨淙淙咳了两声,故作严肃地说道,"嗯,的确像那么回事,看上去是个郎中了,等一下可千万别露馅了啊。"

沈仪心嘴笨,心眼实得很,平时说句谎话都会脸红,不像她,可以天上地下地瞎扯。锦澜仙君以前总说她说大话都不打草稿的,她可不承认,明明打了腹稿的嘛!

"放心吧,我会按照我们商量好的,凡是被盘问,都由你来回答,我装哑巴配合你就好了。"沈仪心说。

杨淙淙满意地点点头:"记得,从现在起,你是冯郎中的徒弟,我是你的小厮。"

两个人装扮妥当,一路向璨星楼而去。

来到璨星楼的后院,只见后门闭着。杨淙淙试探着想去敲门,结果门竟然从里面开了,一个守卫模样的人站在门口,上下打量了两个人一阵,目光中有些怀疑:"今日怎么不是冯郎中来?"

杨淙淙忙不迭地回答:"我家主人临时突发急症,出不得门,又不敢误了璨星楼的事,于是派他的得意门徒前来。这位公子医术高明,但可惜有先天缺陷,口不能言,故而让小人随同解释。"

说罢,沈仪心递上那块腰牌,守卫仔细查过,表情缓和了些,说:"怎么郎中自己也会突发急症?"

杨淙淙赔着笑解释:"人吃五谷,得百病,这也是料不到的。"

守卫点点头,说:"他可以进去,你,留在这里。"

杨淙淙没想到竟会这样,立马装出一副为难的样子,说:"这位大哥,小的也不想进去啊,奈何主人特意吩咐过一定要照顾好公子,若是被他知道小的偷懒,定然会打断我的腿!"

第四章
碧水凝光 鲛人泣

守卫无动于衷:"不行。"

杨淙淙一见软的不行,只得来硬的:"你可知道,我们每次进去是做什么?"

"不该我知道的,我自然不会去询问。"

"人,应当对自己不知道的事物,保持一颗敬畏之心。"杨淙淙假装一本正经地说道,"我可以不进,但若是公子独身进去,跟身边的人有什么沟通不畅之处,最终误了事,这后果恐怕不知要由谁来承担了。"

守卫的表情变了变,几经犹豫,最终还是咬牙说道:"进吧。"

杨淙淙内心窃喜,表面上仍然一副淡定的模样,跟在沈仪心后面跨进了门。

"站住。"这时身后传来一个声音,是那守卫的,他好似突然想起来什么一样,对着两个人说道,"皎皎河汉阔。"

杨淙淙一愣,这是什么意思?

她和沈仪心对视了一眼,沈仪心目光焦灼,然而却说不出话来。杨淙淙不明其意,却也只能挺着头皮硬上。

她抬头,看到天上星斗漫天,干笑了几声,说:"是啊是啊,这天上星河,果然十分广阔,令人心旷神怡。"

四周氛围忽然肃杀了起来,沈仪心连连冲她摇头,而杨淙淙依然一头雾水。守卫逼了过来,手按在刀鞘上,冷冷望着两个人,又重复了一次:"皎皎河汉阔。"

杨淙淙这下反应过来了,这是在对暗号哪!可是,她哪里懂得暗号是什么?

眼见守卫杀气腾腾逐渐逼近,杨淙淙正在想是要打还是要逃时,沈仪心上前一步,朗声说道:"璨璨星辰远。"

看到守卫按在刀鞘上的手松了下来,杨淙淙也松了口气。

"早说不就行了,不然……"守卫刚说到这里,忽然意识到有些不对,猛一抬头盯着沈仪心,"欸,你不是哑巴——"

"咚"的一声闷响,杨淙淙一下子敲在了他后脑勺上,守卫昏倒在了地上。

"快走!"两个人匆匆向里面跑去。

由于之前探查过璨星楼的地形和守卫分布,杨淙淙和沈仪心巧妙地避开了巡视的人。根据冯郎中的描述,两个人将目标锁定在了西南方的花园之中,那个地牢很可能隐藏在那里。

"喂,你是怎么知道那个暗号的下一句的?"一边悄悄行进着,杨淙淙一边小声问沈仪心。

"就在冯郎中怀里那本诗集折角的那页里，大概是他把这两句暗语藏在了一首诗中，想着如此才不引人注目。"

听到沈仪心如此解释，杨淙淙不得不赞叹他的观察能力了，仅仅看了几眼就能全篇记住，还在关键的时刻学以致用，真是令人刮目相看。

可是……他忘记了自己此刻所扮的是个哑巴。

杨淙淙也不怪他，若不是他，那守卫定然会对两个人的身份起疑，难免一番打斗。单打独斗她是不怕的，她是怕这边一有动静，引得周围的守卫和暗卫前来，情况就不妙了。

"走了这么久，也没找到地牢，我们是不是走错了？"沈仪心说。

"嘘——"杨淙淙左右看看，比了一个噤声的手势。

夜风掠过身后草丛，窸窣作响。

两个人正犹豫是否要继续行进时，突然身后有人问了句："咦，你们怎么在这里？"

杨淙淙身子一僵，万万没想到仅仅是说句话的工夫，竟然被发现了行踪。缓缓地转过身去，只见身后站着一个脸圆圆的小丫鬟，正眨着眼睛看着两个人。

正当杨淙淙在想怎么解释时，那小丫头皱了皱眉，说："真不知门口的守卫那边是怎么搞的，人来了竟然没有通知我，下次我一定要好好地教训教训他们。"说到这里，她对两个人笑了笑，"公子，我是濛汐呀，你还记得我吗？许久未见，不知尊师可好？"

杨淙淙立刻反应过来，答道："劳烦濛汐姑娘挂念，我家主人身体抱恙，故而遣了小的随公子前来，万万不敢误了差事。"沈仪心也十分配合地微笑点头。

"原来如此，请代我向尊师问好。"濛汐说，"你们没来过璨星楼，方才走错方向了，请随我来。不过按照璨星楼的规矩，非楼内人进入机要之地是要蒙上眼睛的，两位见谅。"

事到如今，杨淙淙和沈仪心也没别的选择了，两个人的眼睛被绸缎蒙了起来，在濛汐的带领下往璨星楼深处走去。

一路上杨淙淙的脑子转得飞快，表面上不动声色，内心已经设想了无数种情形，这个濛汐是谁，又为什么会说刚才那番话呢？到了目的地之后，他们又要怎么做？

不知走了多久，只感觉拐了许多个弯，过了好几道关口，濛汐说："到了。"

正在杨淙淙想拿下绸缎时，忽然听到一个细如蚊蚋的声音在耳旁响起："左前方

第四章
碧水凝光鲛人泣

有守卫两个，右前方三个，还有一个隐藏在树梢上的，身后也有个一路尾随。我数三、二、一，我们一齐出手，你们负责左右，我负责其他，务必一击即中，否则想达成目标就再也没有机会了！"

是濛汐！

情况来得突然，刹那间杨淙淙的脑子里有无数个念头闪过。也只是一瞬间的工夫，她就已经做出了决定。

一把扯下绸缎，眼前黑暗中灯火忽闪，人影幢幢，位置和人数果然跟濛汐所说的一模一样。杨淙淙和沈仪心极有默契，分别从两路夹击，出手快而准，那些人还没弄明白是怎么回事，已经纷纷被击倒在地昏过去了。

同一时刻，有人号叫了声，从树上掉了下来，身后树丛中的人也倒在地上，是濛汐把那两个人也解决掉了。

濛汐的视线在倒地的守卫身上逡巡了一番，上前一步，从其中一个人的腰间摸出了一串钥匙，打开了地牢的大门，闪身进去。杨淙淙和沈仪心彼此对望了一眼，跟着她走了进去。

"我知道你们心中有许多疑问，方才情况紧急，我也来不及解释那么多。"甬道空无一人，阴暗幽长，濛汐走在最前面，脚步匆匆。

"你到底是谁？你的目的是什么？为什么知道我们会在这里？你现在又想做什么？"杨淙淙一连串问出了许多问题。

"关于我，并不是三言两语能解释得清的，但请相信我对你们并没有恶意。"濛汐回答，"我隐藏身份潜伏在这璨星楼中许久，为的就是潜入这座水牢。原本我有个同伴在一起的，为了今夜我们筹划了许久，奈何不久前她身份不慎暴露，被关押起来，只剩我一个，璨星楼也加强了防卫。我思量许久，决定还是按照计划，在今晚行动。"

杨淙淙点头："在敌人自以为防守最严密的时候行动，出其不意，反而可能会有奇效。可是你为什么会找上我们？如果没记错的话，我们此前素未谋面，你又何以如此信任我们呢？"

"你们或许不知道，其实自你们进璨星楼起，就有暗卫一直在暗中盯着你们。你们虽然通过了第一道门，但中途所说的话已经暴露了身份，那暗卫本想召集人来捉拿你们，我于是在那时现身，故意做了一场戏来迷惑视听。他为了探听到更多消息，也怕打草惊蛇，就没有召集同伴，而是一路悄然尾随我们，这正给了我们反击的机会。

在地牢口，我们将他们一举拿下。"

沈仪心问："那你呢，又为什么会出现在那里？"

"因为我也正想去地牢，其实无论今晚你们出不出现，我都会按照计划行动的，只不过恰巧碰到你们罢了。"

"你就不怕我们是坏人吗？"

濛汐笑了笑："怕，可是我没有退路了，只能孤注一掷。"

杨淙淙问："你明知道以自身的力量很难敌得过那些守卫，又为什么一定要在今晚行动呢？你大可以继续隐藏身份，积蓄力量，等日后更加有把握了再出击。"

更何况，濛汐把她的身份已经告诉了他们，等于是彻底斩断自己的退路了啊。

濛汐眼中掠过一丝悲伤："我可以等，可是他们等不了了……"

杨淙淙正想问是怎么回事，濛汐的脚步停了下来。

眼前是一个巨大的牢笼，高有丈许，掩没在黑暗中，四周浇筑得严严实实。借着昏暗的火光，杨淙淙看到这牢笼中下半部分被水覆盖着，墙壁上斑驳地生着苔藓，原来竟是个水牢。这里唯一能跟外界连通的地方，是上方的一扇天窗，但也被钢铁焊得死死的。

"那……那是……"沈仪心颤声，想说什么，却什么都没说出来。

顺着他的目光，她向水牢深处看去，当看清楚里面的情形之后，不由得倒吸了口凉气！

那里是几个人！

水牢的水很浑浊，而在那最深、最黑暗的角落里，有几个被铁链锁住的人。他们一动不动，伤痕累累，身形枯槁，感受不到丝毫生机，那水也如死水一般，没有半点儿波澜。他们有着及腰的水蓝色长发，披散着，湿漉漉地滴答着水；他们有的倚靠在墙壁上，长发遮住了面容；有的浮在水面，那长发便幽幽地散在水里，仿佛一朵凋零的花。

就在这时，身后传来了隐约的声音，濛汐说："不好，似乎是追兵来了，我先去抵挡，你们一定要想办法救他们！"

濛汐说完这句话，身影消失在了黑暗中。

听到这边的声响，水牢中的一个人此时缓缓地抬起头来。借着昏暗的光线，杨淙淙看到那是一个女子，肤色苍白，身上有着无数道伤痕，纵横交错，令人触目惊心。她面容消瘦，因为瘦，眼睛便越发显得大了。

第四章
碧水凝光 鲛人泣

抬起头的时候，她的眼睛本是空茫的，然而当看到两个人的一刹那，那空茫的眼睛中顿时充满了无数种情愫！恐惧，愤怒……还有无尽的仇恨。

不知道到底是受了怎样的刺激，片刻前还宁静得像永夜一样的女子突然狂躁了起来，她愤怒地咆哮着、挣扎着，从水中一跃而起，试图向两个人冲来。杨淙淙和沈仪心吓了一跳，连连后退。然而女子似乎是忘记了身上那些枷锁的存在，她的双手手腕被极粗的铁链束缚着，当她跃起至一半的时候，铁链绷紧，她的身子便重重地摔了下来，跌落回水里。

水花四溅的一瞬间，杨淙淙看到了女子的身体。她的下半身，是一条鱼尾。

方才的举动牵扯到了女子的伤口，原本愈合未久的伤口再次开裂，流出了幽蓝的血，散在浑浊的水中。

女子喘息着，目光中仿佛有火在燃烧："别痴心妄想了，纵使你们用尽酷刑，纵使被折磨致死，我们鲛人一族也是绝对不会掉一滴眼泪的！"

鲛人！

"我们……我们不是……"沈仪心也是第一次见到这种情景，悚然大惊，连解释都不知该如何开口了，"我们不是来杀你的！"

"是啊，你们当然不会杀我们，抓到一条鲛人要花费多少工夫，你们怎么能让我们轻易地死去呢？"女子的眼里闪着怨恨的光，"所以，你们让我们活着，你们折磨我们，却不让我们死。每次先将我们折磨得伤痕累累，然后再找郎中给我们治伤，怕我们反抗，便给我们服下昏睡的药物；怕我们自尽，便将我们锁起来。在你们手上，活着难，更难的是死！人类真是如此聪明的生物！我鲛人一族，不及你们万分之一！"

她的话，字字句句，充斥着无限的仇恨。她原本姣好的面容由于愤怒和痛苦而变得扭曲，眼神里仿佛有一万条毒蛇，要将人吞噬。

虽然之前已经猜到璨星楼所做的勾当，也有了一定的心理准备，然而此时此刻看到眼前残酷的一幕，听到女子字字血泪的控诉，还是令杨淙淙感到不寒而栗。

"我好恨！"女子的声音沉了下去，仿佛风中幽幽的烛火，"你们不让我们生也罢了，便是连死的权利，都要剥夺……"

在璨星楼，这黑暗如炼狱一般的地方，纵使想求死，也是一件不可能的事。她在这暗夜中愤怒、挣扎、悲哀、绝望……而眼眶，却始终是干涸的。

不能哭泣，他们越是想让她落泪，她就越不能落泪，纵使心中的悲哀已流淌成了

汪洋，她也绝不会让它涌出来一滴。

沈仪心忽然向前一步："我们……是来救你的。"

杨淙淙吓了一跳，她担心沈仪心突然的举动会激怒那鲛人，然而出乎她意料的是，沈仪心轻启嘴唇，轻轻地念着什么。

那仿佛是一种极古老的语言，好似从遥远的天边而来，穿过无边的荒原和沙漠，席卷人的心底温柔。

随着他的声音，原本死水一般的水平面顿时汹涌了起来，不知从哪里出现了浅蓝色的光华，映亮了他的脸庞，也映亮了整个牢房。

"龙吟诀！"那个鲛人惊异万分，"为什么你会龙吟诀？你究竟是……"

光华所及之处，水牢角落里那几个一直昏睡着的鲛人逐渐苏醒过来，缓缓睁开了双眼。那光芒有愈伤的奇效，他们身上的伤口都以肉眼可见的速度在愈合着。很快，水面恢复了平静，当看到那浅蓝色的光华，他们的目光中先是惊惧，再是迷茫，最后，竟然落下泪来。

是的，鲛人泪。

行行泪珠顺着脸颊流下，滑到下颌，在离开鲛人身体的一瞬间，化作颗颗浑圆的珍珠，滴落到水里，发出"啪嗒啪嗒"的轻响。

大珠小珠落玉盘。

杨淙淙第一次见到鲛人泪，它是那样美，那样悲伤，如月光下的花，雪夜里的梦，如传说中那样绝美，这些时日辛苦奔波，她终于能够得见，然而，却再也不想得到它了。

泪水凝成的珍珠，再美，都是罪孽。

吟诵之声渐歇，水面归于平静，鲛人们仰着头，仿佛听见那来自大海的声音。他们笑着，泪水顺着脖颈滑出一条完美的弧度，然后，他们的身体渐渐变得透明。

"雨落！小滢！你们不要走啊，不要走！"

鲛人女子忽然疯了一般地扑向同伴，拼命喊着他们的名字，想要抓住他们的手，然而，却扑了个空。那几个鲛人的身体逐渐淡去，仿佛成了幻影，虽近在身边，却触不可及。

杨淙淙曾听过这样一个传说：鲛人将死的时候，会化作泡沫，归于大海。

"琴幽，我们不行了，你……快走吧……"其中一个鲛人望着女子，断断续续地说道。

第四章 碧水凝光 鲛人泣

琴幽,这个名字如流星般划过杨淙淙的脑海。

原来是她!

"我不走!"琴幽喊道,"要走一起走,我绝不会抛下你们!"

"我们……快不行了……这种求生不得、求死不能的日子……而你不同……你有能力逃脱,却为了我们,一直身陷囹圄……那个郎中先前开的药,我们已经全都避开看守,悄悄吐掉了……琴幽!"叫雨落的鲛人忽然唤着她的名字,"你知道我有多开心吗?因为……我终于可以不必……这样活着……也不必再拖累你了……"

"不!不……"琴幽颤抖着,忽然转向沈仪心,"扑通"一声跪了下来,水花四溅,"不管你是谁,求求你救救他们!"她不知道眼前的这个人是谁,但她知道,他是她唯一的希望。

沈仪心摇头。

"为什么?你不是会龙吟诀吗?相传龙吟诀是古老秘术,可以愈合一切伤痕……"

沈仪心静静地立着,他的身上仿佛笼罩着一层淡淡的光华。他看着她,仿佛俯视着芸芸众生,淡然而悲悯。

"龙吟诀虽能治愈外伤,却难除心伤。他们求死之心已久,无人能救。"

杨淙淙忽然觉得这一刻的沈仪心越发不像她认识的那个沈仪心了,他的神色,他的姿态,他吟诵的古老秘术,他的身体里,仿佛有着另外一个人。这种气息,她隐隐觉得熟悉,却又那样陌生。

琴幽眼里的希望,渐渐转成了绝望。或许她早就知道会是这样的答案,却只有等到他说出口时才能够相信。她的眼睛仿佛干涸的池塘起了水雾,逐渐凝成让人心碎的珍珠。

鲛人们的面容很平静,很祥和,他们微笑着,望着上方。他们的目光很远,仿佛能穿透那冰冷的墙壁,穿透那茫茫的天际,望到那再也回不去的故乡。他们的身体逐渐变得轻灵、自由,如海面上的泡沫一般,在阳光下闪着五彩的光。

一缕光,从天窗中照了下来,落在琴幽的脸上。

"天亮了……"

琴幽轻声呢喃着,她的同伴,终究全都离去了。

"他们都回归了大海。"沈仪心的语气不悲不喜,不嗔不怒,听不出任何情愫。

琴幽和他的目光对视着:"你到底是谁?"

沈仪心唇角微微上扬,虽是极淡的一笑,却仿佛江河融化,有一种震撼人心的力量。然而紧接着令所有人都没想到的是,他竟然晕了过去。

杨淙淙眼明手快,在他快要倒地的一瞬间扶住了他。

片刻后,沈仪心幽幽转醒,看到面前杨淙淙焦急的神色,迷迷糊糊地说:"淙淙,我怎么了?"

"你忽然晕倒,所幸没什么大事。"杨淙淙松了口气,"你知不知道你刚做了些什么?你是从哪里学到龙吟诀的?"

"我?我什么都没做啊。龙吟诀?这又是什么?我好像做了一个梦,其中的情景却记不清了。"

杨淙淙沉默了,方才的沈仪心,果然并非他自己。

就在这时,有脚步声从身后传来,是濛汐回来了,她的身上伤痕累累,显然也是经历了一番苦战。看到此情此景,她先是惊讶,然后沉默,她已经明白在这里曾发生了什么。

"濛汐,"琴幽看到来人,叹了一声,"我就知道是你。"

"琴幽,我来救你。"

"当初我身份暴露,怕牵连你,让你早些离开,你为什么不走?"

"我不能丢下你一个人在这里!当初你我二人一起潜入璨星楼,就是为了来救被抓的同伴。你忘记出发的时候,我们是怎么发誓的吗?同生共死!"

"可是……"

"别说了,我已经抵挡了一部分追兵,但很快又会有人追来,时间不多,我们必须马上离开!"

琴幽看了看手上粗重的锁链,神色黯然:"这锁链是用千年寒铁制成,钥匙不知藏在何处,寻常兵器根本难以撼动它分毫。我……是无论如何也挣不脱的。"

濛汐走到她身边,举剑劈了下去,但见火光四溅,那镣铐却纹丝不动。

琴幽垂眸:"我说了,没用的……"

"我偏不信!"濛汐咬紧牙关,还想再劈,却听到沈仪心说:"要不,让我试试?"

"你……"濛汐看了看沈仪心腰间那把毫不起眼的佩剑,摇了摇头。

它太不起眼了,黑乎乎的,就像一块废铁。她的武器是由海底最坚固的材料制成的,却连一道印子都留不下。他的那把剑,怎么可能?

第四章
碧水凝光 鲛人泣

就在这时，仿佛感应到主人心中所想一般，沈仪心的剑忽然抖动起来！最初只是微微颤抖，到后面便成了鸣响，仿佛已经迫不及待。

剑，铮然出鞘。

仿佛自己有灵性一般，那剑在空中划过一道弧线，带着青光直飞向琴幽。只听到几声金铁交鸣的声响，那千年寒铁所制成的镣铐竟生生断成数截，从琴幽手上脱落下来。再看琴幽手腕，却是毫发无损。

那剑转了一个圈，落回到沈仪心掌中。青光消失，它仿佛一把普普通通的剑一般，再无异样。

几个人都被方才发生的一切惊呆了，倒是琴幽先回过神来。只见她鱼尾一拍水面，室内卷起一股浩大的波浪，她整个人借力跃起，当立在几个人身边时，已经化作一个身穿蓝纱短裙的少女，下身两条笔直双腿，亭亭而立。

鲛人本生活在海里，少数修为高者，可以将鱼尾化为双腿，行走陆上。

琴幽一掌击出，天窗铁栏被悉数击断，外面，是朗朗青天。

风……是海风的味道。

琴幽立在一块礁石上，裙摆和长发在风中飞扬。

一路逃离，他们总算来到了一处偏僻海湾，躲避过了敌人的追捕。海浪声声，琴幽将前因后果娓娓道来，解开了杨淙淙和沈仪心一路的疑惑。

作为水中的霸主，龙族，是万年之前就存在的古老种族。

传说龙族诞生于盘古时期，数量稀少，可与天地同寿，与生俱来有着强大的灵力和王者的霸气，故而成为大海之尊。然而，龙族数量稀少且行踪神秘，极少露面，几乎是等同于传说一般的存在。

数千年前，水族原本欣欣向荣，然而经过一场旷日持久的仙魔大战，除人族外，三界中几乎所有种族都卷入其中，水族也不例外。而人族因受到仙界的庇护，对这一切一无所知，不断发展壮大之余，这些年更生出了许多贪欲，开始对其他种族掠夺屠戮，鲛人因天生的灵秀和美丽，更是首当其冲，险些灭族。

鲛人寿命可长达三百岁，百年之前的琴幽，还只是一个怯生生的少女。在她的印象中，似乎自一出生开始，过的就是四处躲藏、担惊受怕的日子。

她忘不了那一天，是她的生日。

琴幽有个姐姐，名唤琴韵。琴幽曾对姐姐说过，她最喜欢的东西，就是回梦花。

因为那种传说中的花朵可以感应人心中所想,并将之以画面的方式呈现眼前。姐妹两个人的父母在她们很小的时候就在一场同人类的战斗中过世了,琴幽想依靠回梦花,再看着他们出现在眼前。

那一夜,为了给妹妹寻一朵回梦花作为生日礼物,琴韵一个人潜入了最深的那片海域,不幸遇上了捕鲛船。

当琴幽赶到的时候,看到的是姐姐伤痕累累的身躯。

琴幽想冲上去,纵使那些人手持刀剑长矛,全副武装,纵使她年幼柔弱什么都不会,她也不怕。虽然明知道是以卵击石,但是她仍想搏命一试。

她要救姐姐。

当琴韵遥遥看到海水中出现妹妹的身影后,她笑了。琴幽永远记得姐姐的那一笑,她的眼睛是那么清澈,那么温柔,世间最美的月光也无法与之比拟。她也同样永远记得,那片月光在一瞬间消失,然后陷入了永久的黑暗。

——被人类抓住之后,琴韵为了防止被折磨落泪,也为了断绝妹妹想要来救她的念头,她刺瞎了自己的眼睛。

鲛人是敌不过人类的,所以她为了保护妹妹,只能用这样的方法让她绝望放弃。

那是琴幽生命中最黑暗的一刻,此后不管经历什么,纵使被关在璨星楼暗无天日的水牢中受尽折磨,那苦楚,那绝望,都不及那一刻。

姐姐的眼睛在瞬间失去了光彩。

那些人被琴韵的行为惊呆了,不承想她竟然采取了这样玉石俱焚的手段。他们骂骂咧咧,将已经昏厥过去的琴韵扔回了海里,像丢弃一个再也没有任何利用价值的垃圾。

琴幽冲上去,抱住姐姐的身体。然而她没有料到的是,那些人其实早已经发现了她的存在,丢弃琴韵,只不过是为了引她上钩。

冰冷的钩爪刺透琴幽的身体,蓝色的血散在海中。她的意识渐渐模糊,只隐约听到那些人兴奋的呼喊声和放肆的大笑声。

绝望蔓延过心底,琴幽闭上了双眼……

就在这时,由远及近,传来了龙吟之声。

她曾在海底听过鲸的歌声,也曾听过夜里遥遥传来庙宇里的诵经之声,那是她曾经以为最好听的两种声音,但同这龙吟声相比,也黯然失色。她从未听过这样的声音,如天籁,如梵音,回荡在整个大海,是那般悦耳。她的意识在一瞬间清醒。

第四章
碧水凝光 鲛人泣

平静的海面陡然波浪滔天，庞大的捕鲛船像一片树叶般在大海上漂浮，船上的人惊惶大叫。有银色光芒自天边闪过，如一道闪电，化作一条龙形，没入海中。

"龙神！"

有人惊呼一声，如同抓住了最后一根救命稻草，船上的人纷纷跪倒在甲板上，祈求龙神保佑。然而还未祈求完，船便翻了，船上的人纷纷落水，他们挣扎着，被大海所吞噬。

"龙族仁慈，却也不庇佑罪恶之人。"

一句低语传入她的耳畔，如一声遥遥的叹息。钩爪从身上脱离，琴幽的身体骤然一松，在水中坠了下去。她原以为自己会坠入沉沉海底，却未料落入了一个怀抱之中。

琴幽看着眼前的人，那是一个年轻的男子，他轻声吟诵起龙吟诀，似一首古老神秘的歌谣。她身上的伤口，在这龙吟诀中逐渐愈合。

他望着她，如佛，垂眸望着身下的一朵花。

说也奇怪，她从未见过他，却仿佛对他有着与生俱来的信任，又或者说，是一种古老的信仰——龙族。

龙族出世，便是惊涛骇浪。在此之前，龙族已经沉寂了近千年。传说中，最后一位现世的龙族因幼弟被魔族屠戮，立誓报仇，便在千年前的仙魔大战中化身战龙。他翱翔九天，纵横驰骋，无人不畏惧，却在战争结束后不知所终，龙族的神话也就此中止。

没人料到，沉寂许久的龙族竟然会在今天出现。

龙族的现世，让涣散已久的众水族看到了新的希望，众人自发地凝聚在他身旁，拥他为主上。他是那样强大，看似淡漠，却又如上苍般悲悯。没有人知晓他来自何方，他也从未提及千年来他的经历，然而所有的人无不对他心悦诚服。

在他的带领下，水族终于摆脱了过去惶惶不可终日的生活，虽然人类的追捕杀伐并未停止，然而至少水族正渐渐强大起来，有了能够与之对抗的力量。他们组织起了军队，有了布防，也有了安居的一片地方，总算不再颠沛流离。

作为水族的重要一支，鲛人一族也再不同往日，他们付出了比其他人多得多的努力，用铁一般的毅力去练功，提升灵力，正因如此，这个天生美丽柔弱的种族诞生出了水族中数量最多的战士，琴幽和濛汐都是其中一员，尤其是琴幽。

当初被救后，她便跟在了他的身边。她是他的随行、他的侍从，而他是她的主

人,更是她的神。

琴幽的姐姐琴韵也被救回来了,她身上的伤口都已经恢复,而双眼的损伤却是不可逆的,她终究没能恢复光明。在一个夜里琴韵说她闷了,想出去透透气,于是她走了,再也没回来。留给琴幽的,只有桌上的一纸告别书。

她不想做妹妹的累赘,于是选择离开。

琴幽不知道姐姐去了哪里,但她知道她一定没有离开,她一定在这个世界的某个地方看着她,看着她一步步从一个不谙世事的少女成长为一个坚强的战士,守护着她所爱的星辰、大海、亲族,还有那个人。

然而有一天,主人消失了。

此前他也曾有过几次消失,那时她心急如焚,还好后来他都回来了。可是这一次,时间太久了。作为他的近侍,连她都不知道他去了哪里,但他离开前曾告诉过她,不要担心,等他回来,于是她努力去稳定人心,告诉众人主人在闭关修炼,而她自己内心其实也有着隐隐的不安。

那段时间人类抓捕鲛人之风又盛,不少年幼的鲛人被抓捕了去,受尽折磨,为了救出同胞,琴幽于是来到人间。她采取的是苦肉计,想故意受伤被捕鲛船抓到,好知道之前那些鲛人都被关在哪里,却未料到一个名叫阿中的少年忽然出现,救了她。

此前,琴幽从未和人类接触过。在她的记忆里,人类都是贪婪而邪恶的,为了一己私欲不择手段,却未料到这个人类的少年竟然会救她,令她改变了对人类的看法。离开之前,她送了阿中一块鲛绡。

从阿中那里,她打探到了璨星楼这个地方,它表面上似乎只是一个珠宝商行,背地里却似乎有着某种势力的支持,所以才如此有恃无恐。璨星楼守卫森严,为了探清它的底细,琴幽于是便跟同是鲛人战士的濛汐一起设法以侍女的身份混了进去,却没料到在一次行动中,琴幽身份暴露,被关入了水牢之中,并发现了先前那些被抓捕的鲛人。事先两个人已经说好,如果其中一个人身份暴露,那么另一个人要想办法自保而不能冒险,谁知道濛汐还是决定闯进水牢中救她。

在濛汐的计划中,原本是没有杨淙淙和沈仪心的,他们的出现起初让她觉得事情有些失去控制,然而很快,从他们的对话中她发现他们潜入璨星楼也是为了寻找水牢,于是决定借他们之力来一起闯进去。虽然这个决定有些冒险,却也着实是无奈之举,不过幸运的是,他们最终成功了。

听完琴幽的诉说,杨淙淙和沈仪心总算明白了前因后果,也意识到整件事情远比

第四章 碧水凝光 鲛人泣

他们想象中复杂得多。消失千年又重现世间的龙族，鲛人与人类之间血与泪的仇恨，背后有强大势力支撑的璨星楼……一切都裹在重重迷雾之中。

最紧揪杨淙淙心脏的，是他们的主人，那个龙族男子。

自从江月明失踪后，人们都说世间自此再无龙族，可她没想到竟然还会有一个龙族在此出现。她相信他的出现绝非偶然，同为一族，他应该对江月明的下落知道些什么，若是见到他，她心中的许多疑问也许就能迎刃而解了。或许……她还能再见到江月明。

当务之急，就是找到他。

"你刚才说，你们的主人先前也消失过几次，但都在一段时间后回来了，那你知道他是去了哪里吗？"杨淙淙问。

琴幽摇头："他只是说让我不要担心，但具体去了哪里，我们一无所知。"

杨淙淙沉默了片刻，终于问："你们的主人，他叫什么名字？"

"他……"

琴幽刚想说什么，濛汐忽然一下倒在了地上，面色痛苦。几个人这才发现原来她的腿受了伤，想必应该是在璨星楼中打斗时就伤到的，可是她一直一言不发撑到了现在，而他们也毫不知情。

"我要把她带回族里疗伤，今天的事多谢你们了，日后如能重逢，我定当重谢。"琴幽向两个人拱了拱手。杨淙淙和沈仪心望着濛汐，面上难掩担忧之色。

濛汐笑了笑，说："我没事的，回去休养一段时间就好了，倒是你们，发生了这样的事，璨星楼一定不会善罢甘休的，你们务必小心。"

杨淙淙还想问什么，终究叹了口气："好。"

"这个你们拿着。"琴幽将两颗珍珠放到杨淙淙手中，珍珠浑圆明亮，光泽夺人，"这是避水珠，携带在身上可以在水里呼吸行动自如，我相信我们日后还会再相见。"

杨淙淙接过："谢谢。"

"淙淙，我们回去吧。"沈仪心轻声说道。

杨淙淙纵使心里有许多的疑惑和不舍，也只能暂且先放下了，琴幽说得没错，这些疑问都等到日后再说吧。

在送别的目光里，两个人转身离开。

　　已是日暮时分，落日染红了海面，海风徐徐，紧张了许久的心也渐渐舒缓下来。然而就在这时，杨淙淙却突然感到背后有杀气袭来！

　　对于一个修行之人来说，感知危险是一种本能，纵使什么声音都没有，她依然能感觉到逼近背脊的那股凉意。那是杀气，想要置她于死地。

　　然而，她显然低估了杨淙淙的实力。杨淙淙猛地一转身，避过攻击，同时双掌击出。那个人来势极凶，却没料到对方竟有如此快的反应，一下子没躲开，被击倒在地。

　　定睛一看地上那人，杨淙淙和沈仪心都惊呆了，竟是濛汐！谁也没想到片刻前微笑着还对两个人道别的朋友，竟然转眼间就从背后来袭，想要他们的命。

　　"濛汐，你疯了？"琴幽从远处跑过来，也是一脸不可置信。

　　"我没疯，疯的是你！"濛汐怒道，"你竟然跟人类走得这么近，还把族里的宝物避水珠给了他们，你有没有想过如果他们带人来犯，那么我们全族都会遭殃！"

　　"不！他们不会的！"

　　"你怎么知道他们不会？琴幽，你以前不是最憎恨人类吗？怎么现在变了？自从遇见那个阿中，还有他们……你就彻底变了！怪不得族里的长老说人类是最危险的生物，原来他们不仅会侵略、屠戮，更可怕的是会迷惑你的心。"

　　"变的不是我，是你。"

　　"我？"濛汐一愣，"我怎么变了？"

　　"从前的你不是这样的，纵使我们每日都生活在对人类的恐惧和仇恨中，你也从不会利用不知情的人，更不会杀无辜之人。"

　　"无辜？人类哪有无辜的？他们潜入璨星楼，还不是为了取得鲛人泪，否则又会有什么目的？我利用他们，骗取他们的信任，还不是为了救你出来？现在他们知道了我们那么多秘密，一旦泄露出去后果不堪设想！我要做的，就是杜绝后患！"

　　琴幽挡在她身前："我相信他们，不会的。"

　　濛汐的目光渐渐垂了下去："琴幽，没想到我一心为你，你却跟他们站在一边，与我作对。"

　　"我并不是与你作对，而是他的身份不同寻常。"琴幽顿了顿，指向沈仪心，"水牢中的那一幕你没有看到，你知道吗……他会龙吟诀！"

　　"什么？"濛汐大惊，不可置信地望着沈仪心，"你是龙族后裔？"

　　对于他的身世，杨淙淙再清楚不过了，他虽不同于常人，然而她经历他的过去与现在，自然知道他并非龙族。杨淙淙对两个人说道："他呀，到现在还是个旱鸭子，

第四章 碧水凝光 鲛人泣

掉到水里都哇哇直叫，怎么可能是龙族后裔？"

琴幽问："那你怎么会龙吟诀？这是只有龙族才会的古老术法，主人曾用它救过我，我是绝不会看错的。"

沈仪心也蒙了："我……我也不知道是怎么回事，在水牢中忽然有一刻我的意识就模糊了。感觉好像过了好久，像做了个梦一样，梦到芸芸万物，悲悯众生，还仿佛听到天边传来的龙吟。那一刻，我仿佛已经不是我了。"

说到这里，他不再出声。

琴幽思索了片刻，问："你们是为什么要来寰珠海的？"

杨淙淙说："我们原本并不打算来这里的，只是曾不慎坠入一个名叫九幽窟的地方，那九幽窟的主人给他下了毒，以此要挟我们为他寻找鲛人泪。"

"九幽窟！"听到这里，濛汐惊呼了一声，"你们碰见谁了？"

沈仪心有点儿丈二和尚摸不着头脑，但还是如实将在九幽窟发生的一切告诉了她们，尤其是关于最后出现的那个身形模糊的白衣男子。听完后，琴幽和濛汐的神色都亦惊亦喜，如释重负。

看到两人疑惑，琴幽解释道："当初主人离开前曾告诉我，当我们遇到一个来自九幽窟的人之日，就是他归来之时。"

听到她这样说，杨淙淙心里已经明白了一些，但还是有许多想不通的地方。这时候琴幽问道："你们现在落脚在哪里？"

"就在凝光镇的一家客栈内。"

"璨星楼很快就会查到你们的住所的，客栈已经不安全了。如果不嫌弃的话，暂时住我们的宫殿吧，它深居海底，远离人世，外人难觅踪迹，宁静安全。"

"这……可那是你们水族的地方，水族一向跟人类不合，我们去了怕给你们带来不便。"

"无妨，目前水族之中我鲛人族最为强大，我又是主人的近身随侍，主人不在，目前一应事务都是由我代为处理，没有人敢对你们怎么样。"琴幽微微抬首，望向沈仪心，"况且，鲛人族有灵药，或许可以为你解毒。"

"淙淙，你怎么看？"沈仪心看着杨淙淙，用眼神在征求她的意见。杨淙淙也在思索，琴幽的话让她无法抗拒，沈仪心的身体是她最关心的事。

"好吧，那就恭敬不如从命了。"杨淙淙做出了决定，微微一笑。

在下海之前，杨淙淙担心的是顾之臻。

先前她和沈仪心两个人夜探璨星楼,而顾之臻身体不适,没有和他们同行,对后来发生的事情也一无所知,不知道他现在如何了。

天色暗了,杨淙淙让沈仪心在海湾等她,自己则悄悄潜回了先前所居住的客栈中。怕被人盯上,她没走大门,而是直接翻窗入室。屋里没人,整个房间一片狼藉,显然已经经历过了一番搜查,而顾之臻也不知所终。

他会不会受到连累,被抓走了?杨淙淙越想越着急,以璨星楼的行事风格,顾之臻如果真的被抓去的话一定凶多吉少,而经历过前一夜的事,璨星楼也一定加强了防备,她如果想去救他的话是难如登天。怎么办?

就在杨淙淙一筹莫展之际,忽然有人从身后拍了一下她的肩膀,她本能地躲开想还击,却在看清来人的那一刻瞪大了眼睛:"顾之臻?"

顾之臻做了一个噤声的手势,将她拉到一边:"这两天你们究竟去了哪里?可急死我了!"

杨淙淙将这段时间发生的事一五一十告诉了他,而听到两个人将随鲛人去往海底的宫殿中时,他皱了皱眉:"听闻鲛人向来仇视人类,这会不会是个圈套?"

他的话让杨淙淙后背一凉,这些是她从未想过的,她沉思了片刻,说:"我相信她们不会的。况且,为了沈仪心,我也必须得去。"

"那就好,我相信你的判断。"顾之臻点点头,"我在此处遇到了一位老友,还有些事情要处理,就不与你们同去了,这个你拿好。"他把随身带着的一个香囊解了下来,放在杨淙淙手中。

"这是……"

"一路患难与共,幸而认识你们。离别之际,我也没什么贵重东西送你的,这个香囊是我当初从庙里求来的,你戴着,可保平安。"

杨淙淙心中一暖,将香囊挂在腰上。这香囊中不知放了什么香料,有一股淡淡的幽香,若有似无,甚是好闻。

"我们什么时候会相见?"她问。

"也许很快就会的。"顾之臻笑了笑。

杨淙淙点头,道了别,转身离开。她没有看到,黑暗中,顾之臻的眼中闪过一抹复杂的神色。

第五章
寰珠海下浮波城

寰珠之海，一望无际，浩渺千里，海下有城，名唤浮波。

杨淙淙和沈仪心随着琴幽潜入海中，在此之前，濛汐已经先回去安排了。在避水珠的作用下，两个人在水中也能行动自如，海水在身畔自动分开，犹如一双无形的手将两个人护在其中。

琴幽在前方带路，她的双腿化成原本的鱼尾形状，在海中游弋，所过之处留下串串气泡。杨淙淙并不是初次看到琴幽本体的模样，而现在的琴幽却跟在水牢中时截然不同，她轻巧、灵动，身姿轻盈得好似一个精灵。

若是没有人带，外人是决计无法寻找到浮波城的，它掩藏在大海最深远、最隐秘的地方。海底并非一马平川，它有山脉，也有沟壑，一旦迷路，就可能再也寻不到来时的方向，永远迷失其中。一路上他们见到了许多沉在海底的船只残骸和人类的遗骨，从衣着上看，既有粗布麻衣的打鱼人，也有装备精良的捕鲛者。时间早已令血肉消融，唯剩下累累白骨，在海水中静默地诉说着人类和水族之间的泪与仇。

越往深处潜，海中便越黑，当阳光完全消失的时候，就剩下了无尽的黑暗。不知道在黑暗中行进了多久，脚下忽然出现了点点星光。随着他们的靠近，那星光便越发灿烂起来。终于，一座美丽不可方物的水晶宫殿出现在眼前，上方刻有四个古体大字：浮梦生波。

浮波城。

那一瞬，杨淙淙屏住了呼吸。

美轮美奂的宫殿、灵巧玲珑的阁楼流光溢彩、熠熠生辉。巨大的珊瑚树在这里寻常可见，粉白浅紫的珍珠犹如沙石一般遍地都是，纵使沈仪心跟着杨淙淙走过许多地方，见过许多富贵场面，眼前情景依然令他瞠目结舌。

杨淙淙也愣住了，只不过，她是因为想到了过去。

千年时光过去，她依然记得那一夜自己被江月明带到湄泠河底，看到水晶宫时的震撼，直到那时她才知道原来传说中的水晶宫真的存在，它是那样壮观、瑰丽，同时，也是倾颓、死寂。整座宫殿仿佛遭到了某种毁灭性的破坏，虽然水晶依然散发着永恒的光芒，然而没有一个水族，只剩一片废墟。

与记忆中的那座宫殿相比，眼前的浮波城才是真正充满灵气和活力的龙宫。

它虽沉在海底，周围却仿佛有仙气缭绕，无数小鱼儿穿梭往来，也有一些鲛人看到他们，面上露出疑惑惊惧的神色，迅速游开了。即使如此，也丝毫不影响两个人欣赏这宫殿。

第五章
寰珠海下浮波城

见到两个人愣神，琴幽微微一笑："千百年来，你们是首次来到这里的人类。"

杨淙淙有些失神，轻声道："许多年前，有人也曾带我去过一座龙族的水晶宫，它在湄泠河底，却是一片断壁残垣。"

沈仪心惊讶地望了过来，他知道在许多年前杨淙淙曾游历人间，有过许多故事，可这段经历她是从未对他提起过的。她有许多事情，他都不曾知晓。

他的心里忽然有些小小的失落，谁曾带她来过？那是他不认识的人，他没去过的地方，同他全无交集。

杨淙淙的话令琴幽有些意外，她叹了口气，说："据说那座龙殿，毁于一滴眼泪。"

"一滴眼泪？"沈仪心问。

"传说千年之前，龙族与仙界合力对抗魔族，击败为首的魔女霜隐。霜隐从天际坠落，流下一滴眼泪，那眼泪中因蕴含着绝世的恨意与毁灭性的力量，落于湄泠河中，将龙殿倾覆。"

"那霜隐最后怎么样了？"

"据说她被仙界封印，消失在了天地之间，彻底没了踪迹。不过这些都是传说而已，孰真孰假再也无从得知，姑且当一个故事听听罢了。"

几个人继续前行，来到了城门前。事前得到了消息，濛汐已经在门口候着了，身后跟着几个身穿战甲、手持武器的鲛人，见到三个人前来，纷纷微笑点头示意。

琴幽上前跟濛汐交接情况，趁着这工夫，杨淙淙在沈仪心耳边轻声说道："情况有些不对劲儿，做好逃跑的准备。"

沈仪心一愣，刚想说什么，便见濛汐走了上来，对两个人说："两位远道而来，辛苦了，请随我进城吧。"

"不，我们不进去了。"杨淙淙冷冷说道。

濛汐目光一变："这可由不得你们！"随着她一声令下，周围出现了许多鲛人战士，将两人团团围住，原来他们早就埋伏在这里了。

"濛汐！你……"琴幽一脸焦急，濛汐之前分明已经答应她了，她怎么也没想到事情竟会变成这样。

"抱歉，琴幽，我欺骗了你。"濛汐说，"但是人类是不可以信任的。"

"可他们跟主人的下落有关！"

"那就等主人回来再说吧。来人，将他们关进牢里！"

杨淙淙和沈仪心，就这样从被邀请的座上宾变成了被关押的阶下囚。

和人间不同，浮波城的牢房都是晶莹剔透的，十分干净，头顶水波透光照射下来，映得人的脸也仿佛有波光流动。

鲛人们虽然将两个人关押，饭食上却没有亏待他们。只不过每次狱卒来送饭的时候表情都是憎恶的，将饭放下就走了，仿佛一眼都不想多看他们。

牢房里，沈仪心吃饱了，舒服地躺在床上，问杨淙淙："淙淙，你是怎么知道濛汐有问题的？"

"我们来到浮波城这一路，但凡水族碰上我们，无不惊慌逃散，然而濛汐身后那些鲛人却面带微笑地迎接我们。鲛人受人类屠戮最甚，理应对我们十分仇视，他们跟我们从未有过交集，就算听命在此等候我们，也不应该是这样的反应，所以我断定其中必有问题。"

"高，实在是高。"沈仪心崇拜地竖起了大拇指，"可是我们还是在这里了。"

"我那是不想反抗，总得找个机会进入浮波城吧，不然怎么给你找解药？"杨淙淙白了他一眼，"倒是你，我看你挺享受的嘛，这都几天了，该吃吃该睡睡，一点儿都不着急。"

沈仪心蹭了过来，讨好地笑笑："有淙淙在我身边，安心。"

"去去去！"杨淙淙将他甩开，面上板着脸，心底却甜丝丝的。

许多年前的时候，作为她的小跟班，沈仪心也是这样黏着她、依赖她的。她那时候还有点儿烦他，可是到后来他成长了，独立了，成为睥睨天下的帝王了，和她渐渐疏远了，她却怀念起当初那个傻傻的什么也不会的他来。

如今的沈仪心就像当初的小跟班，她知道他终有一天要自己独立，可就是总也舍不得。

"你总有一天要长大，要离开我的。"她说。

"我已经长大了啊，"沈仪心不解，"再说，为什么长大了就要离开淙淙呢？以前是你保护我，现在我长大了就可以在淙淙身边，保护你呀。"

杨淙淙心里一暖，面上还是故作不屑地说："你还没十八岁呢，哪里叫长大啦。"

"只差一个月了嘛……"沈仪心小声说着，忽然低下了头，不说话了。

"怎么了？"

"淙淙，我恨自己生得太晚，你曾经的许多事情我都没有和你一起经历过。君生

第五章
寰珠海下浮波城

我未生，我生君已……"

杨淙淙赶紧打断他："去去去，我才没老呢！"她才几百岁，怎么就老了？

沈仪心认真地说："你从前走过的地方，我也想走；你从前看过的风景，我也想看。"

"乱想什么呢？"杨淙淙笑了，"果然吃饱了就开始胡思乱想。"

"我没有胡思乱想，我……我是认真的，我长大了，马上十八岁了！"

杨淙淙正想说话，忽然心里响起一个声音："一切自有定数，待到他十八岁那年，你就会明白。"这是当初在仙界时锦澜仙君所说的，而他的十八岁也确确实实快要到了。

她沉默了，所谓"定数"，究竟是要她明白些什么呢？

杨淙淙想得头痛，索性不再想了，管他呢，兵来将挡，水来土掩，她杨淙淙可从没怕过什么。想到这里，她心里稍微轻松了些，再看向沈仪心，发现他竟然不知什么时候已经睡着了，手还攥着她衣角，仿佛生怕她跑了似的。

这家伙，睡得还真快，果然心宽。

杨淙淙轻轻地把衣角从他手里抽出，睡梦中的沈仪心蹙了下眉，长长的睫毛抖动了一下，许久表情才安然下来。杨淙淙望着他的眉、他的眼、他笔挺的鼻梁、他紧抿的双唇，那是跟当年一模一样的容颜，她的心忽然颤了一下。

"我的生命你曾深深地参与过，只是你不记得罢了……"

她轻叹。

就在这时，她忽然看到沈仪心随身的剑也泛出了隐隐青光，鸣叫颤动起来。

经过上次水牢的事件后，杨淙淙意识到沈仪心的这把剑看似平凡无奇，实则蕴藏着极强的灵性，此刻它如此异常定有原因。果然没多久，沈仪心的身体缓缓地冒出了一层白雾，在他身体表面流动，向上升腾。

情况未明，杨淙淙不敢轻举妄动，谨慎地盯着那团白雾。终于，白雾彻底地离开了沈仪心的身体，在角落中凝成了一个人形。起初是白色的，像一个模糊的影子，后来轮廓逐渐清晰，色彩也明朗起来。

那是一个男子，身形挺拔修长，乌发垂散。他身着纯白织锦长衫，衣角滚动着银色的云纹图案，虽是素色，却有一股夺目风华。他望着她，牢房中的角落里是漆黑的，而他却仿佛自带光芒。

"你想让他记得吗？"他开口，声音平静温润，好似玉石之声。

"你终于现身了。"杨淙淙盯着那个人,"从九幽窟起到现在,你附在他身上这么久,就是为了来到这里吧。"

男子微微一笑:"果然聪慧。"

"你是谁?你的目的究竟是什么?"

"这些问题,稍后你会得到答案。现在我只问你,你是否想让他找回记忆?"

又是这个问题。当初在仙界,锦澜仙君也这么说过。他说沈仪心这辈子需得有人带他修炼、点化他,他才能逐渐清明开悟,找回原本的记忆。那时候杨淙淙不明白,为什么沈仪心要找回原本的记忆?这辈子她带着他开开心心地生活就够了,为什么要让他想起以前?当年的回忆太过纷扰,也太过痛苦,就让他做一个快快乐乐的寻常人不好吗?

"不,"她说,"他曾历经不幸,我不想让他想起往事。"

"哪怕那些往事中有你,你也不想?"

"你探查了他的记忆?"

"附在他身上这么久,无须探查,那些记忆也会在灵魂深处浮现出来,只是他的意识不知晓罢了。而我,只是一个旁观者。"

杨淙淙蓦然抬头,看着眼前的人。男子依旧微微笑着,眼眸深邃如大海,令人探不到底。他似乎什么都知道,而她却对他一无所知。

"不想,"她摇头,"我只想让他过好这一生。"

男子笑笑,声音和煦如微风拂过清晨的海面:"可是,他必须想起。"

杨淙淙不解:"为什么?"

"他此生因上苍悲悯方能投生为人,然而他精魄不全,虽然有你带他修炼,但这只是'治标',若要让他安然度过此生,必须找回原先的记忆方能补全精魄,这才是'治本'。"

"如果没有找回记忆呢?"

"若非如此,他此后的每一世都会陷入同样的轮回中,他的生命将止于十八岁,如此循环往复,不得解脱。"

男子的声音很平静,犹如波浪从天际缓缓而来,却在她的心中掀起滔天巨波。她终于明白为什么仙君说必须要找回他的记忆了,原来……

要让他安度此生,就必须找回记忆,可是一旦找回记忆了,就等于让他多承受许多的痛苦,那些本以为已经过去的事情又会全部出现在他的脑海里,永不可忘。

第五章 寰珠海下浮波城

杨淙淙望着睡梦中的沈仪心，他表情安然，完全不知道此刻身边正发生着什么，也不知道她的心里是多么矛盾和挣扎。

仿佛看出她的焦虑，男子说道："离他十八岁生辰还有一个月，你还有些时间考虑。"

杨淙淙深吸一口气："我想问你一个问题。"

男子望着她，等她发问。

"你究竟是谁？"

原来是这个问题，男子淡淡一笑，说："我出生在蔚蓝大海，海水清澈深邃，故单名一个'湛'字。"

"那你的姓氏呢？"

"我族本无姓氏，但千万年来流传演化，便以种族冠于名前为姓。故姓，龙。"

龙湛！

这两个字，在杨淙淙的心里铮然响起。

是的，她是记得的。当年江月明在告诉她那些往事的时候，他说，他因幼弟被魔族屠戮而立誓击溃魔族。她还记得，在他重伤沉入眠龙渊许多年后，机缘巧合下得到了幼弟遗骸中的灵珠，这才复苏过来。

幼弟的名字，正是龙湛。这两个字，她绝不会记错。

再次望向眼前的男子，他仍浅笑着，面如冠玉，眸似星辰。她越看，便越发觉得这张容颜跟当初的江月明是如此相像，脸颊的轮廓，嘴角弯起的弧度，无不犹如故人在眼前。

"你可曾认识一个人？他本名龙江，后来化名江月明，行走世间。"

犹豫许久，她终于问出了这个问题。

"江月明？倒是个好名字，一江春水，半弯月明。"他淡然开口，"只是，我从未认识过此人。"

龙湛的话让杨淙淙的心沉入谷底，她抱着最后一丝希望说："他……也是龙族。"

"虽是同族，我亦并非能知晓一切。"

杨淙淙沉默了。

龙湛望了角落里依然睡着的沈仪心一眼，他神态安然，丝毫不知道身边正发生的事情。龙湛说："走吧，我们出去说，让他好好休息。"

　　话音刚落，他一扬衣袖，牢栏便自行向两侧打开，杨淙淙跟在他的身后走了出去。一路上畅通无阻，没有任何人敢阻拦他们。途中不时会遇见巡视的鲛人战士，所有人看见杨淙淙跟在龙湛身边都是满眼讶然，而后便是无比尊敬地躬身行礼，直等到两个人通过方才起身。

　　龙湛所居住的地方是最高的那处宫殿，与浮波城中的其他建筑不同，这里俱是由白水晶构建而成，通体一片纯净，没有五色水晶的流光溢彩，却更显大气磅礴。宫殿周围有水汽氤氲缭绕，远远望去犹如九霄仙境。

　　离宫殿有一段距离的时候，仰首瞩目，只觉心生敬畏。逐渐走近，越发觉得心神宁静，各种杂思都暂时忘却，唯看到天地万物，沧海一粟。杨淙淙可以感觉到这是一处灵气汇聚之地，是无数修行之人梦寐以求的洞天福地。

　　这，才是真正的龙殿。

　　两个人进入龙殿没多久，琴幽便闻讯前来了。早已知道他回来的消息，然而当看到他人的时候，她的心才终于定了下来。

　　"主人。"她轻唤了一声，躬身行礼。

　　"琴幽，这些日子以来，辛苦你了。"龙湛扶她起身。

　　"为主人效力，琴幽不辛苦。"琴幽的嘴角上扬着，眼眶却红了。

　　杨淙淙第一次看到这样的琴幽，从不落泪的鲛人战士唯有在他面前，才会变得像个小女孩。

　　琴幽离开后不久，濛汐也来了，她是来负荆请罪的。

　　龙湛先前附于沈仪心身上，其实这一切他都知晓，不过还是听濛汐从头到尾说了一遍。濛汐没有丝毫隐瞒，将她对人类的不信任表露无遗，对于私自将沈仪心和杨淙淙关押起来一事，她说："濛汐知错，却并不悔。"

　　"我知道了，你先退下吧。"

　　濛汐离开了，龙湛独身立于一处高阁上，望着远方山峦。海底也是有山的，重峦叠嶂，山脉起伏，在深邃的海底更显神秘壮阔。

　　杨淙淙看他没说话，小心翼翼地走到他身边："你不要怪她。"

　　龙湛低头，他的眸子忽然一下离她很近，笑了："怎么，你如此怕我是非不分？"

　　他的鼻尖几乎抵着她的额头，杨淙淙看到那双漆黑的双眸里点染着一丝戏谑笑意，她的心"怦"地跳了一下，立即后退，垂着头说："我……我不是这个意思。其

第五章
寰珠海下浮波城

实濛汐的行为合情合理,在对一个人深入了解之前,她不能够让整个水族都为之冒险。她对人类的敌意我也能够理解,毕竟……人心难测。"

"人心难测……人心。"龙湛笑容收敛,望着她,眼中闪着幽幽光芒,"我非人,你亦非人,而他,却是个真真正正的人类。"

杨凉凉知道,以龙族灵性,他从初次见面时就知道了她的身份。虽然她刻意收敛起了自己的仙气掩藏身份,但那只是对凡人而言,在他面前便无所遁形。

龙湛口中的"他",指的是沈仪心。

"人类,真是一种奇怪的生物。"龙湛说,"他们最怯懦,也最勇敢,最柔弱,也最坚强,最狡诈,也最善良。他们拥有六界众生中最丰富的情感,这些情感却往往将他们推入万丈深渊。"

"不错。"杨凉凉点头,他的话让她十分感慨,当年一幕幕浮现在眼前,"有时候,我挺羡慕人的,寿命虽短,然而喜怒由性,爱恨随心,也未尝不是一种自在。"人人都羡慕仙界,人总想着成仙,却有几人知道仙界寂寥?

"可是,人类太脆弱了,人心也太复杂。"

"听你这么说,似乎你曾经行走人间?"

"我很少行走人间,却曾看过不少人心。"

龙湛望着上方流动的海水,终于缓缓开口,道出那些往事。

"自我有意识起,就身处九幽窟之中,我不知自己从何处来,不知前尘过往,也不知为什么会存在于那里。那里黑暗、阴冷,充斥着无边的寂寞,除了我之外没有任何人,我很讨厌那里。可是,我没有办法离开。

"每当我试图去靠近出口时,就会有一股极其强大的力量将我阻拦,我可以看到外面天空的颜色,嗅到泥土芬芳的气息,听到风吹过草木的声音,可是,我走不出去。我看到雪从天空飘落下来,我伸出手去,却无法触及。那里有一个强大的结界,将九幽窟和外面隔成两个世界。

"我每天无所事事,只能修炼。很快我发现那是一个灵气聚集的地方,地势走向可谓'龙脉',在那里,我慢慢变得强大,仿佛有什么莫名的事物在帮助我,令我的修为以比寻常快上许多的速度精进。可是,我仍不能出去。直到一天,有人迷路误坠入了九幽窟中,我才发现那结界竟在我不经意间渐渐弱化,甚至有了缝隙。

"既然能够进来,就应该能够出去。我欣喜若狂,到处去寻找出路,可令我意想不到的是,那结界似乎专与我作对,我在哪里,哪里便最为强大,纵使后来寻到方

法，可以将任何进入九幽窟的人送出去，却始终不包括自己。

"于是，我绝望了。暗无天日的洞窟，无穷无尽的黑暗，令我怀疑自己存于世间的意义。对于误入九幽窟的人，我开始设计去考验他们，我想知道这世间之人是否能够在那醉生梦死之中寻找到真的自己。然而，能通过的寥寥无几。于是渐渐地，世间便起了传言，传言九幽窟主人喜怒无常，可怖万分，凡是落入其中的人，纵使侥幸逃离，也变得痴傻疯癫，人们说是我吸走了他们的精魄，于是愈加恐惧。事实上我什么也没做，我只是跟他们玩了场游戏，他们是被自己的欲望逼疯的。"

醉生梦死，在那一场场幻境中，有人看到欲望，有人看到最真实的自己。这是一场考验人性的游戏，而人性，恰恰是最经不起考验的。

日复一日，龙湛进行着这样的游戏，他也探视着人的内心。然而看得越多，对于人这种生物他却愈加不了解了。

直到有一天，那是许多年前的一天，一个小姑娘不慎坠入九幽窟中。她看起来七八岁大，圆乎乎的小脸分外可爱，却因为受惊而哭个不停。龙湛嫌吵，于是现身出来故意恶狠狠地说："不许哭了，再哭的话，我就吃了你！"

小姑娘愣愣地望着他，不敢哭，又忍不住眼睛里的泪花，小脸憋得通红。忽然她再也忍不住，"哇"的一声哭得更大声了。

龙湛无奈了，他原本就是吓唬吓唬她，谁料到她哭得更厉害了。望着这个令人头痛的小姑娘，龙湛只觉得耳膜都在隐隐作痛了，别无他法，好声哄慰："别哭了，我带你去玩，好不好？"他伸出手，小心翼翼地放在她面前。

小姑娘停止了哭泣，她抽着鼻子望着眼前的人，歪着脑袋想了一会儿，终于把手放进了他手里。

龙湛带小姑娘去玩的地方，正是"醉生梦死"。有他在她身边，她不会有什么危险，幻境中会幻化出人心里最渴望的东西，或许那会让她开心起来。

龙湛没想到的是，在"醉"和"生"中，竟然什么都没有发生。幻境由心而生，这说明她的心极度纯净，连一丝杂质也没有。龙湛看过无数人的内心，却第一次遇见这般澄澈如琉璃一样的，不由得为之触动。小姑娘却并不明白这些，眨巴着眼睛，好奇地看着周围的环境。

到了"梦"这一关，龙湛本以为也同样什么都不会出现，却未料到他看到了一个妇人，身后跟着一个小不点儿，那是个脸蛋圆圆的小姑娘，头扎羊角辫，笑得天真烂漫。小姑娘唤妇人："娘亲。"妇人笑着回应："樱儿。"然而倏然间，妇人的形象便模糊了，画面换成了一片衰草，一座孤坟。

樱儿，正是龙湛牵着的这个小女孩的名字。

出了幻境，龙湛问："你想念你娘亲吗？"

樱儿点点头，用稚嫩却又带着坚定的声音说："爹爹说，娘亲去了一个很远的地方，不过我知道她一定会回来的。"

她懂事得令他有些心酸，他想起自己如今也是无亲无故，一个人存于世间，顿时心生唏嘘。

樱儿的情绪已经好了许多，眼前便是第四关"死"，龙湛不打算带她去经过那里，樱儿却好奇心起，牵着他的手，先行一步踏了进去。

龙湛想拉她回来，然而没料到的是不知哪里来的光线刺痛了他的眼睛，同时仿佛有不知名的巨大力量将他裹挟，往某个地方而去。龙湛的双眼被刺得闭上，再睁开时竟然不见了幽暗洞窟，身边花红柳绿，阳光和煦。

樱儿的家人正在焦急地寻找她，看到她忽然出现，喜极而泣，对和她在一起的龙湛则充满了敌意。龙湛本也没打算向他们多做解释，他正沉浸在终于离开九幽窟的巨大惊喜中，思考着为什么他费尽心力也无法突破的结界，竟然被一个小姑娘打破了。

樱儿的家人想带她快些离开这个地方，樱儿舍不得龙湛，扯着他的衣角："哥哥，我想你跟我们一起走。"

龙湛笑着摸摸她的头："哥哥还有其他的事情要做，不能和你一起走的。"

樱儿眼泪汪汪："那我们还能再见面吗？你会不会像我娘一样，去到很远很远的地方，再也回不来了……"

龙湛忽然明白了，纵使她年纪小，却已知道死亡的含义。她其实心里知道，娘亲是不会再回来了。

龙湛刮了刮她的鼻子："你放心，哥哥寿命很长，是不会死的。纵使去了再远的地方，我们也定能相见。"

"好，那我等着你。"樱儿笑了，却又忽然苦恼起来，"可是樱儿却是会死的，听说人死了就什么都忘记了，那时候就不记得哥哥了。"

看她小小年纪，却已担忧生死，龙湛一阵心疼，却又故作轻松地说道："不用怕，哥哥会记得你，你是樱儿。"

"嗯！"樱儿坚定地点点头，"无论我在哪里，无论什么时候，我都叫樱儿。只要哥哥一唤我的名字，我就知道是你来找我啦！"

"真乖。"

"哥哥,你的家在哪里?"

"在大海,在那最幽深、最宁静的海底,在那有着世界上最绝美珍宝的地方。"

"好,如果哥哥不来找我的话,我就去大海里找你哦!"

……

"那后来,你去找她了吗?"杨淙淙问。

"后来,我回到了九幽窟。"

杨淙淙惊诧:"你好不容易出来,为什么要回去?"

"起初离开它的时候,我确实觉得很高兴,我被困在那里不知道多少岁月,终于可以自由了。我知道自己归属于大海,于是便回到海里,在那我遇见了险些被人所害的琴幽,也知道了水族的遭遇。我知道,我无法视而不见,于是我开始用我的一切力量去帮助他们。在他们眼里我很强大,可是渐渐地,我发现自己在变弱,起初只是灵力的减退,到后来连整个人都逐渐衰弱,我觉得很疲惫,冥冥中仿佛有根线牵引着我,告诉我,我必须得回去。

"于是,我回到了九幽窟。后来我逐渐发现,九幽窟虽然幽森黑暗,但其实下面是一座龙脉,是龙族修炼的绝佳场所。在那里经过了长时间的调息和修炼后,我恢复了过来,并且灵力比先前还要强大,然而由于结界的原因,我无法再出去了。

"那里昼夜不分,我也不知人间岁月几何。我无事可做,便唯有修炼,我日益强大起来,灵力以连我自己都意想不到的速度增长,同时,我也发现了能够离开九幽窟的办法,那就是借助人的力量。

"那结界只能阻挡我的离开,却不能阻挡人类,对于一些年幼或伤病的人,因他们心志较弱,我便附在他们身上,以此便能离开九幽窟,回到海中,继续同琴幽做未完成的事。可是每次离开时间过久,我的灵力都会变弱,我唯有回去。我仿佛陷入了一个跳不出的圈子,循环往复,没有出路。"

"我也曾去找过樱儿,在我终于能再离开九幽窟的时候。"龙湛说,"可当我来到人间的时候才知道,人世已过了数十年,朱家家道中落,当年的那个小姑娘也因身患重病而过世,彼时已化作一抔黄土,再无踪迹了。"

他语调平静,仿佛在说一个久远的故事。

他依然记得那一日,他来到当初和她分别的地方,朱门大院早已化成残垣断壁。不远处的山头是她长眠的地方,她的坟头种着一株樱花树,时值春日,樱花漫天,粉

第五章
寰珠海下浮波城

白花瓣如雪飘落。他在坟前立了许久，转身离去时有一个男子迎面走来，手中提了一壶酒。两个人对视一眼，擦肩而过，再无交集。

"人，真的是太脆弱了，不是吗？"龙湛笑笑，他的声音静得如同夜里的海面，然而杨淙淙却从他的眼神里看到了一丝哀伤。一闪即逝，便又恢复成那般淡然模样。

她想到沈仪心。曾经的他是多么意气风发，睥睨天下，然而这一切终究都在熊熊烈火中焚烧殆尽，所有爱恨化作一道疤痕，直到现在仍在他的颈间。虽然他已不记得那些陈年旧事，但每每想起，她都倍感心痛。

"沈仪心由于精魄缺损，便比寻常人脆弱许多，正因如此，我才能附身于他。"龙湛说道，"在见他第一眼时，我便看出他需要找回记忆，所以才借寻找鲛人泪为名让你们来到寰珠海，只有在这里才能让他找回过去，而我也恰好需要回到这里，这是对双方都有利的事。"

"此次回来，你有多久还便要回到九幽窟去？"

"不会回去了。"

杨淙淙原本还在疑惑，忽然想到那一日山崩地陷、尘土漫天的情形。

"原来是你摧毁了九幽窟！"

"那结界只拦我，并不拦其他人，在有人通过结界时便是它最薄弱的时候。于是在你们离开九幽窟的那一刻，我凝聚此身所有灵力将结界摧毁。结界一破，九幽窟便随之倾灭。此后，再也没有任何地方能困得住我。"

他说得轻松，然而杨淙淙明白，对于一个困了他那么多年的结界而言，要将之打破谈何容易。若要强行攻破，除了自身的修为达到极高的程度之外，还必定要以此身血肉为代价，一损俱损。那过程苦不堪言，而龙湛就这样轻描淡写，一句带过了。

她明白，于他而言，被困于一个不知何年才能离开的地方，是更加痛苦的事。

"你是仙人，我无须瞒你。你定然知道强行攻破结界会导致自身受损，尤其是在最初的那段时间，所以我附于沈仪心身上以休养恢复。但我没有想到你们中途会遇到那么多变故，在人世间我不便现身，便借助他的身体做了一些事情。"

水牢中，沈仪心之所以变得不像自己，是因为那时候是龙湛在控制着他的身体。

"那你当时在九幽窟中给他服下的……"

"并非毒药，而是水族中一种特有的灵药，可助人身体强健，心思澄明。出此下策，也只是不希望你们中途变卦罢了。毕竟你也说过，人心难测。"

难怪沈仪心身体一直都没有什么不适，难怪太上老君不肯开药，原来他根本没有

中毒。杨淙淙心里的一块大石头总算落了地。

"你说要救他，就必须找回他的记忆，要怎样找回呢？"她问。

"我自有方法，只不过，"龙湛望着她，"需要你给我一样事物作为交换。"

"什么事物？只要是我能给得起的，都绝不会犹豫。"果然，世间没有平白无故的帮助，要得到某个结果就会付出代价，她其实早已料到。

龙湛嘴唇扬起一丝弧度："究竟是什么，待到你真正做出决定的那天，我便会告诉你。到时候，你再说给不给得起吧。"

杨淙淙深吸了一口气，陷入了深深的忧虑。该不该为他找回记忆？现在每时每日陪伴在他身边的"沈仪心"，到底是谁？如今的沈仪心，究竟是不是当年的沈仪心？现在的他已经有了自己的观念和神识，找回之前的他，是不是就等于让现在的这个他的意识永远消失？

杨淙淙不敢再想。

还有一个月的时间，她真的能够做出抉择吗？

第六章
沧海月明珠有泪

因为龙湛,杨淙淙和沈仪心又从阶下囚变成了座上宾,人人都知道,他们是主人请来的贵客。

浮波城中水族众多,尤以鲛人为甚。这里的鲛人许多都十分年轻,未曾和人类打过交道,却自小就听长辈说起人类的种种恶性,故而对人类怀着一种复杂的心态,既仇恨他们对鲛人所做的事,又好奇人类到底是怎么样的。杨淙淙和沈仪心的到来,让他们终于一睹了人类的真面目。

原来,人类长得和鲛人差不多啊,只是该是鱼尾的地方化作双腿。这也没什么奇怪的,许多修为高的鲛人都可以化作人形,并不罕见。这么看来,人类和鲛人似乎并没有什么差别呢。

杨淙淙和沈仪心获得了自由,可以在浮波城中自由行动。杨淙淙怀着心事,每日都在思索着要怎么办,无心其他,而沈仪心却不知道,他开心着呢。好不容易来到了传说中的海底龙殿,自然要好好游赏一番,今天去跟海底的鱼儿玩耍,明天去到巨大的蚌壳中找珍珠,后天又攀爬海底的山脉,玩得不亦乐乎。

鲛人们起先都躲着他,后来有一个试探着上前跟他说话,发现他竟然极其和善,一点儿也不像传说中的人类那般凶神恶煞。有了第一个,后来便有越来越多的鲛人出现,他们渐渐地跟沈仪心熟悉起来,甚至成了朋友。

鲛人们很好奇岸上的世界,总问他人间究竟是什么样子的,于是沈仪心便绘声绘色地描述,将他在人间的经历说给他们听,包括人间的小吃、杂耍、热闹的集市,还有上元节的花灯、中秋节的月饼,春天的花香和鸟语,冬天的飞雪和寒霜……

鲛人们听得惊呆了,他们自小生活在海底,从不知道人间竟是这般绚丽多彩。听沈仪心讲述的时候,所有人的眼中都是期盼和羡慕的神情,他们是多么想自由自在地行走世间,闻闻花是什么味道,看看雪是什么模样。然而人类的贪欲让他们不得不深潜海底,连冒出海面呼吸一下新鲜的空气都成了奢望。

杨淙淙很矛盾,沈仪心的事让她心乱如麻。这一天的清晨,杨淙淙想去找龙湛再问问这件事究竟如何处理,就在她去找他的路上,出事了。

平静的海水忽然剧烈晃动起来,与此同时,沉闷的轰隆之声从海面上传来,带着隐隐不祥的意味。所有人从屋里跑了出来,抬头望着上方,神情戒备。就在这时,一个人的身影直直坠了下来。

那是一个鲛人,正是最先和沈仪心说话的那个,是他在这里最好的朋友,同时也是守卫队中的一员,负责前沿的巡视。他的名字,叫作云澈。

第一章
沧海月明珠有泪

沈仪心跑过去将云澈抱在怀里,呼唤他振作。然而云澈的眼神已经涣散了,他受了重伤,气若游丝。

"当……当心人……"

只来得及说出这几个字,年轻的鲛人便永远地闭上了眼睛。沈仪心只觉得怀里一空,他便化作泡沫,消失了。

"云澈——"沈仪心发出一声哀伤的呐喊,却再也无法唤回同伴。

突发的情况让恐慌的气氛在海底陡然蔓延开来,有年幼的鲛人开始哭泣,年长的安抚着他们,所有人的神色都无比凝重。不祥的声音依然从上方传来,杨淙淙听出,那依稀是巨大器械沉沉的响声。

这时候,必须马上找到龙湛,杨淙淙正想往龙殿而去,忽然看到琴幽匆匆而来。仿佛知道她的想法,琴幽面色凝重地轻声说道:"主人不在。"

杨淙淙心里一惊,想到此前他也曾数次消失过,不由得万分担忧。可是龙湛也说过九幽窟已不复存在,他亦能完全掌控自己的自由,此时此刻,在最需要他的时候,他会去哪里呢?

面对惊慌失措的众人,琴幽大声说道:"主人正在闭关修炼,正到紧要之处,不便现身。这里的事情我已经全部禀告给他,他令我全权处理此事,大家无须惊慌。"

听到她的话,众人的神色缓和了许多,人在极度担忧惧怕的时候,是最需要一根主心骨的。然而杨淙淙知道,琴幽根本没有见到龙湛,接下来要如何,她自己心里也没有底。

就在这时,上方出现了一个巨大的黑影,犹如乌云一般笼罩着,越来越近。

"采珠船!"不知是谁颤抖着声音惊叫了一声。

人类捕鲛往往会开出捕鲛船,吨位巨大,吃水极深,却不能够潜入海底。为此,有人专门发明了全封闭式的采珠船,可以深潜海底。采珠船一般都体积很小,而眼前的这一艘却分外巨大,犹如一个可怖的巨兽张着嘴,仿佛要将一切都吞噬进去。

忽然,采珠船门开了,许多全副武装的黑衣人手持武器逼了过来。他们携带了避水珠,由四面包围过来。

"人类!"有人尖叫。

这个词触动了所有水族的神经,他们不由自主地后退,像远离瘟疫一样远离了杨淙淙和沈仪心。云澈死前的那句话依然回响在众人的耳畔,人类,这是所有水族挥之不去的噩梦。

"诸战士听命！"琴幽沉声下令，"所有人分为两队，第一队跟着我一起，对抗来犯的敌人。第二队由濛汐带领，守护所有老人和孩子撤离到安全的地方！"

"琴幽！"一直没有说话的濛汐发声了，"我不要撤离，我要和你并肩作战！"

"这是命令！"琴幽面色冷厉犹如钢铁。

杨淙淙想起第一次见琴幽的时候，她也是这般模样，坚强，冷锐，仿佛一把直插敌人心脏的尖刀。那个在龙湛面前红着眼眶的小姑娘，早已消失不见了。

濛汐不再说话，默默地听从了命令，迅速组织起一队鲛人战士护送老幼的族人离开。在经过杨淙淙和沈仪心身边的时候，她看了他们一眼，眼神冷得犹如万年不化的寒冰。

另一半，琴幽已经率部下跟入侵的敌人打起来了。

那些人数量众多，下手狠厉，毫不留情。鲛人战士们训练有素，奈何敌人众多又早有准备，依然落了下风。见此情形，杨淙淙和沈仪心也上前去帮忙。

杨淙淙的修为自不用说，即使仙界规定不能使用术法，仅凭身上功夫她都能够以一敌众。沈仪心在她的教导下也大有长进，师父总是对徒儿要求高，虽然她总觉得他还差得远，但事实上对付大多数人他早已绰绰有余了。

有了两个人的加入，情势一下子扭转了过来。就在众人心里暗暗松了口气的时候，忽然听到远处传来一阵惨叫，竟是刚才濛汐护送族人们离去的方向！

琴幽脸色一变，立刻从打斗中抽身出来，掠了过去，杨淙淙和沈仪心也紧跟过去。走了不远，便看到地上血迹斑斑，触目惊心。

或许知道这是他们退离的必经之路，敌人早就埋伏在此，围击众人。他们的人折损大半，剩下的受伤惨重。

濛汐也受了伤，一缕蓝色的血从她的额头流下，滑过脸颊。血是蓝色的，而她的眼睛却是赤红色的，滔天烈焰在她眼里熊熊燃烧，她用充满了愤怒的眼神仇视着敌人，和他们对峙着。

敌人的手中，挟持了十几个年幼的鲛人。他们怕极了，眼神里写满了恐惧，然而没有一个人哭。

所有的鲛人自一出生起就被告诫，不能轻易流泪，尤其是在敌人面前。

浮波城满地的珍珠和珊瑚让黑衣人们的眼神中充满了贪婪，然而他们此行的目的并不是这些。

鲛人泪，由鲛人泪珠凝成的珍宝，举世罕见，任何宝物在它的面前都显得黯然失

第六章 沧海月明珠有泪

色。鲛人泪价值连城，售价的一个零头便可以使他们此生过得富贵荣华，无忧无虑。

采珠船开了过来，舱门打开，一个人出现在众人眼前。那是一个年轻男子，衣着华贵，发髻高束，面容清秀。

他走下了船，似乎一点儿也不在意眼前的情景，环望四周，感慨道："传说中存在于大海最深之处的浮波城，充满绝世瑰宝的地方……果然和想象中一样。"

"你是谁？"琴幽面色冷厉，高度戒备。

"我？"锦衣男子微微一笑，望向她，眼神变了变，"原来是你，那天唯一从璨星楼里逃出去的鲛人，没想到你回到了这里。"

"你是璨星楼的人！"琴幽的眼中充满了愤怒，璨星楼，那是她的噩梦，无论如何也无法忘记的地方。

"没错，我曾观察过你很多次，你很美。鲛人本就是上天的宠儿，集灵巧、美丽于一身，可是水牢之中锁着的鲛人，却不及大海里鲛人之美的万分之一。"他看她的眼神如同看着一个猎物。

杨淙淙跨出一步，挡在琴幽身前："你到底想干什么？"

"人人都说浮波城里有着世间至宝，可是在我看来，这至宝应该是浮波城本身……"他的声音陡然提高，"浮波城的主人呢？我要见他！"

琴幽冷冷开口："你是何等身份，有什么资格见我们的主人？"

男子冷笑："哦？那么我便只有硬闯了。"

杨淙淙开口："从你的姿容、衣着来看，应该出身于富贵人家，你来到浮波城应该不只是为了这里的珍宝吧。"

男子眯眼看她："没错，人生难得遇一知己，你是其中一个。若是你愿意放弃抵抗的话，我们或许还能交个朋友。"

"我可不想有你这样的朋友，"杨淙淙说，"我只是想知道原因。"

男子的眼神忽然飘忽起来，喃喃道："只有这样，我才能找到那个人，我找他已经太久太久了……"

杨淙淙不知道他嘴里所说的"那个人"是谁，但是看眼前此人的状态，显然已经铁了心意，不可能再说服他了。

"想要踏进浮波城，除非踏着我的尸体过去。"琴幽拔刀。

"我知道你不怕死，也不怕折磨，可是你的族人呢，难道你忍心弃他们于不顾吗？"

男子的话刺在了琴幽的心上。在黑衣人们的刀锋之下,被劫持的年幼的鲛人们瑟瑟发抖,他们显然知道不能流泪,于是便硬咬着牙关,做出一副坚强无畏的样子。然而毕竟年纪小,纵使如此,依然难掩眼里惊惶的神色,看着令人心里犹如针刺一般。

"如果你们还是负隅顽抗的话,这些没用的小家伙可就会死在这里了。"男子轻轻地看了琴幽一眼,忽然冲着四周大喊道,"出来啊!你不是很在意你的子民吗?就忍心这么眼睁睁地看着他们去死?"

他不知是在对着空气说这些话,还是对着远方的某个人。

琴幽咬紧双唇,身子微微颤抖。他的话也戳到她的心上,那些孩子还那么小,她怎么能眼睁睁地看着他们送命?

"琴幽姐姐,别听他的,我们不怕!"一个被劫持的幼年鲛人喊了起来,声音虽然稚嫩,却十分坚定。

"对,我们不怕!"不知是哪里来的勇气,其他的孩子们也一同喊了起来。

"你们……"琴幽望着这些鲛人,鼻子一酸。他们越是坚强,她就越是不忍,当年眼睁睁看着姐姐消失在她眼前,如今她绝对不能让族人也遭受同样的命运!

"不知死活!"或许是鲛人们的无畏激怒了锦衣男子,他鼻子里发出一声冷哼,"那我就杀一儆百!"

眼见黑衣人的屠刀已经举起,杨淙淙也准备随时出手。凡人纵使有再多的人,再强大的武器,在仙力面前也是不堪一击,这便是天条规定不能在人间使用仙术的原因,是怕滥用仙力。可是所谓天条便是这般无情,不管任何情况都不能改变,眼前此情此景却又令她不能坐视不理。她不怕,天条她又不是没有违背过,即使再违背一次又如何?大不了便是又被关几百年禁闭,比起眼前无数鲛人的生命来说,那也值得。

唯一放心不下的,也只有沈仪心。

她望向他,他面色凝重,眉头紧蹙。她有些担心,他在她心中总归是需要她照顾的,若是没了她,他可怎么办?可是,时间已经容不得她多犹豫了。

黑衣人的屠刀即将落下,杨淙淙手中的仙术也即将出手……

就在千钧一发之际,忽然传来一声清叱:"妄想!"

那是沈仪心的声音,同一刻,他长剑出鞘,青光流泻,剑气纵横。沈仪心目光如炬,跃身而进,剑气如长虹一般划过那一排挟持着鲛人的黑衣人。只听得数声惨叫,那些人手臂齐齐受伤,兵器纷纷坠地,鲛人们趁机逃脱了出来。

他这一招使得太快了,也太漂亮了,令所有人出乎意料,连杨淙淙也没有想到沈仪心的剑术竟已经精湛到如此地步。一招使毕，他落于原地，白衣飒飒，犹如谪仙。

"胆敢和我作对，找死！来人，给我杀了他！"锦衣男子大怒，一声令下，无数黑衣人围了上来。

"淙淙，你跟他们先走，我殿后。"沈仪心手持长剑，冷冷注视着周围的敌人，低声说道。他的目光清厉，声音坚定，令她心里被层层暖意包裹。

杨淙淙看向他的侧颜，那是她看了无数次的容颜，起先总觉得他是个长不大的少年，如今才发现不知何时，他已经成了如此英俊的男子。他比她高上许多，使得她必须仰望他，棱角分明的脸庞，挺拔俊朗的五官，斜飞的剑眉下双眸盛气逼人，散发出的气势竟然比他手中的剑气还要凌厉几分。

从前都是他听她的，而这一刻他的话竟令她几乎无法违背。

可是，她不能走。

三百年前，在那烈火熊熊的宫殿里，在他最孤独无助之时，她只能眼睁睁看着他一人、一剑，做着最后的挣扎。他唤着她的名字，她却不能说一句话，她和他近在咫尺，却远在天涯。

他心系黎民百姓，肩负整个天下，而天下却负了他，她也负了他。

如今，她绝不会再离开他了。

"我不走。"她轻声说道。

"可是这里很危险！"

"你知道吗？其实许多许多年前，我就认识你了。"杨淙淙笑了，"那时候，你跟现在不一样。可是不管是否一样，那都是你。我最后悔的事情，就是在你最需要我的时候，没能够出现在你身边。"

沈仪心的面上浮现出既惊诧又疑惑的表情，他定定地望着杨淙淙，她也望着他。她的眼睛似水一般清澈，他在她眼中看到了自己，看到隐约的朱墙红瓦、白雪覆城，还有冲天火光之中孑然而立的那个身影……

"淙淙……"他喃喃着，眼神恍然间有些迷离。脑海中有什么埋藏得极深的东西渐渐明晰起来，仿佛一朵冬眠了许久的小花，轻轻探出了嫩芽。他和她的生命被一根线连接在了一起，那是根看不见的线，却将她和他的前世今生紧紧相连。

三百年光阴流逝，时过境迁，那根线曾经断了，又被命运重新连上，缠在她的指尖。啊，那些过往的岁月，他和她共度的时光，悲欢离合，喜怒哀乐……他似乎快要想起来了！

"嗡"的一声,沈仪心的脑子忽然一声炸响,剧痛袭来,他的脑海骤然间一片空白。

"沈仪心!"杨淙淙惊叫一声,紧紧地抱着他。沈仪心狂躁不安,抱着头显得极其痛苦,她别无他法,唯有这样才能给他安慰。

锦衣男子叫道:"趁现在给我上!谁杀了他,我赏他黄金千两!"

周围的黑衣人们因金钱的诱惑而蠢蠢欲动,却又忌惮于沈仪心先前表现出的实力,犹豫着不敢上前。锦衣男子怒骂了声"废物",随手抄起一把刀就向两个人袭来。

先前看他衣着华丽,面庞秀气,只以为是个富家少爷,没想到竟然也是个习武之人。他招招狠厉,显然出手便要索命。

杨淙淙是背对着他的,他刀刺向的目标正是她的后背,沈仪心一把将杨淙淙推开,忍着剧痛和那个人缠斗起来。

"兄弟们,上啊!"

不知是谁喊了一句,黑衣人如梦初醒,蜂拥而上。幼年的鲛人们已经在濛汐的掩护下撤离,琴幽带领一些鲛人战士留下来和敌人进行着对抗,奈何敌众我寡,死伤惨重。

几个黑衣人合力围攻琴幽,她的身上已经伤痕累累,却依然咬紧牙关在坚持着。杨淙淙一掌劈开一个敌人,闪到她身边,说:"你快走吧,这里有我。"

琴幽嘴角有血流下,她抹了抹血迹,说:"这里本就是我的家,我怎能眼睁睁看着你为了我们身处险境,自己却苟且偷生?"杨淙淙知道她的性格,便不再多言,和她一起合力对抗敌人。

另一边,沈仪心的局势也不太乐观。那些人原本并非他的对手,然而沈仪心此刻头痛欲裂,实力大减,他们又被重金所诱惑,数人将沈仪心团团围住。沈仪心起先还有优势,渐渐地便落了下风。

锦衣男子瞅准时机,趁几个人缠住沈仪心之际,拔刀就向他背后偷袭而来。杨淙淙大呼一声:"小心!"便想冲上去,然而终究是晚了半分。沈仪心听到了这句话,一剑顶住了锦衣男子的刀锋,却没有能够避开旁边另一个黑衣人射出的暗箭,他小腿中了一箭,单膝跪在了地上,剑也脱手坠地。

锦衣男子举起了刀,向他背后刺去!

就在这千钧一发的时刻,沈仪心的剑忽然自己跃了起来,仿佛有生命一般向锦衣男子刺去！锦衣男子脸色大变，连连阻挡，可那把剑发狠一般凶猛袭来，招招似有夺命之势，直将他逼抵到了一面水晶墙壁的角落里，退无可退。黑衣人们皆吓了一跳，战栗着不敢上前。

那男子是对沈仪心下了杀招的，方才偷袭之狠、之准，足见毫不留情。沈仪心强撑着站了起来，然而由于腿受了伤，险些又跌倒。仿佛察觉到了此刻他的情形，剑绕着锦衣男子飞了一圈，好似警告一般，然后飞回到了沈仪心的手中。沈仪心以剑撑地，站直了身，向杨淙淙走来。

血自他腿上滴落，在地上汇成一道蜿蜒的曲线，那是他向她走来的路。

"淙淙，别担心，我没事。"他对她笑，他的血在地上开出一片梅花。那些梅花忽然间仿佛燃烧起来，化作漫天火焰，仿佛几百年前的那个夜晚。

杨淙淙的心里也一样在滴血。

她的目光转向锦衣男子，眼神如有寒冰，冷得仿佛要将他千刀万剐。

不，不是好像，她就是要将他千刀万剐！什么仙界禁令，她无所谓；什么天条惩罚，她不在乎，她在意的只有沈仪心。

"你想杀他，我便杀你！"她眼里的寒冰中突然燃起了滔天怒火，和周身满溢的杀气一起，令人不寒而栗。

男子方才的神色是慌乱的，这时已变成了惊恐，连沈仪心也惊呆了，唤了一声"淙淙"，怕她会出什么事。然而杨淙淙仿佛没有听见，步步向锦衣男子走去，每一步都踏着地上蜿蜒的鲜血，那是沈仪心流的血。

她的指尖凝成了一团紫色幽光，泛着冷冷杀意。

就在这千钧一发之际，忽然从后方传来一个声音："淙淙，饶她一命！"

竟是一个如此熟稔的声音！这是……

杨淙淙心念一动，想收手已经晚了，只来得及控制了一下方向。紫光自她指尖飞出，沿着锦衣男子的头顶擦过，击打在背后水晶墙壁上，一整面墙壁轰然倒塌，化作粉末。

在这巨大的冲击力之下，男子昏了过去，发冠一松，一头乌黑长发散落下来，众人这才发现，原来竟是个女子！

一个人从采珠船上走了下来。

杨淙淙定睛一看，果然没错，是故人来了——顾之臻。

然而见到她，他却一点儿意外的神色都没有。

"怎么是你？"杨淙淙望着顾之臻，满眼不可置信。

"淙淙，对不起。"面对杨淙淙的目光，顾之臻低下了头，"我利用了你，在送给你的香囊中有无影粉，我才能够通过它找到这里。"

无影粉是一种无色粉末，江湖中人常用于追踪仇敌。它有一种极淡的特殊气味，故而常被少量藏于香囊中，用香料的味道掩盖。这种味道常人难以辨别，唯有经过特殊训练的人才能够分辨出那极微弱的味道，从而追寻踪迹。

她怎么也没想到，顾之臻竟然对她使了这一招。

"我明白了，你早有预谋。"时至今日，她只能苦笑，"我曾真心待你，为你忧，为你愁，却原来看错了人。当真人心难测。"

"淙淙，最初相识的时候，我对你们是真心相交的。在这世上许多人都想让我死，而只有你们在我生命最危险的时候，想让我活。"顾之臻说，"我承认我利用了你，但我并没有任何想害你的心思。"

"现在说这些还有什么意义？"杨淙淙觉得无比悲伤，她曾真心当他是朋友，却反而被他利用。

"你看到那些泡沫了吗？那都是死去的鲛人。"她说，"我不管你出于什么目的，有什么样的原因，逝去的生命无法再挽回了！你虽然没有动手，但这一切都是因你造成的，你的身上沾满了鲛人的血！"

"是，都是我的错……我糊涂，一念之差铸成大错。如果你想杀了我给鲛人报仇，我无怨不悔，只求你放过朱樱！"

朱樱便是先前扮作男装的女子，她已经醒了过来，听到此话大喊道："臻哥，别跟她废话，胜负未分，你怎么先倒认输了？"

"你住口！"顾之臻脸色铁青，"先前你曾向我承诺过，此次入海只为寻宝，不会伤及水族性命，我才答应了你。可没想到你竟然连我也骗，假意听从我的话，却在我饮食中下了迷药，趁我昏睡时大开杀戒！"

"臻哥，我并非有意欺瞒你，可是你也看到了，这些鲛人都是硬骨头，不动用武力是根本无法让他们屈服的，我这都是不得已而为之。现在浮波城是一座无主之城，我们何不一鼓作气……"。

"够了！朱樱啊朱樱，我与你相识多年，还记得当初你是多么善良单纯，万万没想到如今竟这般冷血狠心！你变了！"

"是，我变了，自从嫁给国舅那天起我就变了。为什么我的人生要由别人来掌控？我不愿，我要将这一切都改变！我对良苑栎曲意逢迎，讨得他的欢心，又设计让他废了正房，终于做了夫人。我帮了他很多，获取鲛人泪的方法都是我想出来的，这些价值连城的珠宝让我拉拢到了皇后和众多后妃的支持，这样才能使我的位置更加稳固。我的确变了很多，反倒是你，一直都那么善良，从小到大都一样，"她苦笑，"一样地傻。"

顾之臻眼中浮现一丝苦涩："财富、权力于你，真的那么重要吗？"

"不重要吗？"朱樱反问，"现在人人都听命于我，都想巴结我，比起从前的日子岂不是好了太多？"

"从前的日子虽苦，却是开心的。而现在呢？你浑身绫罗绸缎、锦衣华服，却又何曾真心地笑过？"

朱樱沉默了，刚才那层坚强的外壳仿佛在顾之臻的话语间瓦解，她的眼睛垂了下来，杨淙淙似乎看到其中有水雾氤氲。

"我做了那么多，使他们对我的信任不断增加，给予了我带领舰队前往寰珠海的权力，只有这样……我才能找到他。"许久后，她说。

"你还在想着那个人？"顾之臻苦笑，"那只不过是你儿时做过的一个梦罢了，他根本不是真正存在的！"

"不，那不是梦，我骗你的，那是在我生命中真实出现过的一个人，说是梦，只是因为知道没人会相信罢了。"她喃喃道，眼底浮现出水一般的温柔，"所有的一切都太清晰、太深刻了。虽然已经过去了几百年，我依然记得他叫我名字的声音，记得他牵着我时掌心的温度，记得他曾将我从黑暗中带至光明……"

听到朱樱的话，顾之臻的眼中没有意外，只有伤痛。

朱樱继续说道："他说过，他的家在大海，在那最幽深、最宁静的海底，在那有着世界上最绝美珍宝的地方。所以，我来到了这里。人人都以为我爱慕虚荣，可是难道连你也不懂我吗？"

"朱樱，回头吧！不要再想那个人了，他若是想找你，早就会出现在你面前了！"

朱樱仿佛没有听到一般："我查阅了无数的典籍，动用了无数的手段，才确定这大海深处藏着一座浮波城，也是唯一的一座城，是他最可能存在的地方。如今我终于来到了这里，绝不可能轻易放弃！"

"你现在这般样子，纵使他见到你，怕是也不会与你相认的。"杨淙淙出声，

"你说他的家在大海,那么水族便是他的族人,你杀了他这么多族人,你猜他是否会恨你?"

方才听到顾之臻与朱樱的对话,在感到震惊的同时,也让杨淙淙明白了许多事情。眼前的朱樱,就是当年不慎跌落九幽窟的那个小女孩。只是几百年岁月过去,身为人类的她应当早已不在世间了,怎么还会记得当年的事?

"是,他会恨我,可我不悔。他不愿见我,我便逼他出来,是他没有遵守承诺在先!"朱樱的眼中闪着恨意,"他曾答应过一定会来找我的,我等了他一世,他却都没有来。我不甘心!于是我服用了幽归散,让我此后的生生世世都保留着当初的记忆,我要等他……"

幽归散,这三个字让杨淙淙吃了一惊。这是一种用忘川之水、幽冥之土、彼岸花瓣,混合人最强的执念所制造出的一种禁药。人世常有未尽之事、未了之愿,便有邪士制造这种禁药来牟利。

服下了幽归散的人可以如愿保留记忆,然而毕竟是逆天而行,作为代价,此人在以后的生生世世中都将受尽世间千万苦楚,永无尽头,永不安宁。

这是多么大的执念,才让她甘愿付出这么大的代价,也要记得他啊……

杨淙淙叹了口气,因爱生恨,这世间有太多的人都是如此。她看得出来,朱樱的本性并不坏,只是在长年累月的等待中,被爱蒙蔽了双眼罢了。

"朱樱,醒醒吧!"顾之臻对她说道,"即使他真的存在又能怎么样呢?已经那么多年过去,他不会再回来了,这些往事你就让它留存在记忆里吧,为什么还要带着这么重的执念呢?"

"不,他会回来的。"

"你有没有想过,若是他心中真的有你,又怎么会不来见你呢?"

朱樱的眼中掠过一丝痛楚,没有说话。

顾之臻继续说道:"这么多年过去了,什么事都有可能发生,又或许他已经不在这个世上了呢?你就算找遍天涯海角,也没有办法再遇见他了。"

顾之臻的话,让朱樱胸口一滞,然后只是片刻的工夫,她立刻坚定地说道:"纵使他死了,我都能认得出他来,纵使他化成一抔黄土,只要见到他我都能知道,那就是他。我只想见他一面,不管他在哪儿,不管他现在是什么样子,甚至,不管他是谁。"

顾之臻的胸口绞痛起来,他和她从小一起长大,始终默默守护着她,而她的心里却始终只有那个人。眼前的朱樱已经变得再也不是他认识的那个女孩了，或许他从未走近过她，他自以为是的青梅竹马，只不过是他一厢情愿罢了。

朱樱说："几百年来，我经历过无数世，始终保持着当初的记忆。可是，却始终没有找到他。时间太久，我甚至已经快忘了他的模样，然而只要他出现在……"

她的话说到这里，就顿住了。她的眼神忽然凝聚起来，落在杨淙淙的身后。

她的眼神有了变化，杨淙淙第一次从她的眼神中看到这样的情愫，如此温柔，如此轻缓，像春日里山谷中寂静含苞待放的野百合，在阳光下渐渐绽放。片刻前的哀伤和不甘都隐去了，几百年时光里的等候仿佛化成一只蝴蝶，从遥远的过去飞来，缓缓地盘旋着，落在那个人的肩头，也落在了她的心上。

杨淙淙回过头，看到不远处的山石上多了一个人。他着一袭素衣，淡然而立，目光如水，姿容如玉。周围水晶流光溢彩，映得他的身子隐约有些透明，却难掩他半分风华。

"樱儿。"

他开口，敛她一世风霜。

第七章
心事无踪乱纷然

　　在见到龙湛的一刹那，朱樱就放弃了抵抗。包括她在内的所有入侵者都被关押了起来，等候发落。

　　对于如何处理他们的问题，鲛人内部产生了矛盾。一部分人认为该杀，唯有血债血偿，方能为无辜死去的族人报仇；而另一部分人认为，鲛人一族向来秉承宽宏、善良的原则，纵使杀了他们，已经死亡的族人也无法复生，若是鲛人也用同样的手段来对付人类，那和人类又有何分别？

　　两种观点不相上下，无法抉择，僵持了许久。在这个过程中，杨淙淙没有插一句话，纵使在先前的战斗中她表现出了对鲛人一族的全力保护，然而她敏感的身份让她不能表达任何观点。

　　鲛人们终究还是善良的，纵使对如何处置这些人也有过争议，最终，他们依然选择了宽恕。鲛人们用族中流传的古老秘术消除掉了他们短期内的记忆，然后放他们离开，他们不会再记得在这里曾发生过的一切，也不会再找到浮波城。

　　鲛人们的宽恕令入侵者们万没想到，劫后余生的庆幸令他们惊喜万分。很快，所有人都已经离开了浮波城，除了两个人——朱樱和顾之臻。

　　朱樱不愿走，是为了龙湛；而顾之臻不愿走，是为了朱樱。他们被关在牢房里，朱樱每天不言不语，不吃不喝，只是默默地望着外面，似乎是在盼望着谁的到来。

　　这些天来，杨淙淙一直都在照顾着沈仪心。在这一战中，沈仪心伤得不轻，即使龙湛使用了龙吟诀为他疗伤，他都依然要卧床很久。

　　这期间发生了一些事情，让杨淙淙觉得有些奇怪。比如，有时她原本打算给沈仪心煮药，却临时有事出去了，回来的时候发现药已经煮好了，盛在碗里；又有一次沈仪心在睡得迷迷糊糊的时候感到好像有人在给他的伤口换药，他以为是杨淙淙，可醒来后跟她一说，才知道她夜里根本就没在。诸如此类的事情发生了几次。

　　这一日，杨淙淙端药给他。沈仪心自小就最怕喝药了，每每苦得直皱眉头，却又被杨淙淙逼着必须喝。后来他想出来了个办法，就是假装喝下去，含在嘴里，待她走了又悄悄吐出来。后来这个小伎俩被杨淙淙发现了，他喝药时她就守着，待到检查过他嘴巴，确认他确实咽下去了之后才离开。

　　看到杨淙淙又端了药进来，沈仪心赶紧装睡。

　　杨淙淙知道他在装睡，正想着要怎么骗他把药喝了，忽然看到沈仪心那件被刀剑划破的衣服不知什么时候竟被补好了，洗得干干净净，叠得整整齐齐地放在床头，不由得惊讶地叫了一声。

第七章 心事无踪乱纷然

沈仪心一骨碌爬起来:"怎么了?"

杨淙淙指给他看那件衣服,沈仪心也呆住了。印象中最近好像没人来过他的房间啊,难道是趁着他睡着的时候偷偷进来补的?

他拿起衣服端详了半天,看着整齐的针脚,不由得啧啧称奇:"补得比你好多了……要是换了你,这件衣服保准只有变成抹布的命运了。"

杨淙淙老脸一红,说:"我补得真的很差吗?"

是,她的确是不怎么会做针线活儿,要说这些,她家那位上得厅堂、下得厨房的锦澜仙君可比她强多了。可是,她也不至于这么差吧?

沈仪心看着她,认真地说:"你还记不记得小时候,有一次你告诉我,你发现我的袜子有两个洞?"

杨淙淙心虚:"嗯……"

"然后你就把我的袜子口儿缝起来了……"

"咳咳,那时候我刚接触针线活儿,一时的失误是可以理解的。虽然我这方面差了点儿,但其他方面不错啊,比如说我会煮饭!"

"可是你煮的饭……真的很难吃……自我大一点儿起,家里的饭都是我一个人做的……"

居然敢这么揭她老底,杨淙淙抗议:"哪里是你一个人做的啦?我和你明明是通力合作、各负其责才对。"

沈仪心一脑袋问号。

杨淙淙极认真地说:"你负责做,我负责吃。"

沈仪心目瞪口呆,然后"扑哧"一下笑了出来。

他一笑,她的心情也就舒缓了许多。杨淙淙看着那件衣服,打趣说:"指不定是哪个鲛人小姑娘看上了你,又不好意思说出来,只好这样表明心迹了。"

沈仪心的脸蓦地红了,说:"才不会呢。"

杨淙淙挑挑眉:"不会的话,你脸红什么?"

"我……我才没脸红,"沈仪心结结巴巴地解释,"我这是热的……"

沈仪心从小就这样,一紧张就结巴,一说谎就脸红,是个人都看得出来,只有他自己不知道,还在试图辩解。杨淙淙越看越觉得好笑,揶揄道:"其实你看这里的鲛人姑娘们都挺好的,又漂亮又温柔,你留在这儿肯定过得特别舒心。"

沈仪心抗议:"我才不要!"

杨淙淙故作认真地说:"你看你,跟了我这么久,风餐露宿,四处奔波,还不如在这里安居乐业呢。"

沈仪心看了她半响,瘪起了嘴,委屈地嗫嚅道:"淙淙,你是不是嫌弃我拖累你了……"

他说得很小声,仿佛怕稍微大声一点儿,就惹得她不开心似的。杨淙淙心头一颤,她想到不久前在战场上那个锐意杀伐的男子,眸光锋利似鹰隼,身姿飒沓如流星。他的腿受了伤、流了血,却依然对她笑着说:"淙淙,别担心,我没事。"

那一刻,他什么都不怕,哪怕死亡的威胁也不能让他退缩分毫。然而眼前,他却像一个受了莫大委屈的小男孩一样,只因怕她把他抛下。

那样的他,这样的他,都是他。

那当年的他,和如今的他,是否也是同一个他呢?锦澜仙君和龙湛都说,他必须要找回记忆,可是找回之后,现在的他又是否会被代替?

她心乱如麻,不敢再想。

沈仪心不知道她心里想的是什么,还以为是自己惹她不开心了,扯了扯她的衣角:"淙淙,你答应我,别把我抛下,好不好?"

"好啊,"杨淙淙说,"那你得答应我一个条件。"

"什么条件?"

"把药喝了。"

"一言为定。"

杨淙淙原本以为沈仪心还会磨蹭会儿,没想到他答应得干脆极了,话音刚落便把药喝得一干二净。药很苦,他虽然苦得直皱眉,却没半句抱怨。

他看着她:"我已经把药都喝了,你可再也不许丢下我了。"

"真乖,喝了药就早些休息吧。"杨淙淙笑着回答,却刻意地避开了这个问题。

"对了,淙淙,"沈仪心没有察觉到她的异常,问,"先前那些人来袭的时候,你说其实在很多年以前你就认识我了,这是怎么回事?"

杨淙淙没料到他会突然问这个问题,正想要怎么解释,突然外面有嘈杂的声音传来,隐约听到有人喊:"做好防守准备!"

"你在这里好好休息,我出去看看!"

杨淙淙匆匆跑了出去,只见城里已经聚集了许多鲛人,最中间的便是龙湛。他长发束起,负手而立,望着上方。

第七章 心事无踪 乱纷然

顺着他的目光，杨淙淙向上看去，只见水波上方有几个隐约的黑影。

龙湛一挥手，众人面前出现了一面巨大的镜子，其中便是那几个黑影。龙湛五指张开，修长手指平覆于镜上，双眸凝视其中。随着他的动作，镜中的画面越来越近，逐渐可以看到那是几艘战舰，上面满载着戎装的士兵。画面是那么清晰，杨淙淙甚至可以看到他们凝重的面色，以及手中长矛尖端闪着的寒光。

不仅是画面，连声音也能够听到。第一艘战舰甲板上站着一个中年男子，正在大声训斥着身边垂首的侍从："找！继续找！连座浮波城都找不到，养你们这群废物有什么用！"

旁边有人战战兢兢地回答："回禀国舅，我们已经派了数艘采珠船潜入水下，用尽一切办法去查探，但目前依然无法确定浮波城的具体方位。"

当朝国舅只有一人，便是人称良国舅的良苑栎，可这良国舅其人却一点儿都不"良"。他乖张暴戾、欺压百姓、大肆敛财，可由于有皇家背景撑腰，也没人能把他怎么样，百姓们是敢怒不敢言。

听闻此言，良苑栎一脚将那个人踹到一旁，怒道："无法确定方位？若真如此，夫人和她带的人又怎么找到？"

"这……这……夫人是利用无影粉才找到了浮波城的下落，属下也正是据此追踪到了这里。可似乎对方已经有所察觉，现在再也无法捕捉到无影粉的气息了。"

他说得没错，在知道顾之臻送给她的香囊有问题后，杨淙淙已经把它毁掉了。尽管如此，此刻听到他们的对话她还是出了一身冷汗，好险。她看了看周围众人的脸色，也都是忧心忡忡。万一，就怕万一……

"不用担心，装有无影粉的香囊已经彻底毁掉了，我也在浮波城周围设下了结界，外敌无法寻来。"龙湛说道。他的话仿佛一颗定心丸，让众人都松了口气。

杨淙淙感激地看着他，因为无影粉的事，她一直心存愧疚。虽然并没有人怪她，但若不是她，那些人也不会寻到这里，给原本宁静的浮波城带来了如此大的灾难。

她无法原谅自己。

镜中的画面还在继续。

"你的意思是，无法找到浮波城了？"

那下属战战兢兢地说道："这下方海域似乎有一种神秘力量笼罩，在干扰着我们，据属下推测，很可能有人在此设立了结界以防止外人找到浮波城。"

"果然有结界。既然智取不可，那便强攻！我们的船不是携带了大量西洋使者进

贡过来的深海鱼雷？此时该派上用场了。"

"那鱼雷威力强大，在水中可以摧毁方圆数里的一切事物，极可能也会对浮波城造成影响，损伤其中的珍宝。"

"此事我早已思量过，两害相权取其轻，纵使有可能损伤珍宝，也比根本进入不了其中好。"

"可是……"那下属小心翼翼地说道，"据探子来报，夫人很有可能也身处浮波城中。"

良苑栎脸色一沉："她？不过是个贪图权贵的凡俗女子罢了，跟浮波城相比，根本不值一提。我再重复一次，采取鱼雷强攻！"说罢，转身回到了船舱内。

海浪滔天，船尾一角立着一个浑身裹着黑色斗篷的人，看不清容颜，犹如一点墨色。此人方才始终注视着这里的情况，此刻也消失了。

那是谁？

众人低着头，噤若寒蝉。待良苑栎离开后，那下属长长舒了口气，望了望天。

海上的天空陡然阴了，狂风卷集着乌云，呼啸着，暴风雨即将来袭。

看到这里，龙湛收回了手。镜子里的画面越来越淡，最终如滴入水里的墨一样完全消失了。

所有人都久久没有说话，气氛一片凝滞。刚才看到的情景信息量太大，令人一时间无所适从，挥之不去的恐惧笼罩在每个人的心头。

杨淙淙的内心是震惊的，一是由于对方打算采取强攻，二是由于良苑栎对朱樱的态度。虽然杨淙淙对朱樱并无什么好感，也知道她是采取了一些手段才爬到国舅夫人的位置上，但听到良苑栎的话，也令她心惊。

此前，她以为他对朱樱多少是有一些喜欢的，且不论真情假意，至少她年轻貌美，她的聪敏和巧言令色也给他带来了许多好处。然而杨淙淙没有想到，他竟冷血无情到如此地步，在为了寻找到浮波城而决定放弃她的时候，这般轻描淡写，如同放弃一枚棋子。

而鲛人们更担心的，是浮波城的安危。

就在这时，有人惊呼了一声！

数粒黑点自海面上疾速下沉，起初小如蚊蝇，渐渐地便如墨汁滴入水里般越来越大，从上空向浮波城迅速接近——那是从海面上投下的鱼雷。

有一条鱼儿不知道危险来临，自海水中游过。尾翼，轻轻地碰了一下鱼雷。

第七章 心事无踪乱纷然

伴随着一声震耳欲聋的巨响，巨大的冲击波向四面八方袭来，鱼雷接二连三地爆炸，水中生物无一幸免于难，海水顷刻间被染成了红色。

在结界的保护下，浮波城受到的冲击小了许多，然而那巨大的爆炸声依然令人耳膜有如针扎一般痛楚，身体也站立不稳。身为仙人，杨淙淙的听力比寻常人更加敏锐，因此这声音给她造成的伤害也几乎是翻倍的。即使她拼尽全力忍着，那尖锐的疼痛依然自耳道蔓延到整个头部，脑袋嗡嗡作响，仿佛无数把尖刀在搅动。整个人如同浸泡在水里，几乎要窒息。

她浑身陡然失去了所有的力气，软绵绵地倒了下去。

一个怀抱，温暖、有力，接住了她。

他的身上有着一种宁静而幽凉的气息，如同夏晨草木枝叶上的露珠，又如夜里月下幽兰的低语。她看到他的眸子，那里蕴藏了广袤的大海，深不见底，却又仿佛有微不可见的涟漪温柔泛起。

"在我龙族之地，岂容尔等放肆！"

意识消失前，她听到他的声音。如夜，如风，如无处不在却又无法捕捉的云端迷梦，萦绕在她心底的每一个角落。

……

前尘往事在梦里载沉载浮，回忆如同浮在海面上的小舟，找不到归宿。时间混沌了，几百年的光阴交叠在一起，无数过往情景似流星从眼前掠过。

她看到九天之上，金色巨龙翱翔云海；她看到星汉低垂，白衣仙人负手而立；她看到宫闱深深，烛影下，年轻的帝王紧锁的眉；她看到花灯璀璨，护城河边，身畔男子唤她："淙淙。"

她和他仿佛隔着阑珊灯火，又仿佛隔着万里河山。他离她那么近，又那么远。

"你愿意跟我走吗？"

说这句话的时候，他的眼里映着无数花灯光影，如漫天熠熠星辰。

"你要以天下苍生为重。"

她听到自己的声音，那么清晰，却又那么无奈。

民为贵，社稷次之，君为轻。

沈仪心忽然笑了，那笑容中带着悲伤、落寞，还有自嘲。那是那一段岁月中她最后一次看到他笑。此去经年，便是天上人间。

沈仪心的面容渐渐模糊了，离她越来越远。杨淙淙知道眼前是梦，却醒不过来，泪水湿了脸颊，她拼命地摇头，却挽留不住他逝去的身影。

"我愿意。"她说。

如果时光能倒流，如果再给她一次机会，她一定不会再那样回答他。她曾以为自己多么无畏，多么勇敢，可她连最在意的人都保护不了，又枉说什么天下苍生？

"我愿意，我愿意……我愿意！"她一遍一遍地喃喃着，直到周围又陷入黑暗。

梦里，杨淙淙回到了最初的时光，那是最简单却美好的日子。那时的她还是个刚修成仙身的小仙，法力低微却贪吃又爱偷懒，每天被貌似纯良但实际腹黑的锦澜仙君"欺压"，最开心的事就是吃自家仙君煮的饭菜，尤其是那道芥菜汤。那是她吃过的最简单，却最独一无二的美味。

她看到锦澜仙君端着一碗芥菜汤，笑眯眯地说："淙淙，饿了吧，来先喝碗汤。"

她伸手去接，手却透过他的衣角，抓了个空。

她这才意识到这是梦，眼前的一切倏然破碎，杨淙淙终于惊醒，伸手一摸，眼角冰凉。

呆坐许久，才渐渐缓了过来。四周空无一人，她正要起身下地，正巧琴幽和濛汐走了进来。见她醒来，濛汐淡淡开口："你醒了。"

琴幽明显松了口气，又有些担忧地说："你已经昏迷了整整三天，你可知道在这期间主人……"她欲言又止。

杨淙淙脑子还是蒙的，四下看了看，仿佛没有听见她们在说什么一般，忽然问了句："沈仪心呢？"

琴幽答："他说要去挖芥菜，这种菜海底并没有，于是就去凝光镇了。我们拦不住他。"

芥菜？杨淙淙先是一愣，随即又气又担心："良苑栎那帮人肯定正驻守在凝光镇，现在还不知什么情况，他怎么这么不懂事，这个时候去挖什么芥菜！"

濛汐冷冷说道："若不是你昏迷中一直喊着要喝芥菜汤，他也不至于去冒这个险。"

她的话像一记重锤敲在杨淙淙心头，她万没想到竟是因为她……想到他可能遇到的危险，她一刻也待不住了，拿起避水珠，如离弦之箭一般冲了出去。

在鱼雷强大的破坏力之下，整片海域都受到了摧残。因为有结界的守护，浮波城

第七章
心事无踪 乱纷然

并未受到大的损害，而出了浮波城，眼前的景象令她触目惊心。精美硕大的珊瑚被炸得碎裂倒塌，到处是贝类的残块，水里漂浮着无数海生物的尸体，毫无生气地随着海波起起伏伏。此外，还有散落各处的船只残骸，令人不忍直视。

杨淙淙虽然不知道那天她晕倒之后还发生了什么，但可以想象当时的惨烈。黑暗中她快速向上游动着，心里浮现出一种不祥的预感。

她想到了当年。

许多年前，也是因为昏睡中的她想喝芥菜汤，他派人久寻不得，听说京郊山中有芥菜，心急之下便亲自去挖了。然而她等了许久，都没有等到他回来。

往事一幕幕浮现在眼前，黑暗的天牢，锥心的痛苦，无声的离别……以为早已淡忘的一切再次涌了上来，压得她几乎无法呼吸。

他分明已经没了当初的记忆，做的事却又如此相似。她真的很怕，怕往事重现，再蹈覆辙……

上了岸，杨淙淙再次来到了凝光镇。

阳光融融，垂柳吐芽，一派"春风又绿江南岸"的好光景。然而与此形成鲜明对比的，却是凝光镇一片萧条的景象。

曾经繁华热闹的沿海小镇忽然一夜间变了样，街上空无一人，店铺纷纷关着，处处寂静衰颓。或许是听到了杨淙淙的脚步声，有个小女孩从窗口好奇地探出脑袋来，然而下一秒钟就被娘亲拉了回去。窗户砰地关上的瞬间，杨淙淙看到妇人一脸惊恐的神色。

突然有一阵纷乱的脚步声传来，杨淙淙立刻闪身躲到一旁。只见一队官兵手持兵器从街上走过，身后跟着几个手戴镣铐的孩子，男女皆有，年纪大的十来岁，最小的甚至还不会走路，被抱在怀里。所有人都面带惧色，眼神无助而绝望。

这里究竟发生了什么，怎么竟变成了这样？

若以她平日性格，肯定不会坐视不理，然而今日她怕沈仪心出事，一心只想尽快找到他，也便狠下心来，以免横生枝节。

待到脚步声渐渐远去，杨淙淙走了出来。不知不觉中，她到了璨星楼附近，藏身暗处望去，只见那里的守卫增了几倍，各个戎装且配着刀枪。整栋建筑上方缭绕着黑气，黑气中又透出些血红色来，透着一股不祥的气息。

她加快了脚步，来到凝光镇北侧的一个水塘，那里周边草木丰茂，她猜沈仪心可能在此。

她猜得果然没有错，当来到水塘旁边的时候，她看到了沈仪心的身影，他正认真地弯腰在地上找着芥菜，身后跟着一个少女。

欸，那是谁？

少女身着青衣，看上去十五六岁的模样，面容可爱，手腕、腰间都坠满了璎珞。她手里挎着一个小竹篮，跟在沈仪心的身后，不时给他指指地上的某一处，那里往往生长着一棵青翠碧绿的芥菜。当沈仪心挖出来后，少女便接过来，放进小竹篮里。两个人有说有笑，配合默契。

杨淙淙看了，气不打一处来。她担心了他一路，这个家伙居然在这里跟小姑娘说说笑笑？

杨淙淙正要冲出去，忽然隐约觉得哪里不对。仔细观察了那个少女片刻，杨淙淙发现问题的所在了——她的外貌、衣着虽然跟常人无异，身上却没有丝毫人的气息，也就是说，她并非人类。不仅非人，亦非仙、非妖，她的身上仿佛笼罩着一种谜一般的气息，隐隐有些冰清玉洁的感觉，到底是什么身份，竟看不出来了。

那少女也很机敏，仿佛察觉到了什么，她把小竹篮放了下来，跟沈仪心说了些什么，然后挥了挥手笑笑就离开了。

杨淙淙没有追上去，不管此人是何身份、有什么目的，至少看得出对沈仪心并无恶意，她已经找到了他，也不想横生枝节。

少女离开后，杨淙淙走了出去。看到她，沈仪心又惊又喜，连连问她什么时候醒的，怎么又来了这里，杨淙淙简单回答一番，望着少女离去的方向，问："她是谁？"

"她是……"沈仪心一拍头，神情懊恼，"呃，对了，我还没问她的名字呢！"

杨淙淙无奈："都不知道人家的名字，就和人家说说笑笑？你知不知道，她根本不是人类？"

"啊！不是人类？"沈仪心后知后觉，想了想说，"可是……众生平等，况且她也对我并没有恶意。"

他这句话，杨淙淙倒是赞成的。她成仙多年，三界六道的生灵都接触过，朋友中有仙也有妖，她确实不在意这个的。

沈仪心若有所思："原来非人啊，怪不得她的手那么凉……"

杨淙淙大惊："你们都牵过手了？"

沈仪心连连摇头，结结巴巴地解释："不……不是你想的那样啦！是……是我刚

第七章 心事无踪 乱纷然

来到凝光镇的时候,遇见了一队官兵,他们要追捕我,还好她忽然出现,带我逃开了。知道我来挖芥菜,就又带我来到了这里。我……我绝对没有牵过她的手,只是不小心碰到了而已……"

杨淙淙面无表情地"哦"了一声。

沈仪心急了:"除了你,别人谁的手我也不牵!"

话音未落,他不知道哪里来的勇气,一把抓起她的手,仿佛怕失去似的,攥得极紧。他看着她,眸子中仿佛有星辰大海,昼夜万千。

时间仿佛忽然凝滞了,四周那么安静,只有微风拂过草叶的声音,虫儿低鸣絮语的声音,还有……彼此心跳的声音。

这一刻那么久,久得好像一辈子那么长。

杨淙淙的脸颊腾起一片桃花色的薄云,手心也沁出了汗。不知过了多久,她缓缓地把手从沈仪心的手中抽了出来,说:"我们回去吧。"

薄暮微微垂,踏莎缓缓归。

回到浮波城,见两个人都安然无恙,琴幽总算松了口气。

从她的口中,杨淙淙得知,原来那一日良苑栎下令强攻,鱼雷威力巨大,结界岌岌可危,四处地动山摇。危急关头,是龙湛挽救了整个浮波城。

"主人一弹手指,便有无数星光自他指尖四下散开,没入结界中,晃动陡然消失,浮波城分毫未损。他一扬衣袖,海面上掀起滔天巨浪,敌船纷纷沉没,余下的也落荒而逃。"

琴幽将当时的情景告诉杨淙淙,说到龙湛,她的眼里仿佛闪着光。

想到那日危情,还有今天所见凝光镇的异常,杨淙淙依然心有余悸。她问:"龙湛现在人呢?"

"主人自那天以后就一直在闭关修炼了。"

"他要闭关多久?"

琴幽摇头:"这些我就不清楚了,主人说时间到了他自然会出来。"

"以前都是这样吗?"

"是啊……"琴幽微微低头,眉宇间掠过一丝忧愁,"主人近来闭关,似乎比从前更频繁了些。他闭关之时向来是不允许任何人打扰的,我无法得知他的情况,很是放心不下。"

杨淙淙望着她，想到第一次遇见琴幽的样子。那时的她在水牢里，伤痕累累，目光中燃着冰冷的火焰，而此时的她，提及龙湛的时候，温婉得像一朵浮在水面上的花。她的话不多，然而她的眼神已将她对龙湛的关心显露无疑。

"你对龙湛真的是很关心呢，若他知道，想必一定会很感动的。"

琴幽腼腆地笑了一下："无须他感动，能在他身边，我就已经知足。"

"琴幽，在你心里，他一定占据着最独一无二的位置吧？你对他……"

琴幽仿佛心事被人撞破，忙说道："啊……对于琴幽而言，主人自然是最独一无二的。但他那样高贵，和我如云泥之别，我也仅仅只敢仰望他罢了。"

同为女子，杨淙淙懂得她的心思。对于龙湛，琴幽是尊崇的、敬仰的，在心底最深的地方，也有一种难言的特殊情愫。她小心翼翼而又卑微地守着这种情愫，像守着一朵娇弱的花蕾，不被任何人察觉。

很久之前，琴幽曾在夜里潜上海面，远远地听到一位姑娘在月下独自唱着一支歌谣，其中的句子她至今记忆犹新。

今夕何夕兮，搴舟中流。

今日何日兮，得与王子同舟。

蒙羞被好兮，不訾诟耻。

心几烦而不绝兮，得知王子。

山有木兮木有枝，心悦君兮君不知。

她什么都不去想，也什么都不敢想，哪怕仅仅是像现在这样陪伴在他身边，哪怕他永远不知道她心底最深的感情，只要能遥遥地望着他，也便足够了。

——这，大概就是她对龙湛全部的感情。

碧绿鲜嫩的芥菜，掐尖儿，洗净，烹烹煮煮，便成了一道美味的汤羹。

沈仪心煮好了汤端来，杨淙淙轻啜一口，清甜中带着芥菜特有的微苦。这些年她也曾煮过芥菜汤，可是不知为什么，总没有当初的那种味道，直到今天。熟悉的味道萦绕唇齿之间，仿佛早春时草叶间滴落的露水，滴答，滴答，一声声，唤起往事。

沈仪心看到她愣神，颇有些小得意："怎么样，我的手艺又长进了吧？"

"跟你师公比还差了许多。"

沈仪心不服："师公是仙人，不公平！"

"怎么不公平啦？你自己不是才说过众生平等吗？"

第七章 心事无踪 乱纷然

沈仪心哑口无言,他是自己给自己下了套。他有点儿生气,也不知道是在气什么,郁闷地躺在床上不说话。或许是身体刚恢复,再加上奔波劳累,没多久竟真的睡着了。

杨淙淙笑着摇摇头,出去洗碗。再次回来到房间门外的时候,她察觉到有些不太对劲儿。

房间里有一种陌生的气息,带着一些遥远的、仿佛刀枪剑戟一样的凌厉和厚重,又有些水般的温柔和云般的轻缓。那气息很弱,应该是被刻意收敛着的,寻常人肯定无法察觉到,但现在门外的可不是寻常人,她是杨淙淙。

屏息向内望去,杨淙淙看到了这样的一幕。

一道绿色幽光在房中飘浮着,仿佛有生命一般,一会儿在他的发间跳跃,一会儿又落在他的肩头。沈仪心正睡着,那幽光便在他身畔起起落落,仿佛一个正在玩游戏的少女,又好似夜里林中的一团萤火。

杨淙淙一闪身冲了进去,然而那微光速度更快,在她进门的一瞬间倏然就不见了,快得杨淙淙甚至看不清它是从哪里消失的。屋里静悄悄的,床头唯有沈仪心的那把剑,无声无息。

被她进门的动静吵醒,沈仪心迷糊睁眼,问:"淙淙,怎么了?"

"没事。"杨淙淙坐到床边,伸手从头上扯下了一根红色的发绳,系在沈仪心的手腕上。

"怎么忽然给我系这个?"沈仪心不明所以。

"我听人说,手腕上系红绳,能保平安。你且戴着,不要随意拿下来。"

"嗯。"沈仪心端详着那红绳,认真地点了点头。

第八章 旧时樱落满肩头

离开了沈仪心,杨淙淙在外面漫无目的地走着。

她的脑袋有些痛,最近发生的事情很多,一件件接踵而至。她以前总向往简单的生活,带着沈仪心游历人间,读书饮茶,听雨赏花,不知从什么时候起却卷进了这海底深处的波澜起伏中。这一切恰恰也是因她而起的,若不是她,朱樱和良苑栎等人也不会找到这里,浮波城或许还如从前那般安然宁静。

想到不久前看到的凝光镇的情景,她心里也感到隐隐的不安。良苑栎是绝对不会善罢甘休的,他抓那么多孩子是何用意?他究竟还想对浮波城做什么?而她又要如何应对?

"淙淙。"有人唤她。

沉思中的杨淙淙被吓了一跳,抬头一看,一个熟悉的面容映入眼帘,是顾之臻。这些日子未见,他消瘦了许多,脸色苍白,形容憔悴,跟先前判若两人。

杨淙淙试探着问:"你……怎么出来了?"在她的印象中,他应该是被关在牢房里的。

"若我想走,那牢房哪里能关得住我?"顾之臻淡然一笑,"只是我不想走罢了。"

杨淙淙叹了口气,以她对他武功的了解,他此言非虚。

"你不走是为了陪她,可是在我看来,若是你真心为了她好,更应该带她走。"她说,"水族已经答应给你们自由,可她执念太深不愿离开。你比她更清醒,也更理智,应当明白现在这样绝非长久之计,难道你们此后的岁月都要这样度过吗?"

顾之臻摇头:"若她离开,依她的性格,定然会再次设法找寻回来,若被有心人加以利用,那么对浮波城而言无疑又是一场灾难。"

"不是说可以除掉部分记忆……"

顾之臻一笑:"淙淙,你忘了,她曾服下幽归散,记忆会永远保留,无法消除。"

杨淙淙默然,她竟一下子忘记了这件事。以失去永世幸福与安宁为代价,换取保存着有关那个人的记忆,此后的生生世世都会记得曾历经的所有事情,这就是朱樱的选择。

"难道,真的没有任何方法能够补救了吗?"

"有是有,只是难度极大罢了。"顾之臻说,"我曾在古书中看到过,有一物能够破除幽归散的效果,但世间难觅。"

第八章 旧时樱落满肩头

"那是什么?"

顾之臻缓缓地吐出两个字:"龙血。"

杨淙淙倒吸一口凉气。

顾之臻继续说道:"龙族乃上古神族,其血蕴藏着一种独一无二的古老、神秘的力量。不知你是否听说过,千百年前,仙魔大战之时,魔族有一魔女霜隐,她修为高深,狠厉无情,独身闯入人间,在极北苦寒之地屠戮了一条幼龙,取其龙血。外界只知她取龙血是为了打开魔族与人间的封印,好让手下率领的几十万魔军通过,而实际上,另有传闻称她取龙血更重要的用途,是为了给她的义父,也就是那时身患重疾的魔族长老治病。"

杨淙淙关于霜隐的那部分记忆被锦澜仙君封印,早已不知道这人人闻之色变的魔女正是曾经的自己,此时也被顾之臻一番话说得心惊。

"那……治好了吗?"

顾之臻摇头:"她并不知,龙血虽力量强大,却必须由其主自愿献出方能有医治百病的功效。"

杨淙淙扼腕叹息,那条可怜的幼龙,终究是惨死了。

不知为什么,她眼前浮现出了一幅画面。冰天雪地,霜烟弥漫,一个银衣少年身负重伤,在雪地里痛苦地扭曲着,不可置信地望着身边的女子:"姐姐……为……为什么……"

那女子紫发紫眸,发丝在风雪中狂舞,遮住了面容。她的表情看不分明,只听得声音冷冷传来。

"不为什么,魔族本就没有'情义'二字。只怪你太傻,明知我是魔族,竟还唤我'姐姐',与我交付真心。"

"原来如此。"他笑了,眸中出现一种不知是自嘲还是无奈的神情,"希望你以后不要后悔。"浑身的力气散尽了,他终于释然,躺在雪地上,望着湛蓝苍天,化作一条龙的模样。

"我,从不后悔。"

女子闭目,抽刀。

仿佛一道闪电从心头划过,杨淙淙浑身颤了一下,回到现实。

眼前的情景太过真实,她甚至能看到少年眼底的波澜,还有女子闭目时颤抖的睫

毛。这少年是当年那条幼龙吗？那女子呢，莫非就是魔女霜隐？真相似乎并不简单，可是这些跟她有何关系，她为什么会看到这些？

她不明白。

杨淙淙闭目，试着往记忆深处探寻。说来也奇怪，这些年来随着修为的增长，她的记忆几乎可以达到过目不忘的地步。可是脑海中却有一个地方是混沌的，仿佛一个无边无际的梦，裹着浓重的雾气，无论她怎么探寻，都无法看到那其中真实的情景。每次当她快要窥探到那梦境边缘的时候，就有一股强大的力量将她阻挡开来。

这一次，依然如此。

杨淙淙有些气恼，着实想知道那里到底隐藏着些什么。她发了狠，运起灵力往那处混沌击去，周边缭绕的雾气猛地一颤，仿佛被大风吹到一样，向四下散去，然而很快又恢复如常。

同一时刻，仙界。

孔雀仙子府。

闲云，落花，月麟香。

淡然儒雅的男子，身着粗布衣衫，头发用一根发带随意束在脑后，颊边散落几许发丝。修长的手指夹着一枚纯黑的棋子悬在空中，正欲落子，忽然心头一跳，一种急促而激烈的疼痛突然袭来，他手一抖，那棋子便掉在了地上。

"你怎么了？"正在跟他对弈的孔雀仙子看到他的模样，关切地问。

锦澜仙君俯身将棋子捡起，对她笑笑："忽然想到，家里种的西红柿该浇水了，告辞。"

"喂，你……"

她还想说什么，男子已经闪身离去了，唯留下未下完的一盘棋，已成了残局。

唇角有温热的感觉，锦澜仙君揩了一下，指尖便染上了一点殷红。

血。

心口的疼痛已经被压制住了，但他依然心有余悸。他知道为什么会出现这种情况，那是因为杨淙淙试图在探查自己的过去。

杨淙淙并不知道，如今的自己，正是曾经的霜隐。霜隐并没有消失，而是连同她的魔力一起，被封印在了杨淙淙的体内。

几百年前，霜隐险些觉醒，是锦澜仙君用自己的鲜血将杨淙淙体内即将要苏醒的魔力再度封印住了，又将她脑海中相关的记忆统统抹去，为此，锦澜仙君的仙力又折损了许多，可表面上他仍是那副淡然无谓的样子，也从未对任何人提起，因此杨涼涼对这一切毫不知情。

用鲜血封印，意味着他与她的性命连在了一起，也唯有此法，才能封印住那强大到可怖的魔力。他守护着那封印，若是有力量欲强行破除，他几乎要付出性命的代价——无论那力量来自外界，抑或是来自她自己。

他这么做，是不希望她被往事所累，只希望她简单幸福，平安喜乐。

她的过去，无论是爱还是恨，无论是有关于他还是有关于天下，都太过于沉重。她是霜隐，却又不完全是霜隐，若可以，他宁愿她永远做他的小洋葱，哪怕她总是好吃懒做，偷奸耍滑。

可是，该来的，总是要来。

仙人都有仙劫，可他怎么也没想到她的劫数来得如此之快，方才渡过一劫，如今又是一劫。所谓命运多舛，不过如是。

痛楚绵延而来，他蹙眉，伸出两指按在心口，许久，终于归于平静。

"涼涼……"

月华如洗，一颗流星拖着长长的尾巴，从天际划过。长衫长发的男子独身而立，望着夜空星象，轻声喃喃。

"我究竟要怎样，才能够护你周全？"

浮波城。

杨涼涼始终无法看清那团迷雾，尝试几番后，终于放弃。她有些颓然，冥冥之中仿佛知道那里隐藏着些很重要的东西，却又不知道究竟是什么。

"你怎么了？"看她脸色不对，顾之臻问。

杨涼涼摇头："没什么，只是听你说到往事，有些感慨。"

"确实都是陈年旧事了，时光更迭，当年的一切早已被大多数人遗忘。"顾之臻笑笑，"遗忘，看似是缺点，事实上却是上苍给予人类抚平伤痛的优待。"

杨涼涼叹了口气，人总是健忘的，可对于有的人而言，有些事将会永存于记忆之中，无论如何都无法抹去。

她说："纵使朱樱如此，可你呢，你不一样啊，你可以走。"

"我的记忆也无法消除。"他摇头，看到杨涼涼吃惊的表情，平静地说道，"因为，我也服用了幽归散。"

那些往事。那些，永远无法忘记的往事……

他与她的初识，是在最初的那一世。那时，她是他的邻家少女，娇俏可爱，口中日日念着她"哥哥"，纵使那个人从来也没来过。他告诉自己，没关系，她还小，他可以等她长大，等她长大了，就会明白他的心意。

后来她长大了，出落得越发水灵，对那个人的思念却分毫未减。他痴心恋慕她许久，她心里的位置却始终只留给一个人。他于是再次告诉自己，没关系，他会守着她、等着她的，等她伤心了、绝望了、放弃了，或许就会回过头来看他一眼。

可是他等到的，却是她亡故的噩耗。

朱家家道中落，她亦久思成疾，身体一日不如一日。她终日痴痴地期盼着，望穿秋水，无数个日出日落时分，她静静地站在一座小山的山头，仿佛要凝成一尊雕塑。

后来，那雕塑变成了一座坟冢。

她离开后，他在她的坟头种了一株樱花树。它长得很快，好像当年的她。每当春日，樱花飘落，簌簌如雨。

他每天黄昏都会去那里陪她，提着一壶酒。

那一日，他照例又去。这一次，他看到了一个人。那是个年轻的男子，素衣黑发，在坟前静静地立着，落花坠满肩头。

他走过去的时候，那个人正好转身。

他没有见过那个人，但却知道，那就是他。

朱樱等的那个人，在她过世之后，终于来看她了。

他的内心百感交集，先是愤怒，再是悲伤，接着是无力。他是多么想冲上去质问他这些年都去了哪里，为什么到现在才出现，他有无数个问题想去问，然而，终究一个字也没说出口。

他平静地同那个人擦肩而过，风起花落，吹乱他的衣衫。

回到家，他从箱子的最底层拿出了一瓶药。

掀开瓶塞，一种缠绵而微苦的味道飘了出来，仿佛爱一个人的感觉。

他拿在手里端详，想到她当初离世时的模样。她为了不忘记那个人，耗尽一切得到了一瓶幽归散，在临终时一饮而尽。

"这样，我就可以永远记得他了。"她笑着，眼睛里是从未有过的温柔，语气平静得令他心碎。

她缓缓闭上眼睛，药瓶"啪"的一声掉在地上，其中还有半瓶剩余的药。他弯腰

第八章
旧时樱落满肩头

捡起，握在手中，上面仿佛还残存有她最后的温度。

……

他一直以为，他会始终记得她，即使没有这瓶药——爱一个人，就会永远将她刻在心底。

他日日都在她的坟前静坐，回想往日点滴。记忆一遍遍描绘，哪怕是细节都一清二楚，仿佛描摹一幅精致的水墨画。

然而这一天，他惊恐地发现，那水墨画不知何时起已经渐渐不再清晰。

当他回想起她最后的模样，竟只记得她唇角淡然的笑，而她的眉、她的眼、她面颊的轮廓，都已模糊了。

他在窗边呆坐许久，望着天上如钩残月，终于缓缓地，将药瓶靠近了嘴唇……

"后来的时光里，我始终记得她，也追随着她的脚步。"顾之臻笑了笑，说道，"并不是每一世都能够成为人的，这需要很多的造化，而无论是什么，我都在她身边。"

你是雨中的一朵蔷薇，我便是你倚靠着的竹篱；你是月下的一株丝萝，我便是你攀附着的乔木；你是阶前坐着托腮思念着心中人的少女，我便是远远望着却又不敢出现在你眼前的少年……

几百年来，我一直都在你的身畔，可你却始终追寻着那个人。哪怕，他只是一个模糊不清的背影。

"大概经历了许多年的追寻无果，这一世，她决定采取些手段。"说到这里，顾之臻歉意地笑笑，"淙淙，请原谅我，其实起初遇见你时，关于她的事我并没有全部说实话。事实上，她当初并不是被逼嫁给良苑栎的，而是她故意设计遇见他、接近他，以达到她的目的。那时候，我隐瞒了你。当你第一次看到我真容时，我故意说的要娶你的话，也是为了获取你的信任罢了，我忘不了她。"

杨淙淙并不意外："我早便猜到如此了。先前我听到朱樱的话，也大概料到会有这样的可能。只是她设计爬到如此高位，足以见得心思深沉，却在见到龙湛的一瞬间仿佛完全变了个人，实在是……"

"不可想象是吧？"顾之臻说，"爱会令人疯狂，会令人盲目。其实她内心本善，只是执念太深，被爱蒙蔽了双眼。"

说到这里，他叹了口气。他说她如此，他又何尝不是呢？为了她，他颠沛流离，连自己都快要忘记自己是谁了。

"淙淙,我求你件事。"他恳切地看着她。

"若是龙湛不肯见她这件事,我无能为力。"

"不是的,是一件很简单的事。"顾之臻无奈笑笑,"我只是想请你告诉她,让她多少吃一些饭,毕竟身体为重。听说,她已经好几天滴水未进了。"

杨淙淙没有应他,忽然问道:"她知不知道你也服用了幽归散?"

"她不知道,我也从未想过告诉她。她直到如今都不知道现在的我就是最初的那一世的邻家少年,我和她一样保留着所有的记忆,无数轮回里,只为同样的守候。"

"为什么不告诉她?"

"她心中无我,告诉她只会给她平添烦恼罢了。"他绽开一个温和却又苦涩的笑容,"纵使换得她一丝半点儿的垂青,也只是出于感动和怜悯,并非我所想要的。"

"你若真爱她,对她放心不下,或许自己对她去说会更好一些。"

他深呼一口气,垂下双眸,声音低得如同夜里的风:"我怕再次见到她思念着另一个人的模样。"

海底的浮波城没有昼夜,水晶雕砌的墙壁散发着绮丽的光芒,如同永昼。

杨淙淙来到了关押着朱樱的牢房旁。

她已经不是第一次从这里路过了,每次经过,她都见到那个女子始终望着外面,眼中充满了期盼的神色。她知道朱樱在盼着谁,可自始至终,那个人都没有来见她一面。在经历过漫长的等候和追寻后,她以为她终于靠近了他,可他却离她仿佛比以前还要远。

她见他的唯一一次,便是在数日之前那遥远的一瞥,他素衣胜雪,开口唤她的名字——樱儿。

那是他对她唯一说过的话。

在无助且孤独的等待中,她的心从充满期望逐渐变得绝望,她在此之前度过几百年的漫长光阴,而被关在这里的数日却比几百年还要长。

她不吃不喝,也不说只字片语,先前鲜艳红润的脸庞变得苍白如纸,眼睛空洞无神,也只有在听到脚步声的时候,眼里才会泛出一丝微弱的光来,而在看到来人并不是她所期盼的那个人时,那光就陡然灭了。

她无声地笑了笑,仿佛是在自嘲。

杨淙淙站在牢门外,看着眼前和初见那日截然不同的朱樱,她的思绪无比复杂。

　　她是明白朱樱心里的感受的，她也曾经历过等待一个人几百年的煎熬与痛苦。但不同的是，她等到了，而朱樱却没有。那个人始终不愿见她，纵使近在眼前，也是咫尺天涯。

　　朱樱背对她坐在地上，身旁是没有动过一口的饭菜。

　　第一次，杨淙淙对这个女子心生出了些许怜悯。

　　"多少吃一点儿吧，毕竟身体为重。"

　　朱樱没有说话，消瘦的脊背弯成一个倔强的弧度。杨淙淙站了片刻，发觉她并没有回应的意思，叹了口气，转过身去打算离开。

　　"我不需要你的可怜。"

　　朱樱的声音传来，杨淙淙转身，看到面颊清瘦的女子已经站起了身，正望着她，眼神倔强而清冷。

　　"我并非可怜你，而是有人让我带这句话给你。"

　　朱樱一愣，暗淡的眼中忽然有了光亮，抓紧栏杆："是他吗？是他让你转告我的吗？"

　　她虽未明说，但杨淙淙知道她话里的"他"是谁——那个她等了几百年，爱了几百年，寻了几百年，也念了几百年的男子。

　　她轻轻地摇头："是一直在你身边的另一个人。"

　　朱樱的眼光暗淡下来，她慢慢地滑到了地上，面上浮起一丝苦笑："我就知道，他不可能想起我的。这么多年了，若他心中还有我，早便该来找我了，又怎会等到现在？"

　　"原来，你也明白。"

　　朱樱抬起头来："我何尝不明白？明白，却放不下罢了。"

　　杨淙淙叹了口气："为了一个人而放弃一切，甚至背离整个世界，究竟值不值？"

　　"爱一个人，情不知其所起，无因缘，无来由，亦无值得与否。"她的眼眸垂了下去，低声念道，"人生若只如初见。"

　　杨淙淙犹豫片刻，说："这么多年来你是否问过自己，你对他的感情，相对于爱，更多的是不是不甘？不甘他离你而去，不甘自己苦苦等待……不甘，是因为没有得到而产生的痴念和怨怼。"

　　"够了！"朱樱的声音忽然冰冷，"你对我了解多少，又有什么资格去评判我的感情？"

面对她的质问,杨淙淙平静地回答:"我的确没有什么资格去评判你的感情,情之一物,本就只有你自己心里明了。然而世事向来是当局者迷,往往是旁人的话,才能将人一语点醒。"

"点醒我?看你面貌只不过十七八岁,走过多少情路,历过多少爱恨,又妄说什么大话点醒我?"

"外貌不过是一具皮囊,"杨淙淙注视着她,缓缓说道,"我活着的年岁,要比你长上许多。"

"你?"朱樱先是一惊,随即恢复平静,"是了,我早便察觉到你非常人,却并未细想。难怪,见你气度,应当不是妖、魔之属,莫非是仙族?"

若是常人,听闻杨淙淙此言定会非常意外,而朱樱毕竟已历世了几百年,一下子便猜出了杨淙淙的身份。

杨淙淙默认了她的判断。

朱樱望着她:"你们神仙,是不是总是那么高高在上,自以为看透一切?你们终日在九重云巅之上俯视人间,看似慈悲、宽宏,实则冰冷、无情,又能懂什么是爱?"

"谁说我不懂?我爱一个人,也爱了几百年。"

"你?"朱樱未料到她会这样说,大惊之后想了一想,恍然大悟,"难道是……"

"跟你恰好相反,现世的他失去了曾经所有的记忆。几百年前,我和他识于微时,一起走遍千山万水,历过雨雪风霜,我看他登上过人世间权力的制高点,也陪他度过跌过谷底的那些岁月。我曾和他有无数刻骨铭心的回忆,如今他却已经全不记得了——包括那时的我。"

朱樱忽然笑了,笑容泛着苦涩:"人生真的很奇怪,一个人想得到的,却是另一个人不想要的。他在你身边,却什么都忘了;我离他很远,却什么都记得。"

不知道从哪里来的风吹动了她心中的涟漪,笑着笑着,那坚强的眸子中,便忽然起了水雾。朱樱的眼神柔软了下来,对杨淙淙的敌意也已经消失了,从某种程度而言,她和她是相似的。

"我或许说得太多了,其实我来这里的目的,真的只是带一句话给你。"杨淙淙顿了顿,"多少吃一些东西吧,对自己不好,就是对爱你的人最大的折磨。"

朱樱沉默了片刻,终于缓缓地蹲下身去,拿起了一个馒头。

第八章 旧时樱落满肩头

或许是太久没有进食，她吃得很艰难。杨淙淙有些不忍："慢些吃。"

朱樱垂眸："我此生，白眼遭过，奉承也听过，当我爬上权力的顶端，身边总是围绕着无数的人。然而当我身陷囹圄，却是孤身一人。活得年岁越久，记忆越深，就越是感到透骨的寂寞。"

"有时候，我很羡慕那些寻常人。"她继续说着，"一生一世一双人，平凡，短暂，却是最幸福的。你说得没错，我对他的感情，爱也有，不甘也有，它们已经混合在一起沁入了我灵魂的最深处，无法剥离。其实在无数个夜里，我也曾问过自己究竟值不值得，可是连我自己也没有答案。世上最大的痛苦和最深的孤独，都莫过于爱而不得。"

杨淙淙说："你可曾想过，若你能够放下执念，或许人生会有另一番天地呢。他对你而言如同天上的星，遥遥望着，追随着，却始终无法触碰到。而若你愿意低头，或许就会发现身旁的池塘里映着一轮明月。"

朱樱笑了，知道她说的是谁。然而她的笑容很浅，像微风掠过湖面，一下子就消失了。

"臻哥对我确实很好，而我却利用了他。他因反对我嫁与良苑栎而被四处追杀，流浪江湖，后来在机缘巧合中修成了高强武功。我怕他出事，一直都派人在暗中关注着他的情况，也告诉他若他愿意，我可以给他另外一个全新的身份，过富贵安逸的生活。可他，却宁愿去做一个被通缉的蒋老九。"

杨淙淙感慨："或许在那层面具下，他才能做真正的自己吧。"

朱樱说："他对你们，自始至终都是真心相交，之所以在送给你的香囊中加入无影粉，是我让他这么做的，目的就是寻找传说中的浮波城。他不愿利用你们，我便告知他我现在国舅府中的地位岌岌可危，必须以此途径证明自己的价值，又承诺他此次入海只为寻宝绝不害命，他无法，最终答应。他不知道，其实我拼尽一切来到这里，只为了那个人。"

"你有没有想过，或许他知道，只是没有说呢？"杨淙淙叹了口气，"怜取身边人。"

"他不会知道的。他是凡人，而我，则是一个保留着记忆，不断在痛苦中轮回往复的怪物。服用了幽归散的人生生世世都会被痛苦和不幸所包围，若他掺入我的生命，也会被厄运所缠绕，我不愿他如此。"朱樱抬眸，"我一个人承受就足够了。"

她语气坚决，仿佛掷地有声。

她并不知道顾之臻其实也早已服下幽归散,只为不忘记她,生生世世都陪在她身边。他从未对她说出"爱"这个字,陪伴,就是最长情的告白。

杨淙淙想到顾之臻对她说的那段话。

"她说要来浮波城的时候我心里很煎熬,我知道她来这里要做什么,我并非圣人,心里是不愿她见他的,可我更不愿看她难过。我很怕,怕她同那个人相见之后,我连陪伴在她身边的机会都没有了;可有时候我又自私地想,若她见了那个人之后能够解开心结,或许还会多看我几眼。"

爱,令一个人如此卑微。他对她如此,而她对那个人亦是如此。

爱而不得,大概是这世上最悲伤的事。

朱樱说:"有件事我想问你。"

"你说。"

"那日我听见巨响四起,地动山摇,发生了什么事?"

杨淙淙不知要怎样回答她,那日良苑栎明知她身在浮波城的情况下,依然下令用鱼雷强攻,不顾她死活。

"果然,他动用了武力强攻。"朱樱见她表情,已明白一切,"或许你也看出来了,良苑栎同我之间利用居多,信任居少,可不管怎样,我原以为我在他身边几年,帮了他许多,他当会念几分旧情,万没想到他竟如此……恨不得将我除之而后快。"

杨淙淙默然。

"也是,我掌握了他太多秘密,我的存在对他来说已经成为一种威胁。我料到他可能会这样做,但没想到竟然如此之快。"

她虽说得轻松,杨淙淙却从她语气中读到了一丝落寞。

朱樱问:"现在凝光镇情况如何?"

杨淙淙将先前所见告诉了她。

朱樱思索片刻,深呼一口气,说:"事已至此,我便都告诉你吧。你曾进入过璨星楼,应当知道它表面上是一个售卖珠宝的商行,实则是一个囚禁鲛人、通过不齿手段以取得鲛人泪的肮脏之地,它的幕后掌控者便是良苑栎,那里也是他在寰珠海一带的基地和权力中心,其中皆是他的心腹。"

"此次出征浮波城,他是志在必得的。出发前,一共定了三个策略:一是以无影粉追踪,二是以武力强攻,这第三……"朱樱犹豫了片刻,说,"他此前得了一本秘籍,可以造就一个强大的阵法来助他。这术法,名为血莲术。"

第八章 旧时樱落满肩头

"血莲术?"

"没错,血莲术源自魔界,传闻是千年前一个名叫霜隐的魔女所创。它以极大的仇怨和恨意凝成,以鲜血作为祭献,打开修罗地狱之门,其威力之大、后果之可怖,都令人不敢想象。据说千年之前仙魔大战之时,血莲开遍天地的那日,是三界众生挥之不去的梦魇。"

又是霜隐。

这已经是近些日子以来杨淙淙第三次听到这个名字了。第一次是琴幽提起湄泠河龙殿的倾覆,再是顾之臻说到屠龙的往事,然后便是此刻朱樱讲述血莲术的由来。

这个名叫霜隐的魔女究竟是谁?是何模样?现在何处?听他们所言,千年之前曾发生过一场惊天动地的大战,涉及人、仙、魔三界,那霜隐究竟做了怎样的事,竟成了人界与仙界共同的敌人?她修为高深、狠厉无情,却又生死未卜、下落不明,在各种仙籍上全无关于她只言片语的记载,仿佛从未出现过一样,当真是奇怪。

朱樱说:"传闻血莲术威力之大令人胆寒,施展之时可蔽天地,绝人寰。自霜隐消失后,血莲术也随之销声匿迹了,再也没在人间出现过。"

"那良苑栎又是怎么得到血莲术的秘籍的?"

"不清楚,但很奇怪,得到秘籍后不久,他的身边就多了一个人。"

"多了一个人?"

"不错,是一个浑身黑衣的男子,没有人知道他来自何方,也没有人知道他的姓名,只听到良苑栎唤其'先生',对他言听计从。起先良苑栎许多事都是征求我的意见,然而此人来了之后,他就逐渐冷落了我,他对身边的其他人也是一样,他谁都不信,只信任这位'先生'。"

杨淙淙蹙眉:"怪不得,原来是受人蛊惑。没有任何人知道这位'先生'的来历吗?"

朱樱摇头:"只听闻此人来历神秘,法力强大,其余的无人知晓。这血莲术的阵法,也将由他来开启。"

"一般来说,施展此类术法需要自身有极强的灵力才行,越是威力强大的术法越是容易对施术之人造成反噬,若是不自量力擅自施展,往往会伤及自身性命。这位'先生'究竟是何方人士,竟有自信能承受得住这魔界异术的反噬?"

"凡人自是无法承受反噬,即使能够召唤出血莲,也无法将它控为己用。他自然明白这一点,所以,他需要唤醒霜隐。"

"唤醒霜隐?"

"当年霜隐虽败,却并未被诛灭,而是被封印在了某处,沉睡千年。在月圆之夜,以鲜血之力可将沉睡的霜隐唤醒,他就是想以此借用她的力量控制血莲。如此一来,他自身便不会遭到反噬,还可以获得血莲之力。"

血祭!杨凉凉心里"咯噔"一下。

血祭,是用某种古老的咒术聚合他们死前的怨念和恨意,以此强大力量来召唤上古凶兽或是被封印的魔物。此法残忍邪恶,杨凉凉先前只是听闻过,根本没想到竟真的会有人试图用这种方法来召唤霜隐。

朱樱说:"我已经做了太多错事,无法挽回,只有将我知道的都告诉你,也算没有一错到底。"

月圆之夜,离现在也不过数日了。

想到被黑云笼罩着的凝光镇,想到那些孩子无辜的脸,杨凉凉坐立难安。良苑栎不知何时会行动,她必须第一时间去找龙湛,告诉他这件事情,这个时候,只有他或许有办法。

杨凉凉来到龙湛闭关的地方,那是一处幽深洞穴,濛汐正在外面守着。情况紧急,杨凉凉顾不了那么多,径直走了上去。

"站住!"濛汐阻拦,"主人闭关的时候,不允许任何人打扰。"

"这我知道,可我有很重要的事情要见他,能否通融一下?"

"不能。"

"那你能不能替我去通报一声?这件事真的很急!"

"再急的事情,也比不过主人的安危重要。"

"这件事就是与他的安危有关,与凝光镇,乃至整个浮波城的安危有关!"

濛汐冷冷看她一眼:"人类素来无情,且善于编造谎言,你如何证明你所说的是真的?若我放你进去,谁知你又是否会不利于主人!"

杨凉凉急了:"我何曾骗过你们,又无情在何处?"

濛汐盯着她:"若不是你,那些人类又怎么能找到浮波城的所在,你说你并不知情,谁又知道是不是谎言?就算是真的,难道你敢说和你一点儿关系都没有吗?你无辜,那我们那些惨死的兄弟姐妹呢,难道他们就有罪,就该死吗?"

杨凉凉沉默,她自问从未做过亏心之事,却在不知情的情况下做了帮凶。纵使她也是被欺骗、被利用,但不可否认的是,如果没有她,朱樱等人也不会找到这里。

第八章 旧时樱落满肩头

许久了，这件事都没有人提起，尤其是那些入侵者被清除了记忆放走之后，似乎伤痛已经被逐渐抹平了。可是，所有人的心里，始终都是有一根刺的。

这根刺，同样在杨淙淙的心里。

这些日子以来，她无时无刻不处于后悔和内疚中，她无数次梦见那些鲛人还活着，他们对她笑着，年轻的面庞充满生机。她伸手去触碰，然而他们却突然化作泡沫，五彩缤纷的，在阳光下舞动，倏然便不见了。

鲛人的死没有遗骸，在这片蔚蓝的大海里，他们生于斯，归于斯，不留下一丁点儿痕迹。有时候回想起来，会让人疑惑他们是否真的曾经存在过，还是只是一场梦幻泡影罢了。

但杨淙淙心里的痛告诉她，这一切都是真实的。她虽未杀伯仁，伯仁却因她而死，她置身于这因果中，无法脱身。

许久以来小心翼翼地维持着表面上的和气，如今终究被濛汐一语道破。

"你说得没错……"

杨淙淙喃喃。濛汐的话犹如一根针，直刺她内心，她无法为自己做任何解释。

濛汐的语调中带着愤恨与怅然："我实在不知，你这样的女子，又如何值得主人为你牵肠挂肚。"

牵肠挂肚？杨淙淙一愣，这是怎么回事？

"纵使你身上有重重疑点，他始终信任着你，维护着你。前些时候你陷入昏迷，他原本已经因为给那些入侵者清除记忆而消耗了太多灵力，身体十分虚弱，却依然一直昼夜守候在你身边，为你灌输灵力，望你早日醒来。可你醒来第一句话却是问，'沈仪心呢？'在你心里，可曾——"

她正说着，洞穴里突然传出一个威严的声音，将她打断："濛汐，住口。"

濛汐的一腔怒火，都凝固在了这一声断喝里。

"是。"

里面的声音缓和了些许，片刻后，道："让她进来吧。"

濛汐有些意外，虽不情愿，仍是让开了路。

这是一处幽深的洞穴，起初是漆黑的，往深处走，便渐渐亮了起来。四周是水晶砌成的墙壁，其后有水，无数会发光的鱼儿在其中游动，这些光经过水晶的折射愈加璀璨，星星点点如同夜晚繁星。

尽头处是一个开阔的洞室，穹顶是透明的，穹顶之上的水里浮动着数朵莲花。

白衣的男子坐在一张水晶雕刻而成的桌旁，袖口和衣襟用银色丝线绣着翻滚的波纹，浑身如芝兰玉树，纤尘不染。他的手握着一盏茶，双眸垂着，在脸颊洒下一小块阴影。在他身后，成群结队的鱼儿游曳而过，仿佛流云变幻，一刹那竟让她觉得好似仙人一般。

不，他不是仙，他是更古老的种族——与天地同生、与日月齐辉，与生俱来带着王者气息的——龙族。

察觉到她到来，龙湛抬起了眸。

"喝茶吗？"他开口。

杨淙淙这才注意到他手中的茶，那是杯花茶，花朵是绯色，茶汤呈淡粉色，幽香扑鼻。她看着眼熟，却一时想不起是什么。

"这是……"

"回梦花茶。"

一语点醒梦中人，怪不得杨淙淙觉得这茶的样子看起来这么熟悉，原来是由回梦花制成的。

海底中有一种奇花，生于灵气聚集之地，名叫回梦花。茎和叶子纤长透明，茎中有淡红色的细长线条一直蔓延向上，在茎的顶端聚集在一起，开出一朵绯红的花。花瓣绯红如朱砂，纤薄如蝉翼，犹如一个含羞带怯的少女，美丽至极。

许多年前，在眠龙渊旁，江月明将她和他的手一起放在了回梦花上，在那里，她看到他的曾经。

回忆扑面而来，她想到曾经和江月明相识的经过，想到一路悲欢离合，想到他表面上总欺负她，实际却对她好得不得了的模样，想到他对她说的最后一句话：

"我一定不惜任何代价来保护你，哪怕……"

这句话，他自始至终都没有说完。

江月明彻底消失在了她的世界里，连一句道别都不曾有过。她曾找过他，上天入地，却没有他的任何踪迹。她以为他是因为不愿见她才离开，却不知道他为了救她化作她的心脏，在她的胸口跳动着，永远默默守护着她。

一江春水，半弯月明。

而这世间，却再也无他。

"回梦花茶会让你眼前浮现最刻骨铭心的人的身影，或许是最爱的人，也或许是最恨的人。"龙湛幽幽的声音如同深谷幽泉。

第八章
旧时樱落满肩头

这句话让杨淙淙的心口猝不及防地痛了一下，她蹙眉暗暗按住心口，却发现龙湛正望着她，眼眸中有一种如海底冰川般深邃和寒冷的神色，是她从未见过的。只看一眼，都仿佛要将整个人冻结。

而这冰冷的神色只持续了一瞬，就恢复如常。

杨淙淙这才想起她来找他的本意，定了定神，说："我原本也不想打扰你闭关，此次来找你，确实有很重要的事情。"

说罢，她把朱樱所说的话全都告诉了他。

出乎她的意料，龙湛的反应很平淡，甚至可以说，他几乎没有做出任何反应。杨淙淙急了："难道你不相信我说的吗？"

"你莫忘了，在不久之前，她还是率部入侵浮波城的敌人。"

"是，我与她相识确实不久，也没有忘记她所做的一切。可她这次绝没有说谎，在凝光镇我也察觉到了异常。"说罢，她把先前在凝光镇所见的异象都告诉了他。

出乎意料地，龙湛并没有太多意外，似乎早已知晓。

"你打算怎么应对？"她问。

龙湛没有回答。

杨淙淙说："一定要想办法阻止他们，否则那些无辜的孩子可就要惨遭毒手了！"

"若我说这些人类的生死与我无关呢？"

杨淙淙没料到他会说出这种话来，愣了一下："可我看得出，你并非无情之人。"

"何以见得？"

"若非如此，你也不会为那些入侵者清除记忆，再放他们离开。身为修炼之人，我知道这清除记忆的术法极其耗费灵力，而且一下子又那么多人，对施术者而言是很大的牺牲。"

"我不杀他们，只是不想弄脏这片海水罢了。"

"无论如何，还是谢谢你，为他们，也为你守候在我身旁的那几天。对不起，先前我对此并不知情。"

龙湛淡淡说道："无须感谢，你是我浮波城的客人，这只是我应尽的义务。"

"我看得出，你表面虽冷，内心却并非如此。那……"她犹豫了片刻，还是说了，"那些孩子……就算你不为了他们，也为浮波城考虑一下，一旦霜隐现世，必然

掀起一场浩劫，到时候水族也难以幸免于难。"

"霜隐不是那么好召唤的，她沉睡了近千年，纵使进行血祭，也只能让她刚刚苏醒而已，真正能够破除封印的，只有她自己。"

"只有她自己？"

"只有霜隐的意识彻底觉醒，意识到自己是谁，封印才能完全破除。有人在用生命封印和镇压着她，就是防止她意识觉醒。"

听他这样说，杨淙淙才稍微放下心来。

魔女现世，对整个三界来说都将是一场灾难。

"其实我手下的人已经告诉了我良苑栎等人的情况，我们一直在盯着他们，一旦有什么情况，会立即采取措施。不过，还是谢谢你告诉我这些消息。"龙湛说。

"你该谢的是朱樱，是她主动说出来的。她许多天不吃不喝，形容憔悴，只盼能见你一面。或许……你该去看看她。"

"纵使她见了我，又能如何？况且，我并不觉得有见她的必要。"

"你只看到她如今这般，又想过她为什么会变成这样？为了所爱之人，甘愿承受生生世世的痛苦，追寻他的足迹、他的身影，在数百年的光阴中逐渐迷失了自己。她如今所做的这一切，固然大错，却是因爱生恨。人的眼睛是不会骗人的，我看得出她对那个人情之深、爱之切，才选择相信她。归根结底，她也是个可怜人罢了。"

"可怜之人，必有可恨之处。"

"是吗？可我觉得，最可恨的是另一个人。"他的话让杨淙淙有些生气，有时候他让她觉得他心里是有情的，可有时候，他又让她觉得分外无情。

"你是在怪我？"

杨淙淙直视着他："当初你告诉她你会回来，纵使你有苦衷，让她空等了一世却是不争的事实。而如今当她不顾一切终于见到他的时候，你却连见她都不肯，是不愿，还是你不敢？"

她的话问得尖锐，龙湛却并未在意，他的目光望向虚空处的某个点，缓声说道："我曾回去找过她，却未料已经沧海桑田。我鲜少与人类接触，没有想到他们的生命如此脆弱，如此短暂，况且很多事情我确实是身不由己。她服下幽归散一事，我同样毫不知情，如果我知道，定会阻止她。"

"可人生没有办法假设，无论如何，她落到如今这地步都只因为太爱你罢了。她找了你数百年，如今就离你咫尺之遥，你为什么连她一面都不见？你可知道，她对你

第八章 旧时樱落满肩头

始终深情如昨……"

"昨日种种,已如昨日死。"

"昨日的一切固然已经过去,这些年来她也的确变了许多,但心里,始终都是当初那个站在原地等你回来的小女孩。"

不知道是不是她的话触到了他的内心,他的眼神里似乎隐约浮现着一种不知名的情愫,可忽然间又沉静下来,幽幽地,像雪夜里的星光。

"你和从前,真的完全不同。"

"从前?"杨凉凉愕然,她并不记得她和他从前曾认识过。

"不记得了吗?"

"抱歉……我完全没有任何印象了。"杨凉凉的脑海里模糊一团,记忆中那个被迷雾缭绕着的角落仿佛有什么呼之欲出,却又终究掩藏在尘埃里。

他的眼神很深,仿佛要将她整个人都看透,却忽然笑了起来:"你自然是不记得的。"

这是今天她看到他第一次露出笑容,却不知为何令她有些慌乱:"从前的我们真的认识过?"

"若你想知道实情,可以去问问你最信任的那个人。"

最信任的那个人?

自从有意识以来,她第一个见到的人就是锦澜仙君,他教她仙术,伴她一路成长。对她来说,他是这世上她唯一的亲人。他闲散、随和,看上去对什么都不以为意,每天最大的乐趣就是侍弄他那一园子瓜果蔬菜。她几乎都要忘了,许多年前,他的威名曾响彻过整个仙界。

她所有记忆的开端是从菜园里和他的初见开始的,在那之前呢?那时候这个世界上是否有她,她脑海中那团朦胧的景象是否跟那时的记忆有关?而这一切,她最信任的那个人——锦澜仙君——又是否知晓呢?

她心乱如麻。

"我总觉得,我的脑海里有什么东西是隐藏起来的,我看不清,也触不到。那是一团混沌,我不知道那究竟是什么。"

"那里,是你的过去。"

龙湛一字一顿,缓缓说道。他望着她,眼神清冷,如同蕴藏了整个大海和冰川,暗潮汹涌,仿佛要将她吞噬。她整个人仿佛被兜头泼了盆冷水,寒意遍生。

他说的是真的吗？她的过去，又是怎样的呢？

"我的过去，我的过去……"

"要怎么样才能够想起往事？"她的目光原本是迷茫的，落在桌上那杯回梦花茶上，忽然亮了，"回梦花，它既然能够让过去的情境重现眼前，那是否能……"

龙湛摇头："回梦花重现的，不过是人原本就记得的事情罢了，它是将无形的记忆化作有形的画面，呈现在眼前。若是连本人都不记得的事，回梦花亦无能为力。"

杨淙淙心里刚燃起的希望顿时破灭。

龙湛说："其实你不必烦忧，人总是希望能记得前尘旧事，却不知忘记才是人保护自己的一种本能。"

杨淙淙点头。如朱樱，如顾之臻，保存着生生世世的回忆那么久，或许对他们来说，最好的是遗忘。可是，她自己的过去，究竟是怎样的呢？

龙湛似是有些感慨："若想记得一个人、一件事，其实很简单，难的是忘记。有时候越想忘，就越忘不了。最刻骨铭心的人和事，如何说忘就忘？"

听到这句话，杨淙淙忽然想到今日刚见到他时，他说的那句话："回梦花茶会让你眼前浮现最刻骨铭心的人的身影，或许是最爱的人，也或许是最恨的人。"

想到这里，她不由得好奇问道："你最刻骨铭心的人是谁？"

龙湛的眼中闪过一丝复杂的情绪，他沉默了很久，终于开口："是个女子。"

"你……"杨淙淙已经后悔方才莽撞的问题了，她只是随口一说，没想到真的触碰到了他的伤口，"若不想说，你可以不说。"

龙湛的手指轻轻敲着茶杯边缘，半透明的枝条和花瓣中仿佛流淌着朝霞与星辰，随着水波轻轻颤动。

"那是很多年前的事了，那时候我年岁尚小，换作人类年纪，不过十五六岁。"他的声音很沉，仿佛来自遥远的虚空，"我唤她'姐姐'，对她无条件地信任，想把我能给的一切都给她。然而，她却只想要我的命。"

他语调平静，仿佛在说着别人的故事。然而他的眼神中仿佛燃烧着清冷的火焰，却令她如灼烧一般痛苦。他的痛苦她感同身受，她能体会到那种冰冷、绝望，仿佛被抽筋扒皮、万箭穿心的感觉。

最深的痛不是在身体上，而是被最信任的人背叛的滋味。

她知道那个人便是霜隐。

杨淙淙第一次看到这样的龙湛，她对他的印象，始终是冷漠而强大的，然而此刻

第八章 旧时樱落满肩头

的他,却让她觉得心疼。

"那时候,我们认识吗?"

龙湛的眼神变了变,很久后,说:"那时候,还没有现在的你。"

杨淙淙并未听出他话中的言外之意,和"现在"相对的,是那时的她。

"如果那时我在你身边就好了。"她说。

"为什么?"

"若我在,一定会拼尽一切去保护你,不让你受到伤害。"

龙湛的眼里显出意外的神色:"以霜隐的力量,你不是她的对手,甚至有可能会伤及性命。为我,不值。"

"我说值就值。"她声音不大,却笃定无比。

"为什么?"

杨淙淙笑了,她的眼睛笑的时候弯弯的,好似月牙儿。

"因为你是我的朋友呀。"

听到这句话,龙湛愣了一下,然后笑了,笑容中带着柔软与暖意。他很少这样笑,笑起来的时候,眸子里仿佛盛着星光。

"真傻。"

他伸出手去,他比她高上许多,伸出手的高度正好到她头顶。然而他的手指即将要触碰到她头顶的时候,顿了一下,随即轻触了一下她耳畔的发丝,便收了回来。

杨淙淙的脸蓦地红了,却故作轻松地说:"我才不傻。"

龙湛不置可否。

过了片刻,他忽然说:"关于是否让沈仪心恢复记忆的事,你考虑得如何了?"

"我……"

"离他十八岁生辰只有十天不到的时间了,此事已不能再拖。"

这句话戳到了她心里的痛处,她想到她和龙湛曾经的对话,那时候她问:"如果没有找回记忆呢?"

"若非如此,他此后的每一世都会陷入同样的轮回中,他的生命将止于十八岁,如此循环往复,不得解脱。"

他的回答,每字每句都如同针一样扎着她的心。她不想沈仪心想起那些不堪回首的过往,可更不想他以后承担更长期的痛苦。

"我不能替他做决定,这件事,得问他自己。"

"也好。有了结果，早些告诉我。"

杨淙淙点头，显得忧心忡忡："你真的能帮他恢复记忆吗？"

"恢复记忆并非难事，但也并不容易，你可记得我曾跟你说过需要你的一样事物作为交换？"

"记得。你说吧，只要是我给得起的，一定竭尽所能。"

"我要的东西，你或许真的给不起。"

"到底是什么？就算再难，哪怕是上天入地，你告诉我，我也会找来给你。"

"其实对你来说并不难找，只是，看你愿不愿意给。"他望着她，声音浮动在她耳畔，如幽泉，如流云。

"我愿意。"她毫不犹豫。

龙湛笑了："你确定？"

"确定。"

"不后悔？"

"不悔。"

她答得认真，双眼定定地望着他，她的眸子澄澈如许，他甚至可以在其中看到自己的身影。一瞬间前尘往事扑面，记忆与现实交叠，刹那间他几乎忘了她是谁，也忘了自己是谁。千年光阴融为此刻一瞬，他张了张口，却终究什么都没有说。

"尝一尝这杯茶吗？"终于，他说。

杨淙淙没有发现他的异常，客气地回应："谢谢你，不了，我得回去看看沈仪心。打扰你这么久，你也好好休息下吧。"

他点头，看着她离去的背影，将那杯回梦花茶端至唇边。

茶汤散发着淡淡的幽香，缓缓入口，又带着些许的苦涩。

——像回忆。

他闭上双眼，过去的情景如一幅画卷，缓缓铺开。

桃花，漫山遍野的桃花，连天际都被染成粉色。

落英缤纷中，银色衣衫的少年坐在一株最大桃树的枝丫上，荡着脚。在他下方的草地上有一个紫衣女子，正盘腿坐着，她受伤了，此刻正在调息疗伤。

和寻常人不同，她的头发、眼眸也是紫色的，尤其是瞳仁，那种犹如深谷中静静绽开的紫罗兰一样的颜色，美得令人窒息。即使受了伤，也不能掩盖她的美丽分毫。

"姐姐，你好漂亮呀。"少年嘻嘻笑着。

第八章 旧时樱落满肩头

女子冷冷看了他一眼，横起手中的剑，手臂显然有些颤抖："你到底还要跟着我多久？若再不走，休怪我无情！"

少年跳下树，落在她身前，脸色认真起来："你受伤了，我不走。"

女子不语，放下了剑，继续闭目调息。或许因为确实伤得太重，没多久，她的脸色越来越苍白，额头上也沁出了冷汗。

少年担忧地看着她："姐姐……"

他想上前，却怕她抵触。

"离我远些！"她说。

数日之前，她屠戮了玉清山，当家的辰星元仙被她掏心而死。那是世人皆仰望的所谓名门正派、修仙之境，但唯有她知道那看似正义的背后，隐藏的冷血与肮脏。

——许多年前，当她还是个平凡的人类少女时，瘦弱的她拉着一辆破板车走了一个多月来到玉清山下，车上躺着的是她病重的娘亲。她衣衫褴褛，食不果腹，浑身伤痕累累，跪在山脚下几度晕过去，只求仙人能够垂怜，救她娘亲一命。

然而，那高高在上的仙人——众人眼里仁慈悲悯的辰星元仙——他不仅不屑于看她一眼，甚至将抱住他的腿苦苦哀求的少女一脚踹开，只因不想耽误了自己去参加群仙宴的时间。

她的娘亲死在了当场，无尽的哀伤和绝望将少女包围，最终化为死亡般的空洞。

她的心死了。

她站在原地，双目中流下蜿蜒的血泪，周身散发出一种诡异的紫色。幽冷的气息将她包裹，四方草木在顷刻间全部枯萎凋零。

"仙既弃我，我愿成魔！"

霜隐，立地成魔。

成魔之后的霜隐，因天赋异禀，又带有极强的怨念，被魔族长老收为义女，悉心传授。数百年来她夜以继日几乎以命在进行修炼，现如今的她有了强大的灵力、高深的修为，回到人间的第一件事，就是复仇。

辰星元仙的死震惊了整个人间和仙界，此后她又接连攻击了其他几个自诩的名门正派，每战皆胜，使得人人自危。为对付她，他们召集了几乎所有剩余的高手来对她进行伏击。纵使她法力高强，落入伏击后也难免受伤，后来勉强逃了出来，却碰到眼前这个身份不明的少年一直缠着她，至今已经几天。

　　她起初对他抱有极大的戒心，却甩不掉他。他在她打坐疗伤的时候一直在一旁守护着，为她采来野果放在身旁，纵使她始终对他不理不睬，他也依然倔强地跟在她身边。他有时叽叽喳喳地跟她说话，活像只小麻雀，有时又安安静静地陪着她，像明月无声。

　　她能感受到他的善意，纵使坚硬的心也逐渐变得柔软。但她不愿连累他——尤其，是不想让他知道她的身份。

　　"别跟着我……"她的声音软了下来，"有许多很厉害的人在追杀我，若被他们发现你和我在一起，你会很危险。"

　　"我不怕危险！"他坚定地说，"如果我走了，你会死的！"

　　她苦笑："我已经死过一次了，还怕再死一次吗？"

　　她是魔，万千人憎恨、惧怕、唾骂的魔女，她的手上沾染了太多的鲜血，她的身上凝聚了太多的仇恨。

　　虽然在很多很多年前，在她自堕入魔之前，她也曾是一个人。不过那是太遥远的事情了，远得她已经几乎以为那只是一场幻梦，梦醒之后，了无痕。

　　身上的伤口越来越疼痛了，那些人在武器上涂了世间最狠厉的毒药，通过伤口，毒性沁入她的五脏六腑和血肉骨骼，如同万虫啃噬一般，蚕食着她的身体。

　　"我……我不想连累你……"眼前的景象越来越模糊，她知道，自己已经坚持不了多久了。

　　"我不会让你死的。"

　　一切都陷入了黑暗，意识消失前的一瞬间，她坠入了一个温暖的怀抱。耳畔最后响起的，是少年坚定的声音。

　　桃花纷落，千里如雪。

　　她不知道自己昏迷了多久，醒来的时候四周一片漆黑。她以为自己死了，却有声声虫鸣入耳，身畔溪声、头顶明月、脚下落花，一切都在告诉她，这里仍是人间。

　　嘴里有一种很奇怪的味道，有些淡淡的腥甜，却又有一种类似于大海和微风一般的感觉，无法形容。她尝试着站起身来，意外地发现伤口竟然全部好了，体内的剧毒也已经消失殆尽。

　　溪边不远处有火光闪动，她疑惑地走了过去，发现那是一堆篝火，银色衣衫的少年坐在火堆旁，正用一根树枝穿着一条被树叶包裹住的鱼在火上烤着，烤鱼发出"滋滋"的声音，香气四溢。

第八章 旧时樱落满肩头

她正在犹豫要不要过去，肚子却不由自主地咕咕叫了起来，在这宁静的夜里异常清晰。

这使她感到从未有过的尴尬，正想走的时候，少年抬起头来。

"咦，姐姐，你的脸怎么红了？"他跟她打招呼，笑嘻嘻地问。

她的脸红到了耳根，恨不得找个地缝钻进去，然而表面上还是冷冷地说道："我……热的。"

"是饿的吧。"少年抿嘴一笑，走过来，把手中的烤鱼递给她，"喏。"

她愣了一下，许久之后，接了过来。

"放心吃吧，没毒。"见她犹豫，他撇撇嘴，"可不是谁都有福气吃到我亲手做的烤鱼呢，我撒的可是海盐哦，只有海里才有的，可香啦！"

她打开外层包裹着的树叶，尝试着轻轻咬了一口。外焦里嫩的烤鱼，配合海盐的清新，那美妙滋味一下子沁入她的心里，胜过她此生吃过的所有珍馐佳肴。

"谢谢你。"她有些不好意思地对他道谢，却忽然看到他左手腕上缠着一圈纱布，"你的手怎么了？"

少年有些慌："啊……没什么，抓鱼的时候不小心摔到了。"

她一把抓住他的手腕，他想缩回手去，却哪里有她的力道大。她手一抖，纱布便掉了下来，露出他手腕上一圈新伤。

敏锐如她，已经嗅出他伤口上血的味道和她刚醒时口中的余味一模一样。

联想到她身体的情况，她心里一惊。三界众生，芸芸万物，这世上唯一能以血治愈一切疼痛和伤病的，只有龙族。而这龙血，必须为其主人自愿献出。

"难道你……"

少年挠挠头，有些不好意思："本来没想让你知道的……"

她心中五味杂陈，复杂万分。在这世上，有无数的人痛恨她，想杀了她，只有他想救她。

"你怎么那么傻……"她喃喃，"你可知道，我并非人类。救了我，我也未必会感激你。"

"我才不傻呢，"少年撇嘴，"我救你，从来都不是为了让你感激我。"

"那是为什么？"

少年望着她，眼眸如同澄澈的月光。

"因为你是我的朋友呀。"

朋友……在这世上，她只有敌人，从没有过朋友。

她与他只不过萍水相逢，短短数日光阴，他不知道她的身份、她的过去，甚至不知道她的名字，竟然已经把她当作朋友？

仿佛看出了她的疑惑，少年的眼眸垂了下来："我自小一个人长大，兄长对我管教极严，我从来没有过朋友，你是我这次从家里偷偷跑出来后遇见的第一个人。"

她哭笑不得："因为第一个遇见，所以就当我是朋友啦？"

他认真点头："嗯！这是命中注定的缘分！"

是要说他单纯呢，还是要说他傻？她不知道。但她的心一下子柔软起来，不由自主地，她伸出手去揉了揉他的头顶。

"哎呀。"少年叫了一声，躲开了，脸上竟似有些粉红。

她觉得好笑："你叫什么名字？"

"我呀，我叫龙湛。我族以种族冠于名前为姓，又因我出生在湛蓝大海，故单名一个'湛'字。"

"龙湛。"她认真地念了一遍，将它刻在心里，"好名字。"

"嘿嘿，"他害羞地笑笑，"对了，姐姐你叫什么名字？"

"我？我的名字很多人不喜欢的，还是不说了。"

"说嘛，说嘛，我一定会喜欢的。"

"我……叫霜隐。"

回忆昏黄起来，过去的画卷缓缓合上。

浮波城的海底洞穴内，鱼儿游过，留下跳跃的光点，映亮男子的侧颜。

他沉沉开口，唤出那两个字："霜隐。"

这个名字，他已经很多年都不曾提起过。

"霜隐的意思，是霜烟俱静，万籁皆隐。"

他曾问过她为什么要叫这个名字，她这般回答他。这，也是她最大的心愿。

如今，当年长满桃花的那片山野早已荒芜，无数的花朵零落成泥，化作尘土，消失在了记忆的最深处。

万事都归一梦了。

杨淙淙回去的时候，已是深夜。

刚走到房前，她就察觉到了异常。没错，那种之前出现过的气息又来了。杨淙淙心道：管你是何方妖孽，若敢再次出现，定让你现出原形！

她悄声靠近房间，从缝隙中屏息向内望去。

果然是那团绿光。沈仪心正睡着，那绿光如蝴蝶舞蹈般起起落落，飞舞缭绕在他周围。

就在这时，意想不到的情景出现了。那绿光陡然一闪，只一眨眼的工夫，竟然变成了一个身穿绿裙的少女！

杨淙淙定睛一看，这少女不正是前些日子在凝光镇跟沈仪心一同采芥菜的那个？

奇怪，她怎么会来到这里？难道说那天之后她其实并没有离开，而是一直悄悄跟随着他们来到浮波城？如果是这样的话，她的气息为什么时有时无，当气息消失的时候，她又藏身在哪里呢？

怀着满腹疑惑，杨淙淙继续看去。

少女蹦蹦跳跳地在地上转了几个圈，然后坐到了沈仪心的床边。她似乎对沈仪心充满了好奇，一会儿眨巴着眼睛看着他的睡颜，一会儿又拿起他一缕头发在手指上打着圈儿玩。沈仪心睡得死，对此浑然不觉，她偷偷抿嘴一笑使起了坏，用一根头发在沈仪心鼻尖蹭痒痒。沈仪心本能地躲避，看着他闭着眼睛眉头直皱的模样，她无声地笑弯了腰。

沈仪心翻了个身侧躺着继续睡，宽松的中衣领口下，露出修长的脖颈。

在他颈间，有一道狭长的暗红色胎记，犹如一道疤痕。

——那的确是一道疤痕。

数百年前，当他还是那个年轻的帝王时，在被火海吞噬的宫殿中，挥剑自刎。岁月轮转，时过境迁，现在的他换了身份、失了记忆，颈间却还保留着那道疤痕。

那是他曾经历过的一切的证明。

看到那道疤痕，少女的笑意突然消失了，她的脸色严肃下来，眼中浮现一种复杂的神色。许久后，她伸出手想去触碰那道疤痕，指尖竟然有些颤抖。

"妖孽！"

就在这时，杨淙淙大喝一声，冲了进来。

她已经在门外观察了许久，方才没动是想知道这少女究竟想做什么，此刻见她神色异样，怕她会做出什么伤害沈仪心的举动，于是便现了身。

第六章

宝剑有意 玲珑心

进来的一瞬间，她没忘记给熟睡中的沈仪心施了个小术法，将他和周边的喧嚣隔离开来，这边再吵，都影响不到他的睡梦。

少女大惊，慌张之下闪身就想跑。她的动作快，杨淙淙更快，只见她喊了一声"收"，沈仪心手腕上的那红绳仿佛有生命似的飞了起来，如同灵蛇一般，以迅雷不及掩耳之势将少女捆了个结结实实。

"放开我！"少女不停地挣扎，却没有丝毫作用。

杨淙淙双手抱胸："放弃吧，这是缚仙索，连仙人都无法逃脱，何况是你呢。"

少女仍在动，缚仙索越收越紧，她终于放弃。

"你是谁？"杨淙淙问，"到这里来的目的是什么？"

少女不说话。

就在这时，杨淙淙发现沈仪心的剑不见了！

那把剑自小就跟着他，从不离身的，哪怕是睡觉都放在身旁。它虽然看上去毫不起眼，却很有灵性，先前还救过沈仪心的性命，他对它视若珍宝。

杨淙淙冷笑："我说为什么你接近他呢，原来是个偷剑的贼。"

少女涨红了脸："我没有！"

"交出剑来，我或许可以饶你一命。"

"我……我……"少女支支吾吾。

"不愿？那就休怪我不客气了。让我看看你究竟是何方妖孽！"

说罢，她口中念起了咒语，缚仙索可以让被捆在其中的一切生灵现出原形。

随着缚仙索的光芒闪耀，绿衣少女的轮廓变得模糊起来，渐渐地，竟然形成了一把剑的模样！

更令杨淙淙震惊的是，这把剑跟沈仪心的那把一模一样。

然而这还没有结束，剑的模样还在继续发生着变化。初时是通体纯黑的，看上去分外古拙，而后黑色如墨一般被洗去，它的颜色逐渐变淡，最终化作一把玲珑剔透、青芒闪耀的长剑。它悬在空中，剑柄坠着流苏，剑身周围有薄纱似的寒气缭绕，美丽至极却又锐意逼人。

它的身上，散发着仙家才有的灵气，分明是仙界之物。

杨淙淙收起了缚仙索，剑又恢复成了少女模样，跌落到地上。

"我……我叫玲珑。"终于，剑灵化作的少女开口说道。

"换个地方说吧。"看了看依然在熟睡中的沈仪心，杨淙淙说。

夜里的海面，夜风好似一双温柔的手，轻抚人的脸颊。

一处礁石上，杨淙淙和玲珑并肩坐着。玲珑脱了鞋子，双脚伸进水里，伸了个大大的懒腰，感慨："好舒服呀。"

坐得离她这么近，杨淙淙这才仔细观察起这个看上去只有十几岁的小姑娘来。她身着碧绿罗裙，长着一张可爱的娃娃脸，小巧的鼻子，樱桃般的嘴巴，好看极了。

玲珑看着天上的明月："上一次这么看月亮，应该是千年之前的事了吧。"说罢，她还摇头晃脑地吟了两句诗，"春江潮水连海平，海上明月共潮生。"

她可爱的模样逗得杨淙淙有些想笑，而她说的千年又令她觉得意外。

"你到底多大年纪啦？"杨淙淙问。

玲珑歪着脑袋想了一想："不记得了……不过我跟在锦澜仙君身边的那时候，还没有现在的你呢。"

杨淙淙一愣："你认识锦澜仙君？"

玲珑骄傲地说："当然啦，他是我曾经的主人，我和他并肩作战，上天入地，无人能及。"说罢，她想了想，"我再重新向你介绍一下自己吧。"

杨淙淙望着她。

"我本为剑，名唤玲珑。"玲珑的眼神郑重起来，声音响起在海涛声中，"我是这三界之间一等一的神兵。"

月华如水，泛着银光在海面上，如同往日时光。

玲珑一名，取自锦澜仙君。

千年之前的她，不过是昆仑山天池底的一块顽石，虽有天生灵性，却未经琢磨。那时的锦澜仙君，也并非今日模样。

偶然一日，锦澜仙君途径昆仑，自天池中汲水。在池底，她仰头，正好看到他。

世间怎么会有这么好看的男子啊……

一袭白衣，长身玉立，面容如同上好的白玉雕琢而成一般，那般精致绝美，却是冰冷而没有温度的。他的周身缭绕着仙气，透露出由内而外的高贵和淡漠来，令人想沉醉其中，却又不敢生出半点儿亵渎之意。

似乎感受到她正在看着他，男子垂眸，冷峻的双眸中浮现出一丝极淡的笑意来。

"我正好缺一把趁手的剑，你天赋灵性，不该埋没于此。顽石，你愿随我走吗？"

她从未想到他竟会同她说话，她仰望着他，心中浮上满满的欢喜。

第九章
宝剑有意 玲珑心

可她不会说话。

"铸剑，要经千劫、历百难，乃至于粉身碎骨、烈火淬炼，方能有所成。你可否承受得起？"

她从水中一跃而起，落在他脚边。

男子笑了，他笑起来的时候如同冬日暖阳，仿佛将冰雪都融化了。

铸剑，是一个极为痛苦的过程。

锦澜仙君亲自动手，熔炼、淬取、制范、浇铸、琢磨、饰纹、开刃……整个过程，用了整整三年，她的痛也持续了整整三年。每一天的煎熬磨砺，无尽烈火的灼烧，她从来不曾后悔。她的心里只有一个念头——她不要做顽石，她要成为他的剑。

最后的那一天，当锦澜仙君把一串流苏坠在剑柄上的时候，剑终于铸成。

那是一把薄如蝉翼的长剑，剑身散发着银白色的光芒，其中又带着些剔透的淡青色，仿佛竹叶上的一滴露水，又或是暮色中的一缕山岚。

"从今日起，便唤你作玲珑吧。"

玲珑，剑如其名。听起来虽柔，然而柔到极致，便是极刚。

她就是这样一把剑。

在此后的多年，玲珑伴着锦澜仙君上入九天，下穷黄泉，斩妖除魔，征战四方。她本有灵，又长期跟在他身边，受他点化，时间久了，便修成了人形。

既成了人，便也有了人的感情。

他嘴角偶尔上扬的时候，她便满心欢喜，而当他眉头轻蹙，她的心也便跟着提了起来。大多数时候，他都是冰冷而淡漠的，眸子里几乎看不出任何情愫，她已经习惯了这样的他，然而当他看到那个女子的时候，他的眼神里第一次显出了愧疚，还有——温柔。

那个女子，是仙界与人间共同的敌人，名唤霜隐。

他同她是有一番往事的，而此时的她已然成魔。她屠了数个门派满门，又统率几十万魔族军队，屠戮幼龙，欲以龙血打开魔界与人间相连的入口，进而进攻人间。

而他的任务，便是除掉她。

素来独行的龙族和仙界联手，最强大的战龙甘愿化为坐骑同锦澜仙君一起作战，只为给幼弟报仇。

令所有人没有想到的是，在看到锦澜仙君的一瞬间，此前战无不胜、令所有人为之胆寒的魔女，竟然放弃了抵抗。

玲珑铮然出鞘，向霜隐刺去。

……

那一剑并没有刺中霜隐，有人挡在了她的身前。

玲珑还记得最后的那一战。龙吟之声如雷贯耳，金色巨龙翱翔于九重长天之上，斯人负手立于龙背，降于人间，如同远山上飘落的一点积雪，唯有看见那女子的一瞬间，那积雪才缓缓融化。

当霜隐受了重伤，被封印之时，玲珑第一次从锦澜仙君的眼中看到了慌乱。

她从未见过他如此对一个人。

那时候，他的修为在仙界几乎无人能比，而为了霜隐，他穷极一切方法保她性命，不惜触怒天帝，甚至为她放弃大半修为，退去一身荣光。

这一切，玲珑都看在眼里。

她本无心，却因他第一次感到了心痛。

世间从没有一把剑想要离开主人，玲珑便是这唯一的一个。

"你若要走，我不拦你，如今我已不再需要兵刃，也无资格留你在身边。"她还记得他对她说的最后一句话，"你本神兵，不应因我蒙尘，离开我，去寻找你真正的归宿吧。"

对于她的离开，他不曾有过一句挽留。

她心灰意冷，敛起了剑刃与锋芒，将自我神识封闭起来，自堕于尘世。

她在海底沉睡着，这一睡，便是三百年。

三百年后，有人在打捞沉船的时候无意间发现了玲珑，见它虽沉于海底多年，却毫无锈迹，一看便是把好剑，便进贡给了当时的太守。

太守也识剑，发现此剑材质非石非玉，薄如蝉翼却锋利无比，出鞘之时有青色光华流转，寒气逼人，定是个不世出的宝物，不敢藏私，于是上贡了朝廷。层层向上，经过无数人之手，玲珑终于来到了当朝帝王的手里。

他，便是当年的沈仪心。

虽得了剑，但沈仪心用它的次数并不多，大多数时候它是挂在墙壁上，作为一个饰物。玲珑在世间第一次也是唯一的一次出鞘，是在最后的那日。

她还记得，那天的雪下得特别大，而他的血却温热无比。

许多年了，她都没有尝过血的滋味。那般熟悉，那般……温暖。

因为血的温度，沉睡了三百年的玲珑醒了过来，一睁眼，便见尸横遍野，满目疮

第六章
宝剑有意 玲珑心

痪。年轻的男子倒在她身边，尚存一丝气息，她蹲下身，手指印在他的眉间。

只一瞬间，她便读取到了他所有的记忆。他的善良、他的单纯、他的担忧、他的哀愁……他的肩上承担了太多责任，他穷极一生只欲无愧于天下苍生、黎民百姓，奈何命运多舛，造化弄人。

她叹了口气，蹲下身来。

"此生你死于我手，虽非我所愿，我亦难逃干系。"她望着他的双眼，"你且安心去吧，下一世，由我来守护你。"

"谢……谢谢你……"

男子的眸子浮现出一丝笑意，缓缓地闭上了双眼。

玲珑等了沈仪心很久，有三百年的光阴。

为不引人注目，玲珑隐起了光华，化作一把寻常铁剑模样。

三百年后，施家屯外，一个叫作施阿团的小娃娃在玩耍的时候，在草丛里发现了一把黑黢黢的剑。

它极不起眼，看上去好似废铁一般，他却一下子被它吸引，仿佛是命中注定的缘分。

此后他一直将它带在身边，时刻不离，所有的人都以为那只是一把普通的剑，包括他自己。没有人知道，这把看似不起眼的剑，曾是名震整个三界的绝世神兵。

这把剑，名唤玲珑。

玲珑一直以这样的形态跟随着沈仪心，当他有危险的时候，她曾多次出手相救。为免生出事端，她从未现出过原本的样子，也没有化作人形。她知道他的一切，而他对她一无所知，她也不想让他知道这些，只想默默守护他一生。

然而，这样的想法，随着沈仪心的长大而改变。

她伴了他十几年，看着他从少不更事的孩童长成这般清俊的男子，虽没了记忆，眉宇间依然隐隐有着当初那龙座之上的人的影子。

许多个夜里，当她端详着他沉睡中的容颜，看到他颈间伤口，心中浮现出许多年前他最后望向她的眼神，还有他的那句话。

"谢……谢谢你……"

这是他对她说的第一句话，也是最后一句话。即使到了生命的最后时刻，即使衣衫已经染了血污，他始终保持着一个王者的尊严和气度。

想到这些,她心如刀绞。

沈仪心和锦澜仙君不同。记忆中的锦澜仙君纵使再笑,笑容中也是带着疏离的,唯有面对那个女子的时候,才会有一点儿温柔。而沈仪心不是这样的,他善良、单纯,他对所有人都好,哪怕自己会受到伤害。

玲珑一直守护着沈仪心,比如,他当初掉进九幽窟,沉浸在"醉"这一关中的幻境中时,就是她带他出来,只是他不知道她是谁罢了。在浮波城里,悄悄给他换药、缝补衣服的,都是她。

若不是那一日在凝光镇,沈仪心险些被官兵追捕,玲珑也不会在他面前现身。

他曾握起过她的手,他掌心的温度令她感到无比温暖与安心。这种感觉是从未有过的,哪怕他曾无数次握着她的剑柄,都抵不过此刻指尖相触的暖意。

她曾无比骄傲自己是把世间罕有的宝剑,而第一次,她遗憾自己未生而为人。

人的生命脆弱、短暂,却可以体味爱与被爱的快乐。

她本想一直这样悄悄伴着他,没想到被杨淙淙察觉,用缚仙索令她现出原形,于是不得不承认了自己的身份。

听完玲珑的讲述,杨淙淙心里的疑惑解开了一些,却有更多疑惑涌上心头。

"你是说,仙君所爱的人,竟然是霜隐?"

玲珑点头。

"为什么?她不是残忍狠厉、人人憎恨的魔女吗?她到底给仙君使了什么迷魂术,令他不惜放弃一切?"她握紧了拳头,"若那时我在,定当时时提醒仙君,不让他受到魔女蛊惑!"

玲珑望着她,眼神有些奇怪:"你真的不记得了?"

"记得什么?"

玲珑的手指按在她的额头,片刻之后收回,喃喃道:"原来如此。"

杨淙淙更疑惑了。

玲珑叹了口气:"我知道你心里有很多疑惑,但现在我无法跟你解释。关于仙君的那些往事,你只需记得,勿问、勿言。许多事情,什么都不知道才是最幸福的,这是对你好。"

她似乎话里有话,杨淙淙沉默了。

玲珑跟在锦澜仙君身边那么多年,几乎知道他曾经的一切。玲珑越是这么说,越是令她觉得他有事在瞒着自己,那是一件极其重要的事,并且隐隐觉得跟她脑海中的

那团混沌的回忆有关。

她忽然有了一个大胆的想法，难道说，在千年之前就已经有她的存在了，在那场仙魔大战中也曾留下过她的痕迹？甚至，她也曾见过霜隐？又或许，她们是不共戴天的的仇敌？

杨淙淙越想，越觉得疑惑。关于过去的那些事，龙湛让她去问锦澜仙君，而玲珑却告诉她，不要问。

她到底要怎么做？

"对了，"玲珑说，"沈仪心的事，你要尽早告诉他真相，让他自己抉择。"

杨淙淙叹了口气："让他想起那些往事，我于心不忍，可是若非如此，他此后会承担更大的痛苦。如果可以，我真的宁愿替他去承受。"

"人各有命，该来的总得要面对，逃避是没有用的。你要对他有信心，他其实比你想象中要坚强。"

"但愿如此。"杨淙淙点头，"对了，倒是你呢？"

"我？"

杨淙淙抿嘴笑："自从那日一见，他可是一直对你念念不忘呢。若他知道你其实就在他身边，一定会很高兴的。"

"可是……"玲珑犹豫，"我并非人类，在他身边，担心会给他造成困扰。"

"你觉得他会在意这个吗？"杨淙淙说，"我也不是人。以前在仙界，别的仙子都是从人修炼来的，或者是花呀树呀，各个都漂亮得很，只有我是一颗洋葱。当时我也特别自卑，后来我才慢慢明白，真正在乎你的人根本不会介意你是什么，你就是你，是无可替代的唯一。"

玲珑的眉头渐渐舒展，脸上重现笑靥。

"真……真的可以吗？"她有些期待，又有些担心地问，"会不会吓到他？"

"他一开始可能会很惊讶，不过应该很快就会接受的。况且知道你的身份，有助于更好地跟你配合，对他以后有利无弊。"

玲珑的顾虑终于被完全打消："那得想个办法委婉地告诉他才行。"

杨淙淙眨了眨眼："我有办法。"

当天晚上，沈仪心做了个很长很长的梦。

第二天早上醒来的时候，他愣了许久，仔细回想起梦里的情景，然后一下子跳下床冲到杨淙淙的房门外："淙淙，淙淙！"

杨淙淙睡眼惺忪，打着哈欠开门："怎么了？"

"我做了一个很奇怪的梦。"沈仪心一脸疑惑，"梦里有个少女，告诉我她是我的剑，还告诉了我很多很多的往事。什么天池的灵石啦，前代的帝王啦，一生的守护啦，特别真实。哦，对了！我好像见过她，她告诉我她的名字叫……叫……"

"叫玲珑。"

绿衣的少女不知何时出现在了身边，笑盈盈地接下了他的话。

沈仪心愣住了。

他揉了揉眼睛，少女还在，证明自己没有眼花。他又掐了一把自己的大腿，疼，证明他没在做梦。

他嘴巴张得老大，盯了少女半晌，突然拔腿就往自己的房里跑，果然发现他那把形影不离的剑不见了。他到处翻找，却不见它丝毫痕迹。

"别找了，你梦见的都是真的，玲珑就是你的剑。"杨淙淙也跟了进来，对他说道。

玲珑身形一晃便不见了，空中多了一把悬浮着的宝剑，身若冬雪，刃如秋霜，周围散发着淡青色的光芒。

沈仪心犹豫着，然后缓缓地伸出了手。

宝剑有灵，落入了他手中。先前玲珑为掩藏身份，一直在收敛着她的灵力，此刻终于完全地释放了出来。

在握住剑柄的一瞬间，宝剑光芒大盛，沈仪心只轻轻一挥，剑气如虹，一件巨大的水晶屏风瞬时被劈成了两截。凛冽寒意充盈着整个房间，那是来自昆仑之巅的冰和雪，仿佛要将一切都冻结。

这，便是玲珑。

青光再一闪，玲珑从宝剑又变回了人形。沈仪心还没回过神来，手里的剑柄便化作少女洁白的柔荑。

他一愣，松开了手。

玲珑对他一笑："这下相信了吧。"

沈仪心问："你真的一直跟在我身边？"

"对啊。"

沈仪心的脸顿时变得通红，像熟透了的柿子。

杨淙淙奇怪："怎么了？"

第六章
宝剑有意 玲珑心

沈仪心忸忸怩怩："我……我以前有几次洗澡的时候，也把剑放在身边……"

原来他在担心这个！

玲珑义正词严："你放心，我没有奇怪的嗜好。"

杨淙淙看着沈仪心红到耳根的脸，几乎要笑到气结。

沈仪心很快接受了玲珑的出现，这果然在杨淙淙的意料之中。有玲珑在他身边，她也放心了许多，现在唯一担心的就是要如何告诉他找回记忆的事。

时间不多了，已经再经不起拖延。

这一日，杨淙淙思虑再三，终于把沈仪心叫了出去。

就在她想要怎么开口的时候，沈仪心却先说话了："淙淙，你是不是有事要对我说？"

"呃……"原本打了许多次腹稿要跟他怎么说，此刻却说不出来了。

沈仪心反而安慰她："淙淙，别担心，我都知道了。"

"你都知道了？"

"嗯，玲珑告诉我的。她说，我是一个有曾经的人，因命运安排才有了现在的我。现在的我并不是我的全部，我忘记了很多东西，但如果我要脱离命运中那些不幸的轮回，就必须找回过去的记忆。"

杨淙淙心里松了口气，却又有了更多的担心："她说得没错，可是找回过去的记忆并不是件简单的事，那太痛苦了。她还说了些什么？"

"她只说了这些，她说如果想知道更多的话，就要来问你。"

"不错。"杨淙淙看着他，"我知道从前的你的一切，或者说，我很幸运能够参与到你的生命里。"

沈仪心叹了口气："其实，我早就有感觉了。自小我就对你有一种莫名的亲近，我记得初次见你的时候，我年纪虽小，却记得那时一见到你，我就停止了哭泣。"

想到这一世跟他第一次相见的时候，杨淙淙忍俊不禁："那时候你不过是个几岁的小娃娃，因为不好好吃饭而跑到了屯子外，满脸挂着眼泪，见到我就笑了，对我说的第一句话居然说我像一颗洋葱，人家明明是个衣袂飘飘的仙子好不好！"

沈仪心不好意思地挠挠头，也笑了："童言无忌，童言无忌。可是，这不是正说明了我跟你有命中注定的缘分吗？"

杨淙淙心里有些甜，却又瞪他一眼："真是越来越油嘴滑舌了。"

"我是认真的。"沈仪心说，"先前在朱樱带人入浮波城的时候，你曾对我说过

一句话，不知你是否记得。你说，其实许多许多年前，你就认识我了。"那时候，他的眼前曾浮现过一些画面，宫殿、白雪、杀伐、别离。那些支离破碎的残片充斥在眼前，又忽然消失不见。

"自然是记得的。我还说，那时候，你跟现在不一样。可是不管一不一样，那都是你。"说到这里，她顿住了。

"还有一句。"

"我……"她那句话她是记得的，可她不忍再说，也不敢再说。

沈仪心直直地盯着她，用一种不容抗拒的口吻说道："我要你说。"

杨淙淙只能撒谎："我不记得了。"

"不记得的话，我替你说。"沈仪心的眸子幽深如海，望着她，"你说，你最后悔的事情，就是在我最需要你的时候，没能够出现在我身边。"

她惊讶他竟然将她的话记得这么清楚，一字一句不差半分。最不愿面对的记忆又血淋淋地呈现在眼前，这是她难言的伤痛。

"没错。"她低下头去，"你一定会怪我的。"

"你不是我，又怎么知道我会怪你？"沈仪心一笑，低下头去，手指挑起她的下巴，同她对视，"我不会。"

"你……"杨淙淙的心跳忽然加快，"当你想起往事的时候，或许就不会这么说了。"

沈仪心松开她："虽然我不知道从前的自己是什么样的，但相信我，不管发生了什么，不管记忆存在与否，我都不会怪你。"

他的眸子那么坚定，却又那么温柔。

"那你……真要找回记忆吗？"

沈仪心点头："玲珑说，若没有找回记忆，我此后每一世都将活不过十八岁，生生世世，永远如此。"

"你要知道，那些记忆并不都是美好的，更多的是痛苦，你……"

"那些痛苦，我承受得了。"

"但你有没有想过，一旦找回了记忆，现在的这个你的意识就会被替代，你将不再是'你'了。"

"我知道，但我已经决定了，我一定要脱离每一世都止于十八岁的命运。"沈仪心沉默了片刻，坚定地说，"我不怕生命短暂，怕的是不能陪你那么多年。"

第九章
宝剑有意
玲珑心

"你真的决定了?"

沈仪心点头。

杨淙淙深吸了口气说:"好。"

在得到了沈仪心的答复后,杨淙淙立刻去找了龙湛。

他仍在那个洞穴里,或许是有了吩咐,杨淙淙这次进来的时候没有遇到阻拦。不知是不是她的错觉,几日未见,他的脸似乎又苍白了一些。

她将沈仪心的决定告诉了他。

"不愧是往日帝王,没有丝毫犹豫。"龙湛的话里有几分赞许。

"你要怎样帮他恢复记忆?"

龙湛吐出两个字:"龙血。"

众人皆知龙血可治百病,有着不可思议的修复效果,但鲜少有人知道,这种修复不仅在身体上,也可以是在记忆上。它可以让一个人的记忆恢复,也可以让保有的记忆消失——总之,就是恢复你想要的状态。

杨淙淙一惊,她知道取血对身体的伤害,纵使他是强大的龙族。

"谢谢你……"

龙湛轻笑:"取血救人,我已不是第一次做了。"他看着她,仿佛要看到她灵魂深处似的。

他依然记得,在千年之前的那个夜晚,桃花树下,他割开自己的手腕,放到昏迷中的女子唇边。

他依旧记得她那时的模样,发丝散乱,双目紧闭。依然记得她嘴唇的温度,那是冰冷的,犹如紫罗兰花瓣一样的嘴唇,唇边一片妖冶。

纵使她已经全都忘记。

那是他第一次以血救人,他不知道其实仅一滴血就可以令她痊愈。他担忧她,不想让她有一丝半点儿的意外,于是一直将手腕贴于她的唇边。

他更不知道,她是魔族。

嗜血是魔族的天性,即使在昏睡中也无法控制。起初是她被动地接受,后来,变成她主动地汲取。

他本可以将手拿开,但是他没有。

当她终于心满意足地放开了他,沉沉睡去,他站起身来想离开,却没走几步便昏倒了。她看到他在烤鱼的时候,其实他刚醒来不久。

他不想让她知道这些，于是装作若无其事，可仍被她发现。

那是他第一次用血救人，救的便是她。

此时此刻，望着眼前的杨淙淙，龙湛心里翻江倒海，波涛汹涌。

要不要用他的血，让她的记忆也恢复呢……

如果那样的话……

"你曾救过谁？"杨淙淙问。她的话将他从回忆中抽出。

"一个故人罢了。"

他说得轻松，然而她却听出他话中的苦涩。

她说："先前你说要一样事物作为交换，现在可以说是什么了吧？"

"是否我无论要什么，你都会答应？"

"没错。"

"好。"龙湛笑了，"我要你的心。"

杨淙淙愣住了。

"现在后悔，还来得及。"龙湛说。

"我给你。"杨淙淙望着他，一字一顿。

龙湛有些意外："没有心，你会死的。纵使你身为仙，没了心，也难逃湮灭的命运。"

"我，从不后悔。"

她的一句话，又将他的记忆带回到往昔。在记忆中最冰冷的那一天，风雪模糊了她的眉目，这是紫衣女子对他说的最后一句话。

在此后的很多年，他的脑海中都盘桓着这句话，哪怕记忆已经昏黄，这句话却依然清晰。

他很想问一句，她是否真的从未后悔过？

可是，再也无人能回答他了。

"你要我的心，我给你。"杨淙淙说，"只要你能让他恢复记忆，我什么都愿意。"

望着她认真的模样，龙湛叹了口气。

见他不说话，杨淙淙忽然一扬手，一把匕首出现在掌心。她毫不犹豫，向自己心口刺去！

说时迟，那时快，龙湛一把抓住了匕首的刀刃。

第六章 宝剑有意 玲珑心

那匕首锋利无比，她又是下了狠劲儿的，他空手接白刃，手上顿时多了一道伤口。温热的血自他掌心留下，一滴，一滴。

"你——"杨淙淙慌了，却不知该说什么，连忙给他包扎，手忙脚乱之时却总也包扎不好，"你不是会龙吟诀吗？快用来给自己疗伤啊！"

龙湛摇头："龙族能力，可以治愈他人，却无法治愈自己。无论是龙吟诀还是龙血，均是如此。"

这就是龙族，拥有强大的能力，与天地同生，受万众膜拜。他们与生俱来都将一切给了众生、子民，却唯独什么都没留给自己。

她眼看他的血一滴滴流下，而她却什么都做不了，眼泪不由得掉了下来："都怪我，都怪我……"

"你总是让我流这么多血。"龙湛微微一笑。无论是当年，还是现在。

他的口气里并无半分责怪的意思，却令她泪如泉涌。

"濛汐，拿酒来。"

一壶清澈透亮的酒被拿了进来，放在桌上。龙湛的血滴落在酒中，瞬时就融了进去，成为一壶世间仅有的酒。

"拿这个去给他喝，他会睡上几天，无须担心，醒来就会把一切都记得了。"龙湛顿了顿，深深看了她一眼，"若你需要，这酒也可以帮你。"

杨淙淙明白他话中之意。

"我……"杨淙淙望着他，"我担心你的伤。"

"不碍事，小伤而已。"

"谢谢你。"她心中充满了深深的内疚与愧悔，"我虽修为不深，但这颗心你若有用，只需吩咐一声，我随时都可取出来给你，决不后悔。"

龙湛笑了："我只说要你的心，又何曾说过要你取出来给我了？"

杨淙淙一愣。

"你的心，你且替我好好保管着，在你的胸膛里。"龙湛望着她，他的眸子深邃而悠远，其中有光芒闪烁，如同盛着整个星空。

若我要，我希望你将它连同你的人，一并给我。

杨淙淙去找沈仪心的时候,他正在桌前写着些什么。

"写些什么呢?"她好奇地凑过去看。

沈仪心一副做贼心虚的模样,想捂住信纸,没想到杨淙淙眼明手快,一下子抢了过去。

"给未来的我。"杨淙淙一本正经地念起了信的内容,"未来的我,你好。当你看到这封信的时候,我应该已经不是现在的我了,但是没关系,你就是我,我就是你,如果那时候此刻这个'我'的意识已经消失不见了,请你务必……务必替我好好地活下去……"

杨淙淙的声音越来越小,但还是继续念着。

"我不知道你会不会保留我现在的记忆,不过不管怎么样,我还是写下来吧,接下来的内容可是很重要的哦,你一定要记得。

"对我来说,淙淙是最重要的人,虽然她又笨又懒,还特别馋嘴,但是她是这世界上最好的人。对了,这些话你可千万别让她看见,她那么小气,肯定会生气的。淙淙不喜欢做家务,所以扫地拖地擦桌子这些事就得麻烦你啦。淙淙也不会做饭,我不知道你有没有解锁做饭这个技能,不过最好还是学一下,不然你们就只能每天吃清汤挂面了。淙淙最喜欢吃的东西是糖葫芦,要把山楂换成草莓,但不能让她吃多,容易坏牙。淙淙还爱喝芥菜汤,芥菜一定要采最嫩的尖芽儿,不然会苦,她最怕苦了。她最爱吃的东西有很多,我会给你列个单子上去,有一些是她心心念念了很久但是没能吃到的,你都要带她去吃啊。你一定要对她好,我没能陪伴着她实现的愿望,你一定要替我做到啊……"

读到这里,杨淙淙的眼眶已经湿了,她小心翼翼地藏起这些情绪,不被他发现。

"沈仪心!"她叉着腰,故意摆出一副生气的模样,"你居然偷偷说我坏话!"

"我……我没有,我只是……"沈仪心连连否认,嘴巴却笨得不知该怎么解释。

"哼,居然敢嫌弃我做饭难吃,也不知道是谁把你带到这么大的,没良心。"杨淙淙哼了一声,"喏,给你带的好吃的。"

她把手里的东西往桌上一放,沈仪心眼睛都亮了。红烧肘子、芋头蒸肉、柠香烤鸡、炭烧猪脚、蜜汁排骨、蒜泥白肉、糖醋里脊……各式各样美味佳肴放满了整整一桌,还有一小壶酒。

"今天是什么好日子,竟然有这么多好吃的?"

杨淙淙说:"吃了这顿,你就要找回记忆啦。"

第十章
月色未明 映临川

沈仪心的表情一下子失落起来:"这就是人间常说的上路饭?"

杨淙淙打了一下他的后脑勺:"什么上路饭,那是处决犯人的,乱说!你到底是从哪儿听来的这些乱七八糟的?"

"就是我以前看过的那些小说和话本啊。"

杨淙淙哭笑不得:"以前教你武功招式,教好多遍你才能记住,这些倒是看一遍就记住了。"

沈仪心有些发愁:"淙淙,玲珑说以前的我是个皇帝?"

杨淙淙点头。

"那,他肯定不会洗衣煮饭做家务了。"

"不是他,是你。"

"哦,对,是我。"沈仪心挠挠头,"那这样的话,我要怎么照顾你呢?"

"你照顾我,差点儿没要了我的命。我还记得你第一次打洗脚水给我,差点儿没把我的脚烫熟。"

沈仪心沮丧地说:"啊?我居然那么差劲?"

"其实……也不是特别差劲啦……至少后来你成长了很多,也慢慢会照顾别人了。最重要的,是你的心里有天下苍生。"

"以前的我到底是什么样的?"

"嗯……虽然有时候也有点儿犯傻,但整体上来说,勤政爱民,颇得民心。"

"我是说,我长得是什么样子,有没有现在帅?"

杨淙淙无语:"跟现在差不多,一样帅。"

"那就好。"沈仪心摸着自己的脸,松了口气,"对了,淙淙,你记得一定要把这封信交给以后的我。"他一下子变得郑重起来。

"干吗?让他知道你说我坏话啊?"

"不是的,我怕他照顾不好你,所以才写信让他记得你喜欢什么、不喜欢什么,才能更好地跟你在一起。"

他的话说得简单,甚至有些傻乎乎的,却击中她内心最柔软的地方。他总是这样,无论是当年还是现在,永远都是心里想着别人,从没有自己。

"知道啦。"

看着杨淙淙将信收入怀中,沈仪心才放下心来,坐在桌边:"终于可以开吃喽!"

　　杨淙淙看得出他是在强颜欢笑,她太了解他了。她知道他此刻心里的不安与忐忑,只是为了不让她担心,才没有表现出来。

　　杨淙淙也坐了下来,给他斟了一杯酒。那酒极香,带着深邃和辽远的气息,扑鼻而来。

　　"你以前都不让我喝酒的。"沈仪心说,他还记得从前他好奇偷偷尝了一下酒的滋味,结果被杨淙淙发现,那一周他都没肉吃。

　　"再过几天你就成年啦,喝一点儿没什么。"

　　沈仪心又多倒了一杯:"一个人饮酒很无趣,淙淙也尝一些吧。"

　　杨淙淙看着眼前的酒,心情复杂。

　　她知道自己是有一些过去的,那些过去仿佛龙湛、玲珑,还有锦澜仙君都知道,唯独她不知道。龙血具有修复的功能,是否她饮下去这杯酒,脑海中的那团混沌就会明晰起来,困扰她多时的谜底就会揭晓?

　　她端起了酒杯。

　　"对酒当歌,人生几何。譬如朝露,去日苦多……"沈仪心吟诵着,他的声音起先高亢,慢慢便低了下去,"抽刀断水水更流,举杯消愁愁更愁。"

　　说罢,他将手中的酒一饮而尽。

　　酒很烈,没有闻起来那么香醇,流进喉咙火辣辣的,仿佛五脏六腑都燃烧起来,后味还带着些苦涩。他不知道为什么人们都喜欢喝酒,甚至有几次他曾看见杨淙淙在月下独酌,他不明白她那么怕苦的人,竟然也会喝酒。

　　现在,他明白了。

　　喝了酒,苦涩只在那一瞬,一杯下肚,就可以忘却烦恼,得一夜好眠。

　　他的意识渐渐模糊起来,趴在桌上沉沉睡去。倒下的一刻,他的衣袖扫到了桌上的酒瓶,"啪"的一声坠地,支离破碎。

　　说来也奇怪,在掉在地上的一瞬间,酒液全部消失了,只留下满室酒香。

　　杨淙淙苦笑,此前她还在犹豫,龙湛说这酒可以帮她,她明白是什么意思,却没有将它喝下去的勇气,而现在也没有机会了。

　　杨淙淙把他扶到床上躺下,望着他的睡颜很久,心中暗下了一个决定。

　　"玲珑。"杨淙淙唤了声,看到现身而出的绿衣女子,说,"他大概会沉睡几天,替我照顾好他。"

　　"你要去哪里?"

第十章
月色未明 映临川

"我要回天庭,找一下锦澜仙君。"

"你终于还是决定了。"

"多谢你的善意提醒,可最近发生了太多的事,我必须弄个明白。"

"其实我早就知道,依你的个性,一定会去找他问个清楚的。虽然我不希望你去,但也拦不住你。"玲珑叹了口气,"现在的你和从前的你,看上去虽然变了,但骨子里的倔强和执拗丝毫也没变。"

"沈仪心,就拜托你了。"

"放心,你且去吧。"玲珑欲言又止,"对了,你……"

杨淙淙看出她似乎有心事,问她:"怎么了?"

玲珑伸手,自发间取下一条流苏放在她的掌心,杨淙淙一眼便看出那正是她剑柄上坠的那条,化作人形,便成了发间的饰物。

"这个,请你替我转交给仙君。"

"其实……你可以亲自交给他,仙君并非不念旧情之人。"

"斯人已远,纵使再见面又能如何?只是徒增伤感罢了。如此,不如不见。"

"可有什么话要我转告给他的吗?"

玲珑思忖了片刻,说道:"玲珑本为顽石,幸蒙仙君不弃,点悟、开化、磨砺、赐名,终为宝剑。仙君恩情,万不敢忘,然因玲珑故,今当远离,未有归期,虽时时思念,终未能长伴君侧。玲珑之心,天地可鉴,如月之昭昭,雪之皑皑。千般荒凉,以此为梦,万里蹀躞,以此为归。望君保重,勿念。"

玲珑此言,情真意切,虽只有寥寥数句,却透着千年来深深的无奈与寂寥,令杨淙淙几乎要忍不住落下泪来。

"这番话,我一定会替你带到的。"

她将流苏收在怀中,深深望了一眼沉睡中的沈仪心,转身而去。

趁着夜色,杨淙淙离开了浮波城。

在此之前她已经思考了很久,终于做出了这个决定。和仙君相识千年,她以为她太了解他了,然而近期发生的事情却让她脑子里一团乱。她是信任他的,她相信他做的一切都是为了她好,而正因如此,她才更要去找他。

就像沈仪心一样,她总是觉得不告诉他过去的一切才是对他好,然而她小看了他的决心,她总以为他需要她保护,却发现他远比她想象中坚强。

如今她也是同样,她需要知道真相——那些有关自己的、她已经忘却了的真相。

浮波城越来越远,杨淙淙已逐渐远离海面,就在这时,她无意中一低头,眼前所见让她大惊。

凝光镇,已成了另一番景象。

先前萦绕在璨星楼上方的黑气已经扩散到了整个镇子上方,如同乌云压城。这些黑气翻滚着,涌动着,自远处望去,仿佛一朵莲花的花苞一般。

远远地,风中传来孩童们稚嫩的哭喊声。

杨淙淙蓦然心惊,先前朱樱不是说月圆之夜才会发动阵法吗?竟然提前了?

她抬头望了望天,一弯残月挂在天际,月光却不是澄澈明亮的,而是带着淡淡的血色,映得整个海面都蒙上了一层诡谲的气息。

月血之相,杨淙淙已经许久没有见过了。这种异象上一次出现是在数百年前的一场巨大的瘟疫之后,彼时人间哀鸿遍野,民众易子而食,令人目不忍视,耳不忍闻。

《开元占经》有云:"血月见,妖魔现。"

妖魔!

这,不正是指霜隐?

孩童们的哭喊声还在传来,但同方才相比,已经渐渐弱了下去。杨淙淙没有丝毫犹豫,立刻转身往凝光镇而去。

来到镇子,这里的景象令她触目惊心。处处残旧破败,整个镇子笼罩在阴沉沉的黑云中。这些日子里,由于良苑栎的暴行,凝光镇的居民们跑的跑,逃的逃,已经空空荡荡。若说前些日子这里还有一些人气的话,此刻便是生气全无,仿佛一座死城。

"求求你们,放了我的孩子!"一声哭喊划破夜空,凄厉悲怆。

一个妇人正在璨星楼门前哭喊着,门口的侍卫将她拦住,她挣扎着想进去,却无能为力。

"快些滚开,否则休怪我们不客气!"

妇人跪了下来:"各位官爷,求求你们行行好,放了我的孩子吧,她才三岁啊!无论你们要做什么,我都愿意替她,哪怕把命给出去都可以!"

几个侍卫哈哈大笑:"你的命我们家主人才不稀罕呢!"

"你们杀了我吧!"听闻此言,妇人几乎要昏死过去,面如土色。她拼命地想爬进去,却被一个侍卫一脚踢开。

黑暗中,杨淙淙看到这一幕,脑子里仿佛"嗡"的一声炸开。

第十章
月色未明 映临川

这一切,太熟悉了。

她的眼前浮现出这样的情景:仙山之下,衣衫褴褛的瘦弱少女望着破板车上病重的母亲,哭着跪倒在仙人的脚下。然而换来的,却是被无情地一脚踢开。

为什么?为什么要这么对她……

绝望的哭泣声在内心深处响起,她不知道这是她的哭泣,还是她身体里另一个灵魂的哭泣。

那个蜷曲着瘦小的身躯颤抖哭泣的少女是谁?那个脸颊蜿蜒下血泪,愤而成魔的少女是谁?那个一袭紫衣,立誓荡平那些所谓名门正派、报仇雪恨的魔女,又是谁?

她的脸隐藏在迷雾中,看不分明。

夜里的凝光镇,侍卫抽出了佩刀,冷笑:"你既然不肯走,那就陪着你的孩子一起去死吧!"

"我跟你们拼了!"妇人疯了一般地吼叫着,扑了上去。

她只是个手无寸铁的弱女子,这一举动无异于以卵击石,那把锋利的刀可以轻易结束她的性命。旁边的几个侍卫嬉笑着,一副看好戏的态度。然而谁也没有想到的是,一道寒光过后,倒在地上的却是那个侍卫。

他仍维持着持刀的姿势,整个人直直地倒了下去,脖子上有一道深深的伤口,血流如注。

"不好!有——"

一个"有"字还未说完,剩余几个侍卫也纷纷倒地。

四周是死一般的安静,杨淙淙从黑暗中走出,望着已经被吓呆了的妇人:"快些离开吧。"

妇人瑟瑟发抖,却依然固执:"我……我的孩子……"

"我会救这些孩子的,相信我。"

妇人望着眼前的女子,她身穿素纱衣衫,看上去不过十七八岁年纪,然而口气却令她毋庸置疑。更令她惊讶的是,她黑色的瞳仁中竟然泛着隐隐的紫色。

"在那璨星楼中有一祭台,孩子们就被关在祭台旁的房间里。"妇人说。

"好,你快走吧。"

"拜托姑娘了!"

她俯下身,对着杨淙淙深深伏地一拜,然后起身,消失在了夜色里。

站在璨星楼的大门前,杨淙淙低头看了看自己的双手,指尖上仍然有光雾缭绕。

仙界有规定：仙人在凡间不得使用任何仙术，更不得伤人性命，违者将会面临严重的处罚。杨淙淙在这个夜里，一下子将这两条天规都触犯了。

方才那一瞬间，她仿佛控制不住自己似的，一下子就出了手，待到反应过来之后，只看到一地尸首。不过她并不后悔，这些年来她以凡人的身份行走世间，路见不平尚能拔刀相助，作为仙人，此刻她更不能坐视不理。

或许连她自己都没有意识到，她方才的想法，已经同当年那个绝望的少女一般无二。她抬头，不知道是不是错觉，她看到上方黑云形成的花苞似乎绽开了一些，墨色般的花瓣微微向外伸展着，在血月的映衬下分外可怖。

不，决不能让他们得逞！

既然已经用了仙术，杨淙淙便也不再在意是否会触犯天规，于是她隐去身形，潜入了璨星楼中。

门口几个侍卫的死已经被巡逻的人发现，却无一人看到方才到底发生了什么，就在他们追查出了什么事的时候，杨淙淙已经闪身进了璨星楼之中。

黑气最浓的地方原先是一处院落，中央不知何时搭建起了一个巨大的祭台。祭台中央画出了一个巨大的阵法，那血月的光辉落在阵法上，散发着隐隐红光，有种说不出的诡异。阵法中央有一股龙卷风似的黑气直冲上天，好似莲花的花茎，再往上，就是那朵未绽放的黑莲。

祭台旁边的房间里，传来孩童的哭喊声和守卫粗暴的斥责声，声声入耳。

这时，有两个人一先一后地从远处走了过来。

先前那人约莫四十岁年纪，锦衣华服，正是良苑栎无疑。而他身后的那个人，一身长长的黑色斗篷从头遮到了脚，只露出半张脸。

虽未看到他的容颜，杨淙淙觉得此人周身都笼罩着寒气，那是一种从骨髓里透出来的寒冷，他一出现，仿佛连周围的温度都降低了。

两个人正谈着话。

"这血月的异象，真的是天助我也！"良苑栎望天，言语中掩不住的兴奋，"依先生所见，最快何时能开启血莲术的阵法？"

夜色里，他身旁的黑衣人始终低着头，看不清模样，只听到他的声音冰冷沙哑。

"国舅莫急，就是这两日了。阵法正在吸收血月的能量，待到黑莲完全绽放之日，就是阵法开启、霜隐现世之时。到那时，这一切强大的力量都会为国舅所用，征服天下、易主江山，都易如反掌。"

第十章 月色未明 映临川

"好！好！好！"良苑栎一连叫了三个好，"那就拜托先生了！待到那时定当重酬，荣华富贵，金山银海，取之不尽，用之不竭。"

"多谢国舅。"

两个人说话间便走远了，杨淙淙从黑暗中现身出来。

原来良苑栎这么大费周章，想要召唤霜隐，驾驭血莲，其中大有野心。征服浮波城只是个幌子，他真正想要的，是整个天下。

杨淙淙冷笑，这良苑栎同当年的沈越何其相似。然而他们都不知道，想要真正地主宰天下，仅靠强大的力量是不行的，更重要的是民心。当年沈越仅在位数年，就被推翻，最终落得个身首异处的下场。

世间为人君者，唯有胸怀宽广，心系天下，方能长久。

看到两个人走远，杨淙淙决定还是先救人要紧。她来到那间关押着孩子们的房间外探查了一番，发现这周围设有一道结界，目的就是防止外人进入。

不过这难不倒她，她暗自运起灵力，便穿过结界走了进去。

然而，进入房间的那一刻，她就感觉到情况不对。

这房间是空的！

没有孩子们，也没有侍卫，哭喊声和斥骂声都没有了，周围是死一般的安静。

糟糕，中计了！

似乎知道会有人进入，有人便以术法造出了这样一个幻境，那些声音都是虚拟的，是引人入内的诱饵。事实上这里根本什么都没有，完全是一个陷阱。

杨淙淙一瞬间反应了过来，想离去的时候，已经来不及了。

整个房间周围燃起了熊熊大火，形成了一个包围圈，将她困在其中。奇异的是，这火没有丝毫温度，火焰也是黑色的，唯有边缘泛着丝丝血红。

杨淙淙倒吸了一口凉气，红莲业火！

传闻中，红莲业火可以焚净世间的一切。它无穷、无尽、无止、无终，能够将周围的一切焚烧殆尽，化作齑粉——若仙人被困其中，则会被烧毁仙骨，再也无法回到仙界。

红莲业火生于第八重地狱之中，本是用来焚烧人身上背负的罪恶，她至今是第一次见到有人竟能够控制红莲业火。

很明显，是有人故意如此。

杨淙淙从慌乱中迅速地平静下来，脑子飞速地旋转。这房间里的陷阱无论是对她

还是针对其他人,一旦启动了,对方就会迅速地发现有人入侵,到那时她更难脱身。眼看红莲业火形成的包围圈正在逐渐向她蔓延,她必须想办法尽快逃出去。

杨淙淙运起仙力试着闯出去,然而无论她到哪个方向,那里的红莲业火便突然大盛,火焰如同毒蛇的芯子一般舔舐着她的裙摆,仿佛要将她吞噬。

很快,她便伤痕累累。

她的皮肤被灼伤了,那是一种并非火烧般的疼痛,而是冰冷的如同渗到骨髓中的寒冷。雪白的手臂上处处是深红色的伤痕,触目惊心。

她试了一次又一次,心渐渐沉了下去,她完全没有办法脱离火海。

她想到了锦澜仙君。

仙人之间是可以互联的,尤其是亲近之人,她可以运起念力将她想要告知的消息传递给对方。这种方法很耗费仙力,所以极少应用。但此刻,她已经别无他法了。

杨淙淙盘腿而坐,闭目凝思,将所有念力凝于脑海,集中,再集中,然后向外传输……

不,情况不对。

这间房子周围的结界如同一道屏障,将她试图传递出的所有信息都屏蔽在内,任她用尽各种方法,都无法将她此刻的情况传输出去一丝半点儿。

杨淙淙真的慌了。

若说她方才只是焦灼,此时终于感受到了绝望。四面的红莲业火熊熊燃烧着,离她越来越近,甚至已经到了她的脚边。照此下去,不过片刻她就会被火海所吞噬。

更可怕的是,没有任何人知道她在这里。

"仙君,沈仪心,江月明……"她低声念着所有她牵挂的人的名字,唯有他们,能给此刻的她带来些许温暖。

到了最后,她低声唤出最后一个名字。

"龙湛……"

不知为什么,她分明与他相识不久,却总觉得认识了千百年似的。她很想知道他们的曾经到底是怎样的,却大概再也没有机会了。

绝望犹如洪水,将她淹没。胸口传来窒息一般的痛楚,她本能地捂住胸口,一个柔软的物体因她的动作而掉到地上,原来是玲珑让她转交给锦澜仙君的那串流苏。

"玲珑,对不起,答应你的我没能做到……"

就在这时,奇异的景象发生了。

第十章 月色未明 映临川

流苏本已经被红莲业火所吞噬，突然之间散发出了雪白的光芒，光芒之盛，竟将红黑色的火焰也压了下去。更意想不到的是，那团白光渐渐上升，耀得人睁不开双眼。它越升越高，升到屋顶之时便四下散开，顷刻间屋内冷意四起，无数光点犹如雪花漫天飘飞下来，所到之处火焰尽数熄灭。

不过片刻工夫，红莲业火完全熄尽，而流苏也已消失不见了。

绝处逢生，杨淙淙来不及想这是为什么，立刻离开了这里。

璨星楼外，她仔细想着方才发生的一切，越想越不对劲儿。刚才那个黑衣人跟此事一定有着密切的联系，若这个陷阱就是他设下的，他必然没料到她竟会逃出来，那么她此刻如果追击上去，一定能够出其不意，或许能够得到更多的信息。

那个黑衣人现在何处？

刚才到现在时间并不长，他应该没有走远。杨淙淙凝神运气，查探着他的气息，那气息若隐若现，隐隐出现在璨星楼的后门处。她隐了身形循息而去，果然看到了那个墨色一般的冰冷的身影，正出门而去。

他要去哪里？

杨淙淙犹豫着是否要将此事先告诉锦澜仙君或是龙湛，毕竟她一个人能力有限，对付他并无太多把握。然而这样必然耽误不少时间，或许会跟丢了他的踪迹。

思忖片刻后，杨淙淙决定铤而走险。

她不是不怕，只是担心她此时的退缩会给凝光镇，甚至给整个天下带来更大的危险。毕竟与血莲绽开、魔女现世相比，她自身的安危又算得了什么呢？

做出了这个决定后，杨淙淙远远缀行着，尾随而去。

约莫过了几炷香的时间，黑衣人来到了镇外一处偏僻的树林中，他停下了脚步。

"演得不错。"他开口，不知是在冲谁说话。

树林深处出现了一个身影，谄媚地说道："多谢先生夸奖，不知先生答应的酬劳何时兑现？"

这声音响起的一刻，杨淙淙吃了一惊。这声音，跟不久前璨星楼门口的那个妇人的声音一模一样！她怎么会出现在这里？

"答应你的，我自不会食言。"黑衣人说，"不过，你也要实现你的承诺，彻底消失。"

"先生放心，我自会走得远远的，绝不会再出现在您的眼前。"

"不用你走，我送你一程。"

　　话音刚落，黑衣人手起刀落，快如闪电。杨淙淙还没看清是怎么回事，妇人就已经倒在了地上，圆瞪着双眼。

　　"你……"妇人不可置信地望着眼前的人，却说不出话来。

　　"我说过，我不会食言。"黑衣人将一袋银子扔到她身上，冷冷说道，"但是，只有死人才会彻底消失。"

　　妇人脑袋一歪，气绝身亡。

　　"你还要看多久？"

　　突然，黑衣人朝着杨淙淙所在的方向说道。

　　杨淙淙心里一惊，莫非他已经发现她了？可她分明已经隐去身形，并用仙力收敛起了自己的气息，若不是有强烈的情绪波动导致气息不稳，是很难被人发现的。

　　就在她犹豫着是否要现身的时候，杨淙淙身旁的空气突然出现了异样。那些无形无色的空气流动起来，犹如形成了一个巨大旋涡，一个男子的身影逐渐从旋涡中心显现了出来。

　　杨淙淙怎么也想不到，出现在这里的人，竟是龙湛！

　　龙湛缓步走到了黑衣人面前："临川，你杀人，当真是毫不留情。"

　　"她已经达到了利用价值，再留着也无意义了。"临川的语调没有丝毫波动，"况且，当她知道我需要幼童的时候，竟背着丈夫将亲生女儿送到此处，以求获利。虎毒尚且不食子，如此之人活着只会污了这世间，不如死了为好。"

　　"淙淙看到她演的那场戏了？"

　　"不仅看了，而且出手了，果然不出所料。若没有意外的话，她此刻应该已经落入我所设的陷阱里，被红莲业火所包围。"

　　"什么？红莲业火？"龙湛身形一闪，掠到临川身前，"你先前分明说只是困住她，不会伤害她的！"

　　"放心，红莲业火只会将她的仙骨烧掉，不会伤她性命。至少在目的达成前，我不会杀她。"黑衣人说，"仙骨是封印她体内力量最大的桎梏，没了仙骨，达成我们的目的就容易多了。"

　　"可若烧毁仙骨，她将会失去仙身，全身修为尽废，再也无法回到天界！"

　　"这重要吗？"黑衣人冷笑，"反正几天后，她也难逃一死。"

　　龙湛攥紧了双拳。

　　红莲业火，这种来自地狱的可怕火焰只有昆仑之巅的冰雪方能将其熄灭，杨淙淙

第十章 月色未明 映临川

是无论如何也逃脱不出来的。他知道被红莲业火灼烧时的那种痛苦，它没有温度，比真正的火焰痛苦千倍万倍。

他的眼前浮现出她在火海中挣扎的样子，他能想象得到她的痛苦、悲伤，他甚至听到她绝望的呼喊。

她最后喊出的，是他的名字。

涂涂！

一瞬间他感到极度的心疼，他的脑海中什么都没有，只有她。不，他不能将她置之不管，他要回去救她！

他身形才一动，临川便如鬼魅一般挡在他身前。

"你若去了，我们便前功尽弃。"

"我不能让她遭受如此痛苦！"

"怎么，心软了？"临川饶有兴趣地看着他，"你先前不是还想要她的心吗？"

龙湛的目光冰冷如剑："那是我的事，与你无关。"

"但那关乎霜隐。"

听到这个名字，龙湛身子一震。

"若不是她，你怎会落到这步田地？难道你忘了当年的痛苦了吗？那被最信任之人背叛的痛苦，那被抽筋削骨的痛苦，那千百年来孤寂绝望的痛苦……"

"够了！你别以为我不敢杀你！"

"杀我可以，可你别忘了自己是谁。"临川盯着他，"你可是龙族，天生高贵、唯我独尊的龙族。你本该畅游于江海，翱翔于天地，受人间敬仰，受万民膜拜，而事实呢？你在眠龙渊里沉睡了千百年，不知岁月几何，不知人世变迁，甚至没有人知道你的存在。终于，你好不容易苏醒，却又被困在九幽窟中……"

临川的声音幽幽地在夜色里响起，如毒蛇一般钻入他的耳，钻入他的心。

他说的不错，这些年来，龙湛的确是这样度过的。

先前他曾跟杨涂涂说过他这些年来的经历，只不过有些事情他有所隐瞒，比如他便是当年那条被屠戮于极北苦寒之地的幼龙，比如他多年来苦苦的寻觅和等候，又比如——他的兄长，名唤江月明。

若非兄长的牺牲，沉睡于眠龙渊底的他绝无复活的可能。

他还记得，醒来的时候，他就在九幽窟中。

因体内有灵珠，在身体被杀死之后，灵珠的力量使他的意识维持了一段时间，故

而他还保留着当初的那段记忆。他记得那个女子无情离去的背影，记得是谁匆匆赶到，用颤抖着的手抱起他冰冷的身体，也记得那个高高在上、光芒万丈的男子的泪水滴落在他脸颊的模样。

那是他第一次看到兄长落泪，为了他。

他很想为他拭去泪水，告诉他，哥哥，不哭，然而他无能为力。很快他便失去了所有的意识，再度醒来时，已过了千年。

然而，他却再也没有见到他的兄长，他找遍了这里的每一个角落，都不见任何踪迹。九幽窟周围强大的结界将他困在其中，他亦无法离开这里半步。

兄长忘记他了吗？再也不要他了吗？

不，不会的！

每日在期盼他的到来和见不到他的惶恐中度过，希望，失望；再希望，再失望。日复一日，年复一年，他的灵力变得越来越强大，心也变得越来越麻木。

这漫长的生命啊……

世人皆想长生，唯他知道长生之苦。龙族的生命很长，而与此相对应的，是长久的孤寂与别离。

他也曾怪过兄长为什么从来都不曾看过他，将他一个人丢在这里，于是他拼命修炼，让自己变得更加强大，为的就是早日离开这里。

兄长的苦心，他是很久以后才知道的。

那个看似阻挡着他出去的结界其实是一个保护他的屏障，兄长怕他太弱小，还未长大便再遭他人荼毒，所以将他封在此处。那屏障是兄长用灵力凝成的，每当龙湛强大一分，屏障对他的阻挡便渐弱一分，待到强大到他完全能够突破屏障的时候，结界就会消失，他便可以彻底离开九幽窟。

然而，因为不愿长期待在这幽暗的地底，加之偶然间发现了能够通过某些无意中闯入的人类来离开九幽窟，龙湛强行打破了结界，提前离开了。

为了这提前到来的自由，龙湛付出了代价。

他强硬破除结界本就对自身损伤巨大，此后又数次出手，耗费了许多灵力。现在已不同从前，他无法再汲取九幽窟下龙脉的能量，故而灵力日渐衰弱了下去。

此事并没有一人知晓，甚至包括离他最近的琴幽与濛汐。在他们眼里，他频繁地闭关只是因为太疲惫了，只要经过休整，就可以重回往日模样。

只有他自己明白，如果没有新的能量来源作为补给，他的灵力就会逐渐衰竭，最

第十章
月色未明 映临川

终的结果就是灵力耗尽,到那时他将再度沉睡于眠龙渊底。

他已经沉睡了太多年,至今仍记得那个地方的幽寂和冰冷,他再也不想回去了。

"龙湛,别再犹豫了!你已经没有回头路可走。"临川的话将龙湛的思绪拉回现实,"你我必须通力合作,才能各取所需。"

"你们魔族,果真各个都会蛊惑人心。"

"我知道你恨霜隐,我也恨,正因如此,我才找你合作。她是我们共同的敌人,或者说,仇人。"

临川的话,让龙湛想到与他初次相见的时候。

眼前这个一袭黑袍从头裹到脚的男子,正是现如今在魔族地位仅居于魔君之下的魔族护法——临川。

和霜隐不同,临川生来便是魔族,他有着极高的天赋和灵力,少年之时便名闻整个魔界。在所有人的眼中,待他成年之后,统率魔军、最得重用的人,非他无疑。

然而,因为霜隐的出现,一切都变了。

他不明白,那个从前只是个凡人的女子究竟有什么魔力,竟能得如此器重。长老收她为义女,魔君授她以军权,纵使他曾经出众如珠玉一般,在她的对比下,也只能蒙尘。

她是那么耀眼,而他却处在那光芒之下的阴影中,再无一个人记得他。

这样的日子一直持续了很多年,直到后来魔军进攻人界失败,霜隐被封印,长老也身患重疾离开魔族,下落不明,魔界一时动荡万分。临川被再度起用,他平乱、拥君,大放异彩,终于被任命为护法。后来,老魔君亡故,新任魔君继位,作为辅佐新君上位的重臣,临川炙手可热,可谓一人之下,万人之上。

尽管这样,他依然无数次听到别人提起"霜隐"这个名字,提到她当年的传说。

她真的有那么好吗?纵使她曾经历战败,纵使已离开千年,竟然还没有被忘记?

临川的心里,慢慢也就滋生出了恨意,这恨意发酵了许多年,终于在如今爆发。

他要毁了她!

他花费了许多时间去调查有关她的事,除了她义父——当年的魔族长老下落不明外,他几乎已经弄清楚了有关她的一切,可以说,他对她的了解甚至多过他自己。

当年魔族长老身患重疾,霜隐屠龙取血,的确是为了救他。

她在他左手腕上划开一道口子,将龙血灌输进去,但最终他是否活了过来却成为一个谜。此后再也没有人见过她的义父,他仿佛人间蒸发了一般,唯留下霜隐。

在调查清楚所有的往事之后，临川开始了行动。身为魔族，独身行走人间多有不便，他知道良苑栎早就有野心，于是故意让他发现血莲术的秘籍，以借他之手达成目的。良苑栎果然中计，他虽得了秘籍，身边却无人有力量施展，临川恰在此时出现，为他出谋划策，很快便赢得了他的信任。

血莲术只是霜隐复苏的开端，临川的真正目的，是利用血祭唤醒杨淙淙体内被封印的强大力量。夺取她的力量，然后，杀了她。

但临川深知，即使是刚刚苏醒的霜隐实力都不容小觑，他知道自己能力有限，需要一个强有力的盟友，因此他找到了龙湛。

"别再犹豫了，你我应该一心。"临川说，"杀了她，她体内蕴藏着的强大灵力你我一人一半，到时候我独步魔界，你亦有这强大的力量作为补给，不必再承受灵力耗尽之苦。"

"不。"龙湛断然摇头，"我曾经的确有过这个想法，但现在已不是如此了。灵力补给我宁可寻找其他途径，也不愿伤害她。"

他曾经的确是恨她的，可不知道从什么时候起，这恨已经渐渐淡化了，转而成了一种说不清、道不明的情愫。

这个转变，连他自己也没有意识到。或许是因为看到她誓死捍卫浮波城时的坚定决绝，或许是看到她和沈仪心斗嘴时的单纯快乐，或许是看到她被他说傻时绯红的脸颊，又或许是看到她答应给他她的心时的毫不犹豫……

他总以为，人是惧怕死亡的，仙亦然。可他怎么也没想到，当她听到他的这一要求时，竟然面无惧色，甚至竟自己用匕首……而这一切都是为了他人。

世间怎么会有她这么傻的人？

他无论如何也无法狠下心来伤害她，哪怕是分毫。

"还下定不了决心吗？"临川说，"霜隐可是我们共同的仇人！"

"可淙淙是无辜的，她与此无关。"她那么善良，善良到几乎可以称之为傻，她对过去的那些事情毫不知情，难道所有的罪孽都要她来背负吗？

"真的没关系吗？"临川盯着他，"你莫忘了，你的兄长江月明当初可是为她而死！"

临川的话，如同一把尖刀，刺到他内心最深处的地方。

兄长，兄长……

兄长！

第十章
月色未明 映临川

江月明的死,他是很久以后才知道的。自始至终,他都不愿相信兄长已经不在了,直到他知道了当年的那些事实。

"洋葱是没有心的,由之化成的杨凉凉亦然。三百年前她历经仙劫,若再无一颗心,她便会灰飞烟灭。为救她,江月明甘愿牺牲自己,化作杨凉凉的心。"

临川的声音不含一丝感情,说着当年的真相,而龙湛的身子已经在颤抖。

一字一句,将他的心刺得鲜血淋漓。

"杀了她,你就可以取得她的心,复活你的兄长……"黑夜里,临川的声音如同来自幽深地底,带着无尽蛊惑,"难道这不正是你最想要的吗?"

终于,龙湛沙哑着开口:"让我看看她现在如何了。"

临川伸手,夜色中出现了一幅朦胧的画面,正是璨星楼那个设有陷阱的房间。奇怪的是,其中的红莲业火已经尽灭,杨凉凉也不见了踪影。

"这……怎么可能?"临川大惊,"红莲业火非昆仑冰雪不能熄灭,从没有人能破得了我此阵,她竟然逃出去了?"

龙湛的面色则稍放松了一些:"你还是太小瞧她了。"

临川面色阴鸷:"既然如此,那就只能等到血祭那日了……"

龙湛没有说话,他的身影如蒸发的雾气般缓缓消失了。随后,临川也离开了这里。

待两个人都走后,杨凉凉现身出来。

方才他们谈话间透露的信息量巨大,那些她不知道的往事如潮水般涌来,一波又一波地惊骇来袭,到了最后,她整个人已经完全蒙了。脑海中唯有一个念头不断盘桓——

龙湛是江月明的幼弟,他就是当初被屠戮的那条幼龙。

而江月明,是为她而死!

杨凉凉捂住胸口,在那里,她能感受到她的心脏在胸膛里跳动着。它温暖、灼热、强而有力,她甚至能听到它跳动的声音,那是他对她恒久的守护。

和龙湛一样,在江月明消失后,她也曾找了他很久,但没有任何人知道他去了哪里。有时候别人劝她放弃,他或许已经死了,纵使脾气再好的她也会大发雷霆。

她不信,她能感受得到他的存在,他人虽不在,温暖却始终在她身边。

而如今她终于知道那温暖来自何处——他为救她,化作她的心。

杨凉凉的视线模糊了,泪水流了满面。脑海中有什么东西在翻涌着,拼命想挣脱出来,然而有另一种力量想要抑制住它,两种力量纠缠着,令她浑身剧烈地颤抖起

来。她倒在地上，痛苦万分。

"你真是厉害，竟然追到了这里。"

一个阴鸷的声音响起，杨淙淙一惊，是临川！

原来他自发现杨淙淙已逃脱出陷阱的那一刻起就起了疑心，刚才假装离开只是为了让她现身。

临川居高临下地望着她，她这才看清他的容颜，苍白冰冷的面容，还有一双狭长的赤色双眸。那是一张英俊的容颜，却处处透着邪气。

"分明已经逃了出去，却又主动送上门来。不过正好，倒省下我许多工夫。"

杨淙淙忍住剧烈的疼痛，强撑着站起："你……你方才说的，可是真的？"

临川半眯起双眼，打量着她："我说了那么多，你问哪一句？"

"是不是杀了我，取了我的心出来，就可以复活江月明？"

临川唇角一扬："怎么，若我说能的话，莫非你还愿意牺牲自己？"

"我愿意！"

没有料到她会这么说，临川眸中闪过一丝意外的神色。

"到底要怎么样做才能复活他？是不是只要我死了就可以？如果是这样的话，我愿意！"

"你……"他竟不知该说些什么。

她的泪流了下来，如同一只无助的小鹿："求求你，告诉我怎么样才能让他复活……"

临川望着她满是泪痕的脸庞，他的神思有一瞬间的恍惚，又刹那间清醒过来。

"若想救他，只有一个方法。"

"是什么？"她抓着他的衣角，仿佛抓着最后一根救命稻草。

他本想将衣角抽出，却不知为什么，并没有这么做。

"你可知道，你的身体里沉睡着一个人？"

杨淙淙点头。她已经不止一次有这种感觉了，起先她只以为是自己的错觉，然而这些日子以来发生了许多事情，那感觉越发强烈起来。联想到她那被封起来的记忆，还有近期不断闪现在她眼前的那些支离破碎的画面，让她已经有了隐隐的预感，却不敢去证实。

"你身体里沉睡的那个人有着强大的力量，只有让她苏醒，借用她的力量，江月明才有复生的可能。"

第十章
月色未明 映临川

"如何才能让她苏醒？"

"血祭。"

"不！"杨淙淙断然拒绝，"那可是九十九条生命！"

临川的唇角挑起一丝弧度："若你愿意的话，我完全可以放了他们。你是仙人，用你的血会比他们的更加有效果。"

他本想用红莲业火烧毁她的仙骨，破了她的仙身，好进行下一步的计划，但若她是自愿的，那一切都好办多了。她的血可以让阵法顺利开启，当血莲绽开的那一刻，就是霜隐觉醒之时。

"好，我答应你。"

"你确定？方才你也听到了，当你体内沉睡着的那个人苏醒后，会将你取代，你将不再是现在的你了。而我，也不会放过你。"

他会将她的灵力吞噬，据为己有，这对她来说意味着什么，她应该清楚。

他本以为她会退却，没想到她毫不犹疑地说："我知道后果如何，但只要能救江月明，救那些孩子，我愿意。"

临川饶有兴趣地看着她："这样做对你可没有任何好处。你会死，懂吗？当我取了你的灵力之后，我会斩草除根，杀了你。"

"我不怕死。"她说，"我怕的，是毫无意义地活着。"

她的话声音并不大，却重重击在他的心上。

第一次，他认真地端详起眼前这个女子来。她的眼神很澄澈，仿佛能看透人的内心。在这干净的眼神面前，似乎所有的肮脏和不堪都无所遁形。

她和他记忆中的霜隐，差别太大了。

"怎么，你不敢答应我？"她盯着他。

"敢？你是在激我？"临川忽然笑了，赤红的双眸闪着妖冶的光，"你胆子真大，敢同我做交易。你莫忘了，我可是魔族。"

在魔族的字典里，从没有什么一言九鼎。

杨淙淙笑了："你若食言，则我纵是化身幽魂，也绝不会放过你。无论三道六界、四海八荒，都会找到你，算清这笔账。"

她笑得云淡风轻，说出的话却没有一丝犹豫。

临川第一次觉得，眼前的这个女子着实不一般，某种程度上，她甚至比霜隐更加可怕。

"你放心,我临川答应的事,从不会反悔。"

"好。那我要怎么做?"

"三天之后,子时,璨星楼,我等你。"

临川的身影消失在夜色里,唯留下尾音在风中。

头顶,月色如血。

三天……这是她仅剩的时间了。

她想离开这里,往前迈了一步,却不知道要去哪里。

天庭,浮波城,似乎都不是她的容身之处。她不知该如何向锦澜仙君询问那些往事,更不知如何面对龙湛。她终于明白为什么当她告诉他良苑栎的计划时,他并没有觉得意外,原来他早知道这一切了。

她第一次有如此迷茫的感觉,过去的那些事情,似乎所有人都知道,只有她不知道。她不知道自己来自何方,不知道自己将要去往何处,甚至不知道自己是谁。

天地之大,却无她半寸方圆。

身上被烧伤的地方火烧火燎地疼,眼前的一切突然晕眩起来,杨淙淙再也撑不住了,眼前一黑,晕了过去。

杨淙淙是在饭菜的香味中醒来的。

身上的伤口已经上了药，包扎好了。她睁开眼，环顾四周。窗外是一片菜园，爬藤的丝瓜已经长得老高，坠下沉甸甸的果实。另一边是熟悉的小院，院子里栽种着几棵月季，不分时节正开得灿烂，院子门口有一棵歪脖柿子树，上面挂着几颗黄澄澄的柿子。

一切都是那么朴素而熟悉。

"刺啦刺啦！"炒菜的声音从厨房飘来，杨淙淙蹑手蹑脚地走出去，看到一个许久未见的背影。

男子身穿素色衣衫，头发用一根发绳随意地束起来，鬓边有几许散发垂落下来。他背对着她，一只手娴熟地翻炒着锅里的菜，另一只手也没闲着，用一柄木勺搅动着旁边锅子里熬着的粥。

他身后有一张木质的小桌，颜色有些陈旧，看上去已经用了有些年月了。桌上盛着两盘菜，一碟是刚炒好的蒜蓉空心菜，另一碟则是酸甜爽口的腌萝卜。

这里就是杨淙淙从前每天和锦澜仙君吃饭的地方，而桌上那两盘菜则是她最喜欢的。过去了这么久，她爱吃什么他始终都记得。

她还记得以前每当她身体不舒服或者胃口不好的时候，仙君都会做一些简单的小菜给她吃，清爽开胃。她有时候也会故意装病，这样就可以不修炼还能好吃好喝，不过她的这些小聪明每每都会被仙君发现，他并不揭穿她，而是把吃的拿走，换上苦苦的药，说："你这病，不能吃饭，得吃药才能医得好。"杨淙淙不死心地问："仙君，你看得出我得了什么病？"锦澜仙君笑眯眯地回答："懒病。"

杨淙淙打了个寒战，病也不治而愈了。

想到以前和锦澜仙君在一起的日子，杨淙淙的心里暖暖的。他仿佛能看透她的一切，在他面前，她永远没有秘密。

饭菜的香味勾引得杨淙淙肚子里的馋虫再也忍不住了，她踮着脚走到桌边，想趁他不注意偷偷捏一块腌萝卜吃，没想到刚伸出手，脑门儿就被弹了一下。

"吃东西要用筷子，不是用手。"锦澜仙君端了一盘炒好的菜过来，又盛了两碗粥放在桌上。

杨淙淙撇撇嘴，不甘心地小声说："明明是用嘴。"

杨淙淙回了家，可从来不会客气，风卷残云般吃完了，又捧起碗，眨巴着眼睛，可怜兮兮地望着锦澜仙君。

"这么能吃,真难养。"

锦澜仙君摇摇头,嘴上虽这么说着,手里却又给她盛了满满一碗。杨淙淙贼贼地笑着接过来,那碗很满,像她心里满得仿佛要溢出来的幸福感。若说在其他人面前她必须成长、必须坚强,但在他面前,她可以永远做一个长不大的孩子。

不多久,她已经吃得肚儿滚圆,分明只是清粥小菜,自仙君手里做出来,却胜过人间美味。

她摊开手脚,满足地叹了口气。

"爱叹气可不是件好事。"锦澜仙君边收拾碗筷边说。

看着他那熟悉的背影,不知道为什么,杨淙淙的眼圈红了。

先前暂时被忘却的烦恼在此刻齐齐涌上心头,她曾幻想过无数次在面对锦澜仙君的时候要问的问题,而当真正面对他的时候,她却如鲠在喉,不知道该如何开口。

"仙君你说,为什么幸福往往只能持续很短的时间,而烦恼却会困扰人很久?"终于,她问。

这一次,轮到他叹气了。

他叹气的声音很轻,如同夜雪飘落,令人心里泛起无尽的怜惜。

"我们换个地方说吧。"

天河之畔,是杨淙淙从前最爱来的地方。

以前她每每偷懒不想修炼的时候,都会跑到这里来玩耍,这里几乎没有人来,却美丽无比。天河清澈见底,平静温柔,宛似一条缎带蔓延到天际。河畔是连天的芳草地,时而还能看到有天马在吃草,一派祥和的模样。

已经是黄昏了,杨淙淙躺在绒毯般的草地上沐浴着夕阳,不知道过了多久,她坐了起来,望着身边的男子。

"仙君,玲珑托我带话给你。"

锦澜仙君闭目盘腿坐着,夕阳落在他的侧颜上,为他的脸颊镀上了一层金边。杨淙淙端详着他,这是一副多么英俊的容颜啊,虽无锦衣玉带、华服加身,却有着独一无二的气质,这世间无一人能及。

她将玲珑这些年在尘世的经历,还有跟沈仪心的两世因缘都说了一遍。说到最后,她缓缓地将玲珑的原话复述给他,她说得很慢,怕漏掉玲珑蕴含在其中的每一丝情感。她又觉得很抱歉,因为玲珑让她转交给他的流苏已经消失在了红莲业火中。

"嗯,我知道了。"待她说毕,锦澜仙君淡淡地应了一声。

"那你会有些难过吗？"为玲珑，为那些千百年来的陪伴和等候。

她是因他而生，若无他当年在天池旁的一驻足，这世间便不会有神兵玲珑。她虽离开了他自堕于尘世，但始终心念于他，当初那头也不回的决绝，无非是因为心灰意冷罢了。

她对他，终究是有情的吧。

"没什么好难过的，她如今有了更好的主人，我应当高兴才是。"

杨淙淙的心里有些失望，她原以为他会感动、会怀念，至少会有些意外，却没想到他竟这么平静。当年玲珑离开时他没有挽留，如今也是。

在他心里，她或许始终只是一把剑，他虽垂怜于她，亦为她付出心血，但那只是出自主人对一件物品的拥有，而不会多一点儿别的感情。

杨淙淙望着他："仙君，有时候我真的不知道你是有情，还有无情。"

锦澜仙君笑了笑，摸摸她的头："有情还是无情，要看那个人是谁。"

"是霜隐吗？"

说出这句话的那一刻，杨淙淙自己也惊呆了。想过无数次要问他的问题，竟然就这样脱口而出。

锦澜仙君面色如旧："你知道她了。"

"是，我知道了。若不是我来问你，你是不是从来没打算告诉我？"

"淙淙，我并非刻意瞒你，只是有关她的那些事都是前尘过往了，如今世上再无霜隐，往事也无须再提。"

"可据我所知，霜隐并没有死，她只是被封印在了某个无人知晓的地方。在她消失之前，所见到的最后一个人是你。你一定知道她在哪里。"

"我是不会告诉你她在哪里的。"

"为什么？"杨淙淙盯着他，"你怕她受到伤害？你就那么在意她？千年之前的仙魔大战，你失去了大半仙力，是不是也是为了她？"

锦澜仙君不语。

杨淙淙的声音中满是苦涩："仙君，认识你那么久，我总以为我们是最亲近、最信任的人，彼此间没有任何隐瞒。现在看来，没有隐瞒的是我，而你对我隐瞒了太多。在你心里最在意的人是霜隐，其他人对你来说根本不值一提。玲珑是这样，我也是这样，我想即使是我死了，你恐怕也不会感到伤心。"

"胡说！"锦澜仙君的脸色变了，喉中发出低吼。

第十一章 往事如烟 梦华年

杨淙淙第一次看到他这般模样，印象中的他永远是闲适淡雅、温润如玉的。他从未发过脾气，甚至连声线拔高也不曾有过，仿佛对什么都不以为意。

而此刻的他，脸色煞白，眉头蹙着，双唇紧抿。

一刹那杨淙淙的心痛了一下，但她又不能放弃自己的坚持："我只是想知道真相，关于霜隐，也关于我自己。

"这些天发生了许多事情，让我意识到有许多往事是我不知道的。我曾多次看到一些破碎的画面，我看到立地成魔的少女绝望的眼神，看到躺在漫天冰雪里的龙族少年，看到紫衣女子离去的背影，看到血莲绽开的幽光……那些场景历历在目，尤其是那屠龙的一幕，我甚至还记得少年悲哀的眼神，还记得风雪拍打在脸上的疼痛，还记得手里握刀的感觉，好似我真的经历过一样……可那屠龙的人，分明就是霜隐！

"起初我不明白为什么我会看到这些，直到后来不止一个人告诉我，我有着一段连自己也不曾知晓的过去，我的身体里沉睡着一个人。我的脑海里有一团连自己也无法触及的混沌，那仿佛是记忆，又好像是梦境，我越想看透，它便离得越远，想多了，便觉得头痛欲裂。"杨淙淙抬头，眼中浮现出一种茫然无措的神情，"仙君，你可不可以告诉我这一切究竟是怎么一回事，你可不可以告诉我——她到底去了哪里，我身体里沉睡着的是谁，而我又是谁？"

她的眼神看得他心疼，那种空洞的、茫然的神情。他想去安慰她，话未出口，心口忽然传来锥心的疼痛——她身体里的魔力太过强大，当年他唯有以自己的鲜血才能将这些灵力和她的记忆一起封印起来，除此之外别无他法。唯有这样才能保她忘掉那些过去，此生安乐无忧。

以血封印，意味着他的性命和她连在了一起。每当她试图找寻记忆的时候，体内的强大魔力便一次次地冲击着那封印，他也一次次地将之压制回去。她对过去想起来得越多，那魔力便觉醒得越多，他承受的伤害也便越大。若有一日她完全找回了记忆，体内的封印彻底解除，那后果不堪设想。

力量不总是快乐的源泉，也是痛苦的源泉，若她无法控制那些魔力，魔力便会反过来控制她，到了那时候，她很有可能会重复当年的命运。

而这一切，她自己丝毫不知。

锦澜仙君沉默地轻轻摇了摇头。

杨淙淙的眼里浮现极度失望的神色："仿佛所有人都知道我的过去，可笑的是我却对自己一无所知。"她站起身来，"既然你不愿告诉我，我只能向其他人去求

答案了。"

他知道她说的其他人是谁，龙湛、玲珑，甚至还有那魔族的护法临川。此先她虽在人界，他始终都在关注着她的情况，生怕她遇到一丝危险。她所经历的一切他都知道，当她被困在红莲业火中时，若不是玲珑给的流苏化作冰雪救了她，那么他下一刻就会出现在她的身边。当他看到伤痕累累的她和临川立下约定又晕倒在地的时候，他将她抱起，回到了天庭。

其实他这样做是违反仙规的，当一个仙人历经仙劫的时候，必须依靠自己的力量去渡劫，其他仙人不能干涉，若被发现将会面临重罚，因为这搅乱了天地秩序，仙界纲常。

锦澜仙君深知这样做的后果，却依然没有犹豫。

他不能再任她这样下去了。他不能看着她在苦海中挣扎，一步步深深沦陷，他不愿，也不忍。

"你不许去！"他挡在她身前。

"为什么？难道你自己不愿告诉我，连我问别人也要阻止吗？"说着说着，她的眼中已经噙满了泪花，"你知不知道你这样做很自私？那是我的事情，你凭什么干涉？"

"你的事情，就是我的事情。"

"是吗？明明霜隐的事情才是你的事情吧。"杨淙淙冷笑，"你当初丧失了大半修为，应当也是为了救她吧。我真的不明白，你身为上仙，而她只是一介魔女，同你犹如云泥之别，你却为她付出那么多。她作恶多端，为祸人间，人人得而诛之，你本应诛灭她替天行道，却甘愿为她冒天下之大不韪。她究竟有什么好，到底给你下了怎样的迷魂药，使你连是非黑白都不分了？"

她的话里，有讽刺，有不解，有失望，最多的还是悲伤。

"淙淙，不要这么说，"他的声音无比苦涩，"她是有苦衷的。"

"到这个时候了，你还在为她说话。"杨淙淙心里难过极了。

当知道龙湛就是江月明的幼弟后，她才了解他心中的苦。

当初的龙湛，换作人类年纪，不过十五六岁。那是最美好的年华，他却葬身在了最信任的人的刀下。难道因为她有苦衷，他就应当遭受如此劫难吗？

杨淙淙不能接受这样的回答。

"这世上人人皆有苦衷，但若因自己的苦衷造成他人的牺牲，这未免也太自

私。"她笑了笑,"当然,你是不会承认我的观点的,因为在你心里,同她相比,我根本不值一提。她是你所爱、所念、所为之付出一切的人,而我……我,只不过是在她沉睡期间,承载她能量和灵力的一个容器罢了。"

锦澜仙君脸色苍白,他想说什么,却一个字都说不出。

"其实即使你不说,我也早已猜到了。"杨淙淙继续说道,"霜隐消失于千年之前,而我则诞生在那之后不久,我脑海里的那团混沌应该就是关于往事的记忆。你怕我想起那些往事,知道我自己只是因霜隐而产生的一个附属品,于是你将我的记忆封印起来。这些年来我以为你是对我好,实际上,你只是对霜隐好罢了。我存在于世的意义就是霜隐,我因她而生,而你则守护着她的灵力,等待着有朝一日的苏醒。当她归来的那天,她将拿回所属于她的东西,而我的使命也终将结束。这世界上,便再也没有我了。"

这是她一直以来的猜测,如今终于说出了口,她以为她会悲伤,会落泪,然而都没有,她的语气出奇地平静。

他多么想告诉她,她想错了,她根本不是什么容器,更不是什么附属品!她,就是霜隐本身。可是,他无法告诉她真相。

他当初拼尽一切,就是为了不让她知道这些,单纯、快乐地活着。若她知道了那些往事,她会记得她就是霜隐,也记得当初所有的悲伤和痛苦。

现在的杨淙淙不会记得,封印记忆,是在她仍叫霜隐的时候,对他最后的请求。

千年了,他始终记得当初对她的承诺。他独自面对着所有的误解,哪怕那误解是来自她本身。

"你不该让我来到这世上。若不是因为我,江月明也不会死。我找了他那么久,我就知道,他不会轻易离开我的……你为什么没有告诉我,他已经死了?"

她终于忍不住,泪流满面。

无论她多么坚强,在想起江月明的时候,都无法抑制自己的情绪。她颤抖着,终于问出那个问题:"他,是不是为我而死的?"

空气沉默得可怕,很久之后,她得到了答复。

"是。"

"你为什么不阻止他?"

"他是自愿的。"他的语气出奇地平静。

"自愿的……可我不是自愿的!我宁愿死,也不想他为我牺牲!"泪水从她脸颊

一滴滴滑落。

在他的叹息声中,往事缓缓地揭开了面纱。

龙湛,杨淙淙,他们一个是江月明在这世间的至亲,另一个,是至爱。

作为兄长,是他将龙湛自小带大。龙族身上注定要背负巨大的责任,必须要自身极其强大,故而他对幼弟极为严苛,看似不近人情,却饱含一番苦心。但那时的龙湛还小,不明白这些道理,他年少贪玩,趁兄长不在时偷偷溜去了人间,然后宿命般地认识了霜隐。

江月明是恨霜隐的,龙湛正是遭她毒手,他处心积虑地接近杨淙淙,目的就是为了给幼弟报仇。

起初,他是恨她的,然而经过一系列的变故,他和她同生死,同经历,渐渐地意识到眼前的女子和他想象中不同,她体内虽蕴藏着霜隐的魔力,但已经不再是当初的霜隐。

她单纯、善良,有时会执拗,甚至还有些傻。他无法再恨她,甚至渐渐地为她付出了感情,当她面临天劫的时候,是他牺牲了自己去救她。

江月明在最后的时刻,将所拥有的龙珠、元丹之力,融合自身原本的灵力,全部渡给了龙湛,换来了他的复活。但龙湛因为沉睡太久,身体极度虚弱,于是江月明选择了九幽窟,将他置于其中并施以结界,看似是困住,其实是守护。待他灵力强大到可以突破结界的时候,便可以离开那里,获得自由。

这是对于他至亲之人,而对于他至爱之人,他则化作她的心。

当初霜隐仅剩一魂一魄,锦澜仙君为保全她,也为实现她的愿望,用一颗洋葱作为她新的本体,这就是杨淙淙。而洋葱化成的她是没有心的,三百年她第一次经历仙劫的时候,锦澜仙君让她下界去寻一样东西,那,便是她的心。

若没有心,她会死,会灰飞烟灭,在这世间再无一丝踪迹。于是江月明牺牲自己,保全了她。

这三百年前,杨淙淙始终在寻找江月明,她以为他消失了,却不知道他其实就在她的胸膛里跳动着,默默守护着她。

这些锦澜仙君是知道的,可是他答应过江月明,不能告诉她。

杨淙淙的性格,他们二人都再清楚不过,看似柔弱,实则坚韧无比。她是那么善良,绝不愿意看到他人为了她牺牲自己,所以江月明在最后的时候,请锦澜仙君为他保守这个秘密。若非她今日逼问,他是不会告诉她这些的。

而现在，他已无法再隐瞒。

锦澜仙君的话，让杨淙淙内心里仅存的唯一一丝希望，就此湮灭。

那时她听到临川说起关于江月明的真相，冷静下来一想，又心存一丝侥幸，或许他是骗她的。然而如今，她彻底坠入绝望的深渊。

为什么？为什么他那么傻？为什么当初没有人阻止他？为什么从来都没有人告诉她这些……

无数个为什么，凝成她脸颊的泪水，滴滴滑落。

她本还想说什么，却咬紧了唇，不发出任何声音。她决绝地转身，就要离去。

锦澜仙君一把拉住她："你要去哪儿？"

她冷冷看他："我要回凝光镇。"

"你不能去。"去了，便是万劫不复。

她摇头："我要去救那些孩子，还有……我要让江月明回来。"

"他已经死了，不会再回来了。淙淙，你要接受现实，他已经离开三百年了。"

"不！临川已经答应我，只要我让他得到他想要的，就会复活江月明。"

他的语气中终于出现了一丝波澜："你知道让他复活有多难吗？难如登天！纵使他能够复活，那也需要你的心作为代价！你会死，会灰飞烟灭，会永远消失在这世间！"

"我不在乎。"她说，"我来到这世间，原本就是一个错误。"

她的平静令他心碎。平静，是因为已经彻底绝望。

他多么想告诉她，她来到这世间不是一个错误，而是他生命中最正确的决定，又或者说，是他唯一的意义。

"纵使你愿意牺牲自己，江月明复活的可能性也微乎其微，当初龙湛是长眠于眠龙渊底，保留着一丝元魄，方能逆天转命，而如今江月明什么都没有了，他回来的可能性不足万分之一。"

"就算不足万分之一，我也要试上一试。"

"糊涂！若是失败，不仅你会死，江月明为你付出的牺牲也就白费了。"

杨淙淙垂眸："我相信，他不会责怪我的选择。"

从前的她是任性的，而他永远都是那么宠着她，如今她为了他再任性一次，他应当也是不会怪她的吧？

其实她早已想好，她并不能百分之百地信任临川。作为江月明的弟弟，龙湛想复

活兄长的心一定不比她少,她打算提前告诉他她的决定,让他紧盯着临川,防止他有什么异动。如此的话,一来能够让临川有所忌惮,二来龙湛也可以提供强大的助力,江月明复活的可能性又大了几分。

只是那时的她,却再也看不到他回来了。

"临川是要拿你进行血祭的,你可知道血祭的后果?"

"知道,霜隐会觉醒,而我则会消失。"她答得淡然。

"我不能让你去。"

"若我不去,临川就会用鲜血来进行血祭,我不能眼睁睁地看着那些无辜的生命死去!"

"你此先已经在人间杀人,犯了仙规,难道还要继续插手人间的事情,错上加错吗?难道你忘了你曾经正是因此而被禁于幽域之中?"

幽域是一处位于缥缈之境的地方,其中有流水楼阁,景致精美,却是个与外界隔绝的所在。被禁闭于幽域里的仙人可以在有限的范围内自由活动,却不能离开那里,等同于软禁。

数百年前,杨淙淙曾因犯了仙规,被囚禁在这里两百年。漫长岁月里,最折磨人的不是别的,而是深深的孤单和寂寞。这些她当然没有忘,可是如今若让她无视那些无辜的人的生死,她做不到。

"我当然没有忘,可我依然会做出同样的选择。"

"无论你说什么,我都决不允许你离开这里半步。"

"仙君!"杨淙淙终于叫了起来,"我没有想到,你竟无情至此!"

无尽的怒火涌上心头,她怎么也无法相信,眼前这个冷漠得没有丝毫温度的男子就是她所认识的锦澜仙君,无论她说什么,他都是这样的回答,这样无情!

他什么都没有说,只有沉默。

他是不在乎,还是根本不屑于解释?又或者说,那些稚嫩的生命对他这样的上仙而言,真的如蝼蚁一般……

无名怒火在她心头突然燃烧起来,她的眼前一闪而过那个画面,无助的少女站在仙人面前,苦苦哀求,换来的却是彻底的绝望。

是了……那是霜隐。

她终于体会到霜隐当年的感受,她满怀希望,千里迢迢来到这里,见到仙人,等着她的却是比之前更加可怕的绝望。

有一个声音在心底里响起，遥遥地，仿佛来自幽冥地底。

"醒来吧……醒来吧……"

杨淙淙的心一瞬间恍惚了，这一刻她仿佛才看到真的自己。她看到血莲在暗夜里绽开，幽黑的深渊在地底蔓延，有个紫衣女子远远走来，对她微笑。

"你是谁？"她听到自己的声音在问。

"我就是你呀。"紫衣女子嫣然一笑，她是那样美，笑起来的时候仿佛整个天地都为之黯然失色。

杨淙淙迷惑了，眼前的女子虽跟她长得无比相似，但她知道，这不是她。若女子是她，那她又是谁？

女子牵起她的手："想知道到底是怎么一回事吗？跟我来。"

杨淙淙任她牵着，不知怎的，竟没有挣脱，随她朝那深渊中走去。

突然，她的手腕狠狠一痛，一个熟悉的声音闯入脑海："淙淙不要！"

她一时间没反应过来这是谁，手腕的疼痛令她本能地防卫，她一扬手，一朵绯红的莲花便自指尖跃了出去，带着致命的危险气息。

她先是听到一声闷哼，然后是喑哑的呼唤："淙淙……"

仙君……仙君！

一瞬间她的脑子清醒了过来，她挣脱了那名女子，往回跑去。

眼前景色突变，黑暗渐渐消失，不知道跑了多久，她晕了过去，再次醒来的时候，四周已经是熟悉的家，而她正在锦澜仙君的怀里。他的手紧紧握着她的手腕，眉头紧锁，满眼担忧。

见她醒来，他眉间的愁云散了，松开手，想说什么，却突然剧烈地咳嗽起来。随着咳嗽，有鲜血从他嘴角沁出。

"仙君！你怎么了？"

"我……我没……"他冲她摆摆手，想说自己没事，话未出口却有更多的血涌了出来，染红了胸前衣衫。

杨淙淙慌了，这些年来，在她心里仙君永远是强大的，她从未见过他这般模样。她手忙脚乱地想给他灌输灵力，却被他阻止："没用的。"

"仙君，都怪我，都怪我……"

她只当自己任性同他争吵，气得他如此这般，却不知是因为她对往事探寻得越多，体内魔力也觉醒得越多，无数次冲击着他设下的封印，并且一次比一次更为剧

烈,每一次都对他的身体造成巨大的冲击,而他则要耗费更大的灵力才能将其压制。方才情形之下,霜隐当初内心的不甘和绝望充斥在她的心里,那些残念化为幻象,蒙蔽了她的双眼,一步步引诱着她走向无尽的深渊……

他不敢想象若是她继续走下去会发生什么,但若不是千钧一发之际他拉住她的手腕,唤醒了她,那么后果不堪设想。而他也为此付出了代价——杨淙淙凝成的一朵血莲击中了他的胸口,对本就耗费了许多灵力的他又造成了一重伤害,胸口痛彻心扉,鲜血淋漓而出。

她凝成的那血莲,便是初级的血莲术,这术法杨淙淙本来是不会的,但方才一瞬间她几乎是无意识地就使了出来。

这说明,那封印着的魔力在她体内觉醒得越来越多了。

"淙淙,别担心。"锦澜仙君勉强笑了一下,抚摸着她的头发,"我没事。"

内疚和愧悔将杨淙淙的内心淹没,她正想道歉,却忽然眼前闪过一道红色,下一刻,她整个人已经被缚仙索捆了个结结实实。

原来锦澜仙君方才的那个动作,是从她发间拆下了缚仙索。

她挣扎无用,用念力控制它也无用,这缚仙索原本就是锦澜仙君送给她的,他才是它的主人,仙力又比她高上许多,缚仙索此时已经完全不受她的控制了。

"仙君!你干什么?"

"淙淙,你莫怪我。"他望着她,眼神平静而清冷,"这几天之内,你就暂且待在这里,等事情了结我自然会放你出来。"

说罢,他一扬袖,一道结界笼罩在房间之内。而他未曾再多看她一眼,便离去了,唯留下一个淡薄的背影。

"仙君,仙君,放我出去!"她无法动弹,只能呼喊,在结界里形成阵阵回声。

杨淙淙绝望了,这结界将她与外界隔离开来,不仅是她不能出来,连她的呼喊和念力都丝毫无法传达出去,可真的是呼天天不应、叫地地不灵。

她知道他是为了她好,希望她置身事外,可事已至此,事事都与她相关,甚至可以说是因她而起,她如何能够独善其身?

况且,那是那么多无辜鲜活的生命啊!

在结界里,时间仿佛过得很慢,锦澜仙君自离开后便再也没有回来过,不知道去了哪里。杨淙淙尝试了所有能想到的方法,都徒劳无功。若仅有一个结界她还可以试着看能否突破,然而此刻缚仙索禁锢住了她,让她无法使用任何灵力。

第十一章
往事如烟 梦华年

　　时间一点点地流逝，杨淙淙在心里默默计算着，此时已经是第三天，再有几个时辰就到了临川和她约定的时候，也是他要施展血莲术的时候，她还是无法离开这里。

　　难道真的要重蹈当初的覆辙？

　　她永远记得三百年前的那一幕，大雪覆盖了宫殿的金砖红瓦，火焰映红了灰暗的天空，年轻的帝王犹如困兽之斗，生命终结之际，喃喃地呼喊着她的名字。

　　因为仙人不能插手人间兴亡之事，锦澜仙君本欲将她带回仙界，在她苦苦哀求之下终于同意她多留一日，伴他走完最后的那段路，却有一个条件——只能做一个旁观者。

　　那时的她其实就在沈仪心的身边，但他看不见她的存在，也听不见她的声音。她唤着他的名字，伸出手去拥抱他，却穿过了他的身体，只触到冰冷的空气……

　　旁观者，多么残忍的三个字。

　　难道现在，还让她做一个旁观者吗？

　　不！她不要！

　　若凭自己的力量无法挣脱这束缚，那么，便借用霜隐的力量吧。她的体内不是沉睡着强大的魔力吗？若是能让它苏醒……

　　先前的那个声音再度出现，无孔不入："醒来吧……沉睡了那么多年，到了该苏醒的时候了……"

　　她的心神似乎被攫取了一般，体内有强大的力量蠢蠢欲动，想要破土而出。

　　"淙淙！"一个女子的声音唤她，将她一下子拽回现实，体内的那股力量也顷刻间消失不见了。

　　杨淙淙看着眼前的人，不可置信。

　　"玲珑！你怎么来了？"

　　绿衣女子答道："主人醒来后，左右寻不着你，十分焦急。我想到你此先跟我说要来找仙君，便过来寻你了。这结界只能困住里面的人，我从外面进来并不费力。"

　　她所说的主人，便是沈仪心。

　　"沈仪心醒了？他怎么样？"

　　"一切正常，唯独牵挂着你，他有许多话想亲口跟你说。但是……"玲珑望着她的脸，欲言又止，"你的脸……"

　　"我的脸怎么了？"

　　"你真的不知道吗？"

玲珑的话让杨淙淙更奇怪了:"玲珑,拿镜子给我。"

玲珑踌躇:"你确定要看?"

"顶多是抹了些灰,丑点儿罢了。"杨淙淙本来还在拿自己打趣,然而当她真的看到镜子中的自己时,也愣住了。

镜子中的是一张熟悉而陌生的容颜。

说熟悉,是因为那五官、那轮廓,分明就是她无疑。说陌生,是因为她的眸子和头发的黑色中已经透出了些许紫色来。

"这是……"

玲珑犹豫了片刻,说道:"霜隐。"

杨淙淙苦笑了一下,她并不知她就是霜隐本身,而是愈加觉得自己此前猜得果然没错,她以为自己只不过是用来承载霜隐灵魂和灵力的一个容器罢了。

霜隐已经在逐渐觉醒了,她必须趁她彻底醒来之前,做完她要做的事。

"玲珑,你能帮我逃出去吗?"

"我来找你,正是这个目的。虽然这么做对不起仙君,但是……"她叹了口气,"我亦不忍看你如此悲伤绝望,毕竟你是主人最在乎的人。"

她爱着沈仪心,那样纯粹、诚挚的爱,因而也同样爱着他所爱的人。

玲珑说毕,化作一柄青色长剑,剑光一闪,那坚韧无比的缚仙索便断成了数段。在天下第一的神兵面前,任何障碍都形同朽木。

杨淙淙恢复了自由,仙力也恢复了,她用力一击,那结界便破了。

"谢谢你,玲珑。"

时间紧迫,她已经耽搁不起分毫。留下这句话后,她纵身一跃,消失在了云端。

玲珑望着她离去的背影,心里有些隐隐的担忧。

放她离开,到底是对还是错……

杨淙淙再次回到寰珠海上的时候，眼前的情景令她大吃一惊。

时值黄昏，天色阴沉得可怕，仿佛随时都会有狂风骤雨一般。海面上波涛汹涌，许多艘采珠船开了过来，上面有许多人正在激烈地打斗着。这些人里，其中一部分是身穿铠甲的士兵，而另一部分则是鲛人战士。

士兵们人数众多，又装备精良，鲛人们已然落了下风，但他们依旧是那样英勇无畏，虽然许多人都负了伤，却从没有任何一个人退缩。他们的血沾染了衣衫，模糊了眉目，却遮挡不住始终坚定的眼神。

在一艘船上，杨淙淙看到了琴幽的身影。

她正被一群人围攻着，在她脚下，横七竖八地倒着许多敌人，却有更多的敌人将她包围。她身上许多处负了伤，却依然英勇无比。

但奇怪的是，杨淙淙没有见到濛汐，在这种危难关头，按理说她是不会去别处的。她会在哪里？

就在这时，有一个年幼的鲛人在水里冒出头来，焦急地呼喊着："琴幽姐姐，他们已经攻到浮波城门口，就快要攻破城门了！"

琴幽脸色一变："怎么会？濛汐不是守在那里吗？"

那鲛人还想说什么，忽然数支羽箭向他嗖嗖地射了过去。敌人已经发现了他，并将他作为了攻击的目标。

"你快回去，这里危险！"琴幽急急喊道。

来报信的鲛人钻进海里消失了，就在说话的这一会儿工夫，琴幽的身上又多了几处伤口。有人从侧方袭击她，她虽勉强躲开，整个人却摔倒在地上。

敌人不怀好意地笑着靠近，手里的冰刃闪着寒光，琴幽闭上了双眼，又倏地睁开。杨淙淙看得出，她的眼神中带着求死的决心。

"弟兄们，上啊！这鲛人已经不行了，抓活的，国舅爷重重有赏！"

不知是谁喊了一句，敌人一窝蜂地拥了上来。然而奇怪的是，他们没有能够靠近这个已经体力耗尽的女子身畔，就纷纷惨叫着倒地。

后面的人愣住了，琴幽也愣住了，所有人的目光都集中在一个人身上，一个突然从天而降的女子。

关键时刻，杨淙淙没有犹豫，出手相救。

片刻的发愣之后，剩余的敌人再度冲了过来，然而他们没有一个人能过得了杨淙淙这关。她守在琴幽身前，来一个斩一个，颇有"一夫当关，万夫莫开"之势。

琴幽感激地望着她:"谢……谢谢。"

"无须客气。龙湛呢?"

琴幽犹豫了一下:"主人身体不适,正在闭关中。"

杨淙淙点头:"你快些走吧,这里有我顶着。浮波城情况危急,那里更加需要你。"

其实杨淙淙觉得有些奇怪,浮波城外是设有结界的,怎么那些人竟也能寻了过去。但眼下容不得她想这些了,当务之急是要守住浮波城。

一提到浮波城,琴幽的脸色凝重了,方才报信的那个鲛人说的话令她心里分外沉重。族人的性命安危在她心里重如千钧,此时此刻顾不得说什么推辞的话了,她于是说:"好,那你千万保重。"

杨淙淙点点头。

琴幽一跃,身影在夕阳中划过一道弧线,没入了海中。

似乎知道这里有劲敌,越来越多的敌人拥了过来,黑压压一片。

由于仙界的禁令,杨淙淙一直都没有使用仙术,而是用武功和他们对抗,也没有下狠手要人性命,只是将他们击倒而不是斩杀。虽然她刚才为了让琴幽放心故意说得轻松,然而面对蜂拥而至的敌人,在长时间的缠斗下,杨淙淙也已经感到力不从心。

她咬牙坚持着,她告诉自己,决不能倒下。

天渐渐黑了,杨淙淙的体力也已经几乎耗尽,即使她勉强能够挡住四面来袭的敌人,脚步也已经有些踉跄。她的四肢和躯干都沉重无比,每抬一下手臂都会有剧烈的疼痛感来袭,已经撑不了多久了。

敌人在一点点地逼近,杨淙淙也在一点点地后退。她被逼到了一个角落,身后是冰冷的栏杆,已经退无可退。

天已经黑透了,天空中无星无月,死一般地寂静。

杨淙淙已经没有力气再突围,包围着她的圈子在逐渐缩小,她甚至看到了那些人眼里仇恨而残忍的目光。

就在这时,一道青光自天际划过,那青光似游龙,若长虹,美丽不可方物,所到之处,又掀起血雨腥风。

真的下起了血雨。

包围着她的那些人全部被一剑割喉,人还未倒地,血便喷了出来,化作漫天血雨,纷然洒落。血雨坠地的时候,人才跟着倒了下去。

一个男子不知道从何处出现,望着遍地尸首,他蹙了蹙眉,弯腰在其中一个人的衣服上将手中长剑上的血迹仔细擦干净,又将它收入腰间。

那把剑,正是玲珑。

男子看到了杨淙淙,向她走了过来。他走路的姿态好似闲庭信步,有一种天下之大尽在掌握之中的气度,江山万里,风起云涌,都仿佛不过在他谈笑之间。

他走到了她的身前,低头望着她。

她仰头,也望着他。

眼前的人,剑眉星目,气度不凡,鼻如悬胆,唇若薄玉。她怎么也没有想到,这个时候他竟会出现在这里。

"淙淙,好久不见。"

他向她伸出手来,对她微笑。

杨淙淙愣愣地望着他。他的眼神深邃如大海,又温暖如月光,仿佛要将她整个人都包裹进去,沉溺在他所有的温柔之中。

他曾是九五之尊,位于天下之巅,而他的温柔只给她一个人。

他是——沈仪心。

"是你……"她一开口,便哽咽了,"你回来了。"

"其实我从来都没有离开过。"他说,"即使暂时失去记忆,换了一个身份,但我依然在你身边。"

她的眼圈一下就红了。

她强忍泪水,从怀中小心地掏出一封信,递给他。

沈仪心拆开一看,先是愣了一下,继而笑了,他认出那正是不久前他写给自己的信,那时他怕找回了记忆后他就会忘记这一世的事情,特意写信告诉自己要记得的。

他一扬手,那薄薄的信纸便纷飞在海风中,飘远了。

"啊!那是很重要的东西,不能丢的!"

杨淙淙要去追,却被他一把拉住手腕。

"信里写的东西我都记得,不需要记在纸上了,"他说,"我记在心里。"

"你还保存着这一世的记忆?"

"没错,曾经的和现在的,所有的一切我都记得。"

杨淙淙问:"这一世的你原本叫什么名字?"

沈仪心有点儿尴尬,但还是说出了那个有些傻又有些可爱的名字:"施阿团。"

"三百年前的事……你还有印象吗？"她知道这是他记忆中的痛，可她必须问，只有这样，她才能确定他真的想起来了。

令她意外的是，沈仪心很平静。

"三百年前，我皇叔沈越意图篡位，蒋氏兄妹借机谋反，江山大乱。我坚守到最后一刻，终究不敌，自刎于殿前。"说到这里，他皱起了眉头，很气愤似的，"那些民间的话本故事，简直是一通乱写，篡改历史！"

杨淙淙想起来，他曾偷偷看过一本《沈帝传奇》，里面描述的就是关于他当年的事，只不过他不知道那是自己。宫闱之事本就讳莫如深，百姓对此十分好奇，各种猜测传言纷飞，多少年来经过无数人口耳相传，便成就了一出人们眼中的传奇故事。

沈仪心说："什么咬舌自尽，什么血里开出了火红的芍药花，年年知为谁生。真是添油加醋，一派胡言！"

"这样写才能吸引读者嘛，人们最喜欢看这些八卦了。"杨淙淙说，"这种故事里一般都少不了一个魅惑君心的红颜祸水，比如说叫萧扬紫什么的。"

"你才不是红颜祸水，"沈仪心故意逗她，"红颜祸水一般都是貌似天仙。"

"你意思说我不是貌似天仙喽？"杨淙淙不满，"也是，我才不是'貌似'天仙呢，我可是真的天仙！"

"是是是，你是这世上最美的小仙女。"

杨淙淙满意地点点头："好，问题继续。你记不记得我最不喜欢做什么？"

"你怕的东西多了，怕苦，怕累，怕做家务，怕……"

"够了够了！"杨淙淙连连摆手，再这么说下去，她的面子要丢尽了，"那，我最喜欢吃的东西是什么？"

沈仪心笑了："你有什么不喜欢吃的吗？"

看着他笑，她愣了一下子，忽然嘴巴一扁，哭了。

是他，真的是他！

他回来了……

多年来的思念和委屈在这一刻一下子喷涌而出，将她淹没。她扑进他的怀里，嘴角分明是上扬的，眼泪却止不住地涌出。

沈仪心揉揉她的头发："又哭又笑，真丑。"

"你才丑呢！"杨淙淙嘟嘴，"你不知道这一世我第一次见你的时候，你哭得眼泪糊了一脸，还挂着鼻涕泡儿呢！"

沈仪心脸一下子红了,她伶牙俐齿,他可说不过她。

这些年来的往事翻涌在心头,和她在一起的点点滴滴都历历在目。上一世他承蒙她的照顾,这一世依然如此,他永远都是被爱着、被保护着的那个。

现在,换他来守护她。

他抓起她的手:"这些以后再说吧,此处不是久留之地,你快随我离开。"

出乎意料地,她却拒绝了。

"我不能走。"她说,"这里的事情还没有处理完毕,危险依然存在,浮波城的鲛人、凝光镇的百姓的生死都与此相关,我不能一走了之。"

他知道她说的是什么,他醒来后,玲珑已经把相关的事都告诉了他。他了解她的性格,知道她不会为了自保而弃他人生死于不顾。她是这样执拗,又这样善良,从前如此,现在依然如此。

"我拦不了你,只能跟你在一起。"他说。

杨淙淙本以为他会像其他人一样拦她,他却给予了她最大的理解和支持,她内心不由得一阵感动,嘴里却拒绝了他:"不,你不能在这儿。浮波城那里的情况更加危急,也更加需要援助。"

"可是你……"她的情况令他担忧,方才她险些身处险境。

"我休息了一下,已经好多了。我方才已经用念力通知了锦澜仙君,不多时他就会赶来,有他在你还不放心吗?"

"你一个人在这里……真的可以?"

"没问题的。"杨淙淙笃定地说道,"我在这里想办法拖住敌人,你火速赶去增援,要快!"

沈仪心解下腰间佩剑:"我把玲珑留给你。"

"你带着吧,用处大些,你有她在身边我才放心。"

"可我不放心你……"

"你看,锦澜仙君来了!"

沈仪心抬头望去,只见夜空中有一团透着光的云彩正逐渐向这里靠近,他的心终于安定下来,在杨淙淙的催促中,他迈开了步伐。

"淙淙,"在即将入水之前,他转身对她说道,"我等你回来。"

"好。"

"这辈子我会一直守护在你身边,照顾你,对你好。"他说,"不,一辈子不

第十一章
浪涛声里霜华落

够，要好多好多辈子。"

夜色中，她看不清他的眉目，只听到他的声音在海风中传来。她没有说话，只是点了点头，然后看着他消失在了海面上。

杨淙淙不能说话，她怕一说话，便带出哭腔。

她骗了他。

她根本没有用什么念力去联系锦澜仙君，她是背着他偷偷来到人间的，又怎么敢去求他相助？方才那云彩只是她用仙术故意制造的幻象，是为了让沈仪心放心，事实上那里根本什么都没有。

他说会等她回来，而她没有告诉他，她或许再也回不来了。

杨淙淙呆立了片刻，海风吹干了她脸颊上的泪水。她强迫自己平静下来，不去想那些扰乱她心绪的事情。

就在此刻，一道黑影从远方掠过，落在了一艘船上。那艘船是整个船队中最大的一艘，装饰也最为豪华，而从背影来看，杨淙淙认出那道黑影就是临川。

此时此刻，他来到这里，一定有什么情况。

杨淙淙用仙术隐去身形，小心翼翼地跟着他来到了那艘船上。

和其他船只不同，这艘船并没有打斗的痕迹，处处都有人守卫着。临川一闪身，进入船舱里。

"这辈子不够，我还要好多好多辈子。"

船舱中央的长几旁有一个中年人，身披一件貂皮大氅，斜倚在藤椅上，手里玩弄着一把通体漆黑、形状古怪的剪刀。他身旁依偎着几个妖艳女子，正剥了桌上的水果送到他的嘴旁。

此人正是良苑栎，而他手里的那把剪刀，则是一把同样曾闻名三界的神兵，名叫伤魂。传说它曾为魔君之物，不知为何失踪，后来落到了良苑栎的手中。

看到忽然出现在眼前的临川，良苑栎并不意外，笑问："先生不是镇守璨星楼吗？怎么到这里来了？"

临川冷冷看着他："你答应过我不会擅自行动的，怎么竟然在未告知我的情况下就再次攻打浮波城？"

良苑栎坐了起来，一挥手，那几个女子便下去了。

"先生无须动怒，只要能达到目的，何必在乎用什么手段呢，是吧？"

临川往前逼近一步："可你打乱了我的计划！"

"你的计划？"良苑栎脸上的笑消失了，"先前是你说用鲜血就可以进行血祭，现在我手下的人抓到了人，又是你未经过我的同意就把他们放走，你这不是在耍我吗？"

"我放他们走，是因为我有了更好的方法，我现在要求你立刻下令停止进攻！"

良苑栎嗤笑了一声："先前我敬你几分，叫你声'先生'，你还真拿自己当个人物了。你只不过是一个依附着我的奴仆，有什么资格要求我？你当我真不知道你的野心？名为帮我，实则只是为了让自己在这人间爬到更高的地位罢了！来人！"

四面突然闯入许多全副武装的士兵，无数把刀同时架在了临川的脖子上。

临川望着四周："原来你早有蓄谋。"

良苑栎语气中透着得意："如果连这点儿洞察力都没有，我如何能掌控天下！"

"我的确是有野心的，但有一点你猜错了。"临川唇角一挑，"我的野心，并不只是在人间而已。"

他站在原地纹丝不动，却有黑气自他周身散发出去，如同一只只手般扼住了那些士兵的咽喉，凡是被黑气触及的人脸色都变成了可怖的青黑色。士兵们或颤抖，或惨叫，全部倒地不起。

而这一切，不过是顷刻间的事。

良苑栎的脸色彻底变了，他终于意识到眼前的人有多么可怕，未动一根手指便解决掉了他筹谋已久的精兵强将。他……他还是人吗？

"你……你……"他颤抖着声音，"你到底是……"

就在这时，一阵海风自外面吹来，吹落了临川的帽子，他的容颜第一次露了出来。那是一张苍白而俊美的脸，五官似由白玉雕成，美得如同画中之人。然而他的眸子却是深红色的，流动着冰冷而邪魅的光，只看人一眼，便仿佛能够夺魂摄魄。

这便是他始终遮掩着面容的原因——他是魔族，而魔族的眸子正是血色的。

"你没有资格知道我的身份。"

临川的话语如同最后的审判，话音一落，他便屈指为爪，直向良苑栎胸口掏去！

他的动作既快且狠，作为一个凡人的良苑栎根本没有躲闪开来的可能。杨淙淙仿佛已经看见他血流如注，命丧当场。

但是忽然间，变生肘腋。

几乎是同一时刻，一道身影从旁边疾速闪了过来，只听得一声金铁交鸣的声音，一个持剑的女子出现在良苑栎身前，替他挡开了这致命的一击。

在看清楚来人面目的时候，杨淙淙惊呆了。

这突然出现的人不是别人，正是濛汐！

眼前的濛汐和杨淙淙以前所见到的那个她相比，似乎并没有变，又似乎变了许多。没有变的是样貌，依然熟悉；变了的是眼神，那么陌生。

她持剑守在良苑栎身前，对他低声说道："国舅爷，这里有我，你快些离开。"

良苑栎已经完全吓破了胆，话都顾不得说一句，转身就跑，却忽然有个声音传来，他整个人身子一僵，定在原地。

"想跑？"随之是一声轻蔑的笑，"可笑。"

一个身穿银色衣袍的男子从外边缓步而入，正是龙湛，他身后跟着一个女子，却是琴幽，两个人似乎已经在此旁观了许久。

濛汐原本是面无表情的，而在见到两个人的那一刻，慌乱、惊恐的神色充满了她的双眼。她想从一侧开着的窗户中跃出，而龙湛只一抬眸，那开着的两扇窗便刹那间关上，阻断了她唯一的退路。

她低下头，想避开他们望向她的目光，却终究避无可避。

"濛汐，我一早便疑心浮波城中有内鬼，只是没想到竟然是你。"龙湛叹了口气，"若不是今日之计，也无法逼你现身。"

原来，这一切都是计划好的。

近来浮波城不断受到冲击，周围偶尔还发现身份不明的人出没，他就已经察觉到情况有些异常，疑是信息泄露。起初他并未疑心濛汐，而是将重点放在了外来的人身上，包括杨淙淙、沈仪心、朱樱、顾之臻，他甚至怀疑是不是当初他一念之仁下放走的那些入侵者中有人的记忆并未被完全消除，给浮波城带来了威胁。

他暗中派人调查，以上种种可能性也逐一被排除，最不愿意面对的事情发生了——问题出在浮波城内部。

可能性最大的两个人是琴幽和濛汐。她们都跟在他身边，对浮波城的情况比一般人了解得更多，并且她们都曾进入过璨星楼潜伏，和敌人有过接触，被策反的可能性也最大。

就在龙湛考虑到底是两个人中的谁的时候，临川传来消息，良苑栎正集结船队，欲在今日黄昏攻打浮波城。于是，他决定将计就计。

他暗中另选了心腹，让他们率领众人提前做好准备，在受到敌人攻打时以退为进，佯装败退，实则是将敌人引入早就设好的包围圈。另外，对于对此毫不知情的琴

幽和濛汐,他假借身体抱恙之名闭关,实则是暗中观察着两个人的一举一动。

危难之时,最能看出一个人的本心。

强敌忽然来袭,主上又闭关不出,不知情的鲛人们慌了神。面对敌人,琴幽主动站了出来,担起重任,她舍生忘死,一心只想护卫族人安宁,而与此相比,濛汐则趁乱离开了浮波城。

浮波城外虽有结界,但为方便水族进出,留了一个极为隐秘的出口,这也正是先前敌人遍寻而不得的秘密通道。先前濛汐虽潜伏在浮波城中,但没有良苑栎的指示,她一直没有行动,只是将这里的情况不时传递出去。此次眼见时机到来,她也便不怕暴露身份,将入侵者带了进来,这才发生了前面有人汇报给琴幽敌人已经攻打到了城门处的一幕。

一座堡垒,最怕的是从内部攻破。

这时候,有个鲛人战士从外面走进来,向龙湛行礼道:"禀报主人,我们已经控制了所有的战船,入侵的敌人也全都就范了,一切都在预料之中。"

龙湛点头,鲛人退下,而听到此言的良苑栎已经面如死灰。

"濛汐,"龙湛淡淡开口,"你可还有什么话要说?"

濛汐摇头:"成王败寇,我无话可说。"

就在这时,琴幽忽然叫了起来:"你为什么要背叛我们?"

她向来都是坚强而隐忍的,纵使是曾经遭受严刑拷打的时候,也未曾这样爆发过。她怎么也不敢相信,那个和她自小一起长大的朋友、冒着生命危险将她从璨星楼牢狱里救出的战友、无数次出生入死并肩作战的同伴,竟会背叛他们。

濛汐转过头去,一言不发。

琴幽上前一步:"你说啊,说啊!是不是他们逼你,你才这样做的?"

她多么希望濛汐说,她是有苦衷的。

"琴幽,既然你想知道,我便告诉你。"濛汐终于开口,"没有人逼我,我是自己要这样做的。在璨星楼中其实我也被抓了,但与你不同,我受不了严刑拷打的痛苦。"

濛汐继续说着,十分平静:"我央求他们放了我,他们提出来做他们的间谍,潜回浮波城给他们提供情报,我同意了。但若只有我一个人回去,势必会被怀疑,所以我需要你同我一起。那一晚杨淙淙和沈仪心闯入璨星楼是一个意外,但即使没有他们,我也会救你出去,因为这一切都是事先安排好的。"

第十二章　浪涛声里霜华落

听完这番话，琴幽愣住了。

眼前的人令她觉得这般陌生，说出的话又是那样平静而令人绝望。濛汐自己说出来的话打破了琴幽最后的希望——濛汐不仅背叛了浮波城，还利用了她。

方才和敌人打斗间琴幽身上多处受伤，然而再痛的伤口，都不及此刻心痛。

"很好。"琴幽看着她，"至少你给了我一个恨你的理由。"

话音落了，她便转过身去，不再看濛汐一眼。她声音中的绝望令人心碎，濛汐抬头看她，只看到一个决绝的背影。

龙湛开口："濛汐，依照鲛人一族的规矩，背叛者的下场你可知道？"

"知道，"濛汐淡然回答，"关入深海炼狱，终日受鱼群啖噬血肉之苦，每日死去，又在次日复生。如此循环往复，永世不得超脱。"

鲛人虽仁慈，却决不姑息背叛者。鲛人本身柔弱，唯有这样才能最大程度凝聚起来，这也正是这个古老的种族得以延续至今的原因。千万年来，鲛人一族中从未有过背叛者，而濛汐便是唯一的。

"知道便好。"龙湛望着她，"你可有悔意？"

濛汐似乎想说什么，片刻后，终究还是摇了摇头。

琴幽的眼里闪动着泪光："难道你丝毫也没有意识到自己做错了吗？为什么到了现在你还执迷不悟？难道你真的想到深海炼狱里去体验什么叫生不如死吗？"

"我错了，就该受到应有的惩罚，但我……"濛汐垂下眼眸，"不悔。"

"主人！"琴幽一下子跪倒在龙湛身前，"濛汐只是一时糊涂，求您看在她陪伴在您身边多年的分儿上，从轻发落！"

"琴幽！"濛汐说，"我不需要你替我求情！"

琴幽没有说话，她执拗地跪在龙湛身前，仿佛一朵倔强的海上花。

龙湛叹了口气，望向濛汐："你可愿将功赎罪？"

濛汐的眼神亮了一下，很快又暗淡下去："我没有办法再回头了，那么多族人因我而死，连我自己都无法原谅自己，又如何能够回去？我已经背叛了浮波城，如今若再背叛良苑枥，便是叛徒中的叛徒。"濛汐苦笑，"这样的我，又有何颜面存于世上？"

"原来你的顾虑是他，对吗？"琴幽用剑指着良苑枥，"那是不是我杀了他，你就能回来了？"

话音刚落，她挥剑便向良苑枥刺去！

方才几个人说话间，良苑栎始终躲在濛汐的侧后方，他本想趁众人不备寻个机会逃跑，却没料到琴幽突然出手。

良苑栎虽失了势，却依旧是狡猾险恶的老狐狸，他反应极快，一把抓住旁边的濛汐挡在自己身前。

鲛人的身子很轻，濛汐被他毫不费力地提起，成了一块挡箭牌。

这一切发生得太快，快得所有人都没有反应过来，只听得一声极微小的剑刃穿透血肉的声音，濛汐倒在了地上，犹如一朵凋零的花。

"濛汐——"一声凄厉的呼喊响彻整个夜空。

"琴……琴幽，"濛汐的身子已经在渐渐变凉，她蜷缩在琴幽怀里，勉强挤出一个微笑，"不用担心我，我很好……"

琴幽望着怀里的人，几乎说不出话来，唯有泪如泉涌。多少年来从未哭过的女子，脸颊的泪水止不住地落在地上，化成颗颗绝美的珍珠。

鲛人泪。

最伤心、最痛苦、最绝望时的泪。

濛汐望着眼前的女子，那是她最好的朋友，她最在乎的人。纵使她已经被打上了"叛徒"的烙印，唯有琴幽愿意相信她是被逼无奈；纵使她背叛浮波城的事实已经如板上钉钉，也唯有琴幽会为她落泪。

濛汐笑了笑，眼前浮现出一幅画面——

璨星楼，幽深的牢狱，伤痕累累的她被绑在铁柱上，浑身已经多处受伤，散乱的头发遮住的脸颊，若不是胸口还有微微的起伏，简直如死了一般。

"你们纵使杀了我，我也不会说的，"她蔑视着眼前的敌人，"鲛人没有一个是贪生怕死之徒。"

"你在这儿被关了这么久，各种酷刑用尽都不肯吐露一个字，我们便知道你不怕死。"黑暗中，是敌人的声音，"不过你不担心自己，难道也不担心你的朋友吗？"

"琴幽？你们把她怎么样了？"

"我们把她怎么样，要取决于你，若你配合，我们可以放了她。"敌人狞笑着，"若你依然顽抗到底，那么等着她的，将是求生不得、求死不能！"

濛汐浑身的力气仿佛一下子被抽尽了，琴幽是她最好的朋友，也是她最大的软肋。她始终记得，在幼年时无数个被捕鲛人追捕的夜晚，琴幽是怎样照顾着她、保护着她，成为她生命中唯一的光。

"好，"终于，她沙哑着嗓子开口，"我答应你。"

琴幽说得没错，濛汐背叛浮波城是有苦衷的，只是她不知道，那苦衷便是她自己。濛汐故意将话说得决绝，把所有的责任揽到了自己身上，就是不想琴幽知道真相。琴幽是那般刚强、善良的人，若她知道这一切都是因为自己，一定会万分自责、痛不欲生。

她宁愿琴幽恨她，也不愿让她背着这沉重的包袱，度过余生。

"琴幽，答应我……"濛汐的身体渐渐变得透明，她用尽所有的力气抬起手臂，为好友拭去脸颊上的泪水，"别为我落泪。"

琴幽点头，却依然止不住，泪如雨下。

"我不愿死在这里，"濛汐抬头望着外面，却只能看到黑漆漆的天，"带我……回家……"

说完这最后的一句话，她的手臂重重垂落，砸在地板上，然后渐渐变得如同晨光下的露水一般，消失了。

琴幽依然维持着抱的姿势，而她怀里的女子已然不见，唯有一抔五彩斑斓的泡沫，闪着美丽的光。

琴幽站起身来，喃喃地说："濛汐，我带你回家。"

她小心翼翼地捧着那些泡沫，犹如捧着这世上最珍贵的珍宝，走到了船舷边。

月亮不知什么时候从彤云中出来了，今夜正是月圆，月光中的血色更浓，仿佛要凝出来似的，映得整个海面也染上了一层悲戚的色彩。

海风吹起琴幽的发，她一跃入海，和濛汐化作的泡沫一起消失在了大海深处。

鲛人是大海的孩子，天生热爱自由，纵使是死，也不愿死在敌人的船上。她们应当与海水、蓝天、清风、明月同在，化作最美的光芒，温暖着这世间的每一个角落。

琴幽终于实现了诺言……带她回家。

隐去身形的杨淙淙虽然一直都没有现身，却将方才发生的一切都看在眼里，不由得湿了眼眶。而此时她回过神来，才发现良苑栎不知什么时候已经趁机逃走，不知所终了。

"龙湛，答应你的事我已经做到了。"临川双手抱在胸前，"如今已无人能对浮波城造成威胁，你当摒弃杂念，同我一起做该做的事了。"

"我只问你一件事，是否霜隐觉醒，杨淙淙就一定会消失？"

临川笑了："其实你早已知道答案，又何必问我，杨淙淙和霜隐本就是……"

"我知道了。"龙湛的声音十分低沉，"这件事，我不会去做。"

临川却不意外："我早便料到你会如此，自那日你所说的话，我便看出你对那小仙不同于其他人。你对她有情。"

他的话让暗处的杨淙淙吃了一惊，而龙湛却没有反驳。

"我原以为只有人类才会感情用事，没想到龙族也是如此。"临川说，"情，便是这世上最毒的毒药。"

龙湛闭目。

临川继续说道："难道，为了这一个'情'字，你就可以忘记所有的仇恨吗？你如何对得起你死去的兄长？"

龙湛的神色变了几变，似经历了极艰苦的挣扎，说："兄长做事自有他的原因，他既是自愿救她，便证明他在乎她。对于这样一个人，我若伤害了她，才是对不起兄长。"

"龙湛，你是真的不打算与我合作了？"

"我的态度已经很明确，无须多言。"

"好啊，好。"临川拊掌，"竟然愿意承受自身灵力枯竭的结局，也不愿意去伤害一个仇人，我是该夸你重情重义，还是该说你愚不可及？若我没看错的话，如今你体内的灵力已经所剩无几，坚持不了多少时日。龙族在灵力耗尽之后虽不会死，但将会沉入眠龙渊底。若你愿意回到那漆黑、幽冷之地长眠，那么我不会阻拦你。我不想与你为敌，但你若是想阻止我施展血祭之术，想让我放弃夺取霜隐的魔力，那绝不可能。"

"若我说，我偏要阻止呢？"

"若以你往日灵力，我自认不是你的对手，但现在……你纵使勉强胜我，也是两败俱伤，没有任何利益可言，又何必为之？"

"在魔的世界里，只有利益，没有情义。你或许永远都不会明白，这世间的很多事情都不是'利益'二字能解释的。"

"既然如此，便亮剑吧。"临川说，"我虽不完全理解你所说的，却始终敬重你几分。但若一旦交手，我便不会再有任何留情。"

"我龙湛，无须任何人留情。"

气氛剑拔弩张，两个人相对而立，空气沉重得令人不能呼吸。

第十二章
浪涛声里霜华落

　　虽然看不见，但杨淙淙可以感觉到周围出现了两股十分强大的灵力，一股凛冽、强劲，如暗夜里的一把钢刀；另一股安静、广阔，仿佛无边无际的海洋那博大的胸怀。

　　两股看不见的灵力纠缠着，碰撞着，充斥着整个船舱。原本坚固无比的船舱已经开始发出"吱呀"的声音，出现了许多肉眼可见的缝隙，仿佛随时都有可能倾塌。

　　真正的高手比拼，并不需要出招——无招胜有招。

　　临川站在原地未动，双手做掌式，伸于身体前方，他额头青筋暴起，瞳孔也更加血红，看上去有些可怖。再看龙湛，他神色未改，依旧同方才一样，甚至有一只手背到了身后去，只用单手去控制那些灵力。

　　然而细心的杨淙淙发现，情况并非看上去的那样。临川在正面，看不到龙湛身后的那只手，她在他身后，发现他的那只手竟然在微微颤抖。

　　身体颤抖，正是灵力即将耗尽的表现。

　　杨淙淙马上明白了，龙湛灵力所剩不多，无法经历久战，面对强敌，他一开始就使出了全力，力在一击制胜。他故意单手迎敌，便是要从心理上震慑敌人，另外也是避免对方看出他的真实状况。

　　从眼前的情况看，临川已经逐渐不敌，面色越来越难看，却始终艰难地同他对抗着。他是魔，魔族的特性便是不到最后一刻决不认输。他同样也明白龙湛的意图，所以即使此刻被强大的灵力冲得犹如五内俱焚，即使整个人已经快要跪倒在地上，他也依然咬牙坚持着。

　　此时此刻，一直在暗中观战的杨淙淙再也看不下去了，若再这样下去，他们将会玉石俱焚。

　　"住手！"她大喝一声，现身出来，拦在两个人中间。

　　龙湛与临川都未料到她会突然出现在这里，惊讶得同时收手，然而巨大的冲击力还是令杨淙淙一个趔趄，勉强站稳。

　　"你怎么来了？"龙湛蹙眉，"这不是你该来的地方。"

　　"所有的事情都是因我而起，我必须得来。况且，我和他有过约定。"杨淙淙看向临川。

　　临川哈哈大笑："我果然没看错你，是个守信之人。既然来了，便跟我走吧！"

　　说罢，他上前一把抓住杨淙淙的手腕，就要带她走。

　　龙湛闪身横在两个人之间："没有我的同意，你休想带她离开。"

　　"是她自愿答应我的。不信，你问她。"

龙湛的目光落在杨凉凉身上:"他说的,可是真的?"

杨凉凉从未见他的目光如此冰冷过,仿佛要将人的灵魂都冻结。她不敢同他对视,低下头去,久久地,点了点头。

"我要救你,也要救江月明。"她的声音很低很低,"只有我牺牲自己,你的灵力才不会枯竭,江月明也有可能回来。"

龙湛望了她许久,眼里的神色如同风云变幻,最后忽然笑了起来:"你觉得,我兄弟二人,会需要你的怜悯吗?"

"这不是怜悯!这是……"

"是愧疚。"临川接口,"是因为你当初利用、欺骗、杀害了龙湛的愧疚,是因为江月明为你而死的愧疚。真是难得啊,魔族的人,是从不会有愧疚这种感情的。"

杨凉凉愣住了:"当初杀害龙湛的不是霜隐吗?为什么……"

为什么会是她?

她的确是有愧疚的,但那是对于江月明。而对于龙湛,他的仇人是霜隐,并不是她。

"看样子你是真的不知道,那我便告诉你。"临川盯着她,血色的眸子闪着危险的光,"你,就是……"

"别说!"

龙湛想阻止她,然而已经晚了,那几个字清晰地落入杨凉凉的耳中。

"你,就是霜隐!"

瞬间她整个人犹如雷劈一般僵住,脑海中轰隆作响。无数个声音从四面八方飘来,重复着那句话。

你,就是霜隐……

"你所看到的,就是曾经的自己。你的记忆还没有完全复苏,待到血莲绽开的时候,你便会想起曾经的一切。"

临川的话,令杨凉凉的内心窒息般疼痛。她终于明白,为什么在此之前就不断地有关于霜隐的破碎画面在她眼前浮现,难道她真的是霜隐?

不,她不信!

她转头望向龙湛,而他的眼神仿佛也在肯定着她的想法。

她觉得老天跟她开了一个巨大的玩笑,她曾那么憎恨霜隐,恨她是为祸世间的魔女,恨她令锦澜仙君不顾一切地付出,恨她杀了曾那么信任她的龙湛……

第十二章
浪涛声里
霜华落

多么可笑，原来她最痛恨之人，竟是她自己？

她想笑，却笑不出来；想哭，又欲哭无泪。

看她的神情，龙湛眼中浮上心疼的神色，走到她身边："淙淙……"

他的语气温柔得令她想哭，她不去看他的眼神，怕多看一眼，她就会落下泪来。

"别说了。"她低下头，对他说，"龙湛，有一件事情，你一定要答应我。"

"好。"

"帮我照顾好沈仪心。"

说完这句话，她极快地施了一个阵法，将他困在其中。

龙湛的脸色变了，他想破阵而出，然而那阵法看似柔和，却无处不在，无法突破。杨淙淙的灵力并不弱，这看似简单的一招她几乎用了全力，加之龙湛方才耗费了许多灵力，如今已无能为力。

"它一个时辰之后就会消失，希望到那时，一切都会结束。"

说罢，她转身出去，消失在了漆黑的夜色里。真相究竟如何？她一定要弄清楚，若这一切真的是因她而起，她也一定要将之了结。

临川的唇角浮上一抹胜利的微笑，看了龙湛一眼，也随之而去。

"淙淙，淙淙！"

他焦急的声音被她抛在身后，血月的光华无声洒落，不祥的色彩蔓延在整个海面上。

昔日繁华的凝光镇，如今空空荡荡，犹如一座鬼城。

来到璨星楼门口，只见这里已经没有任何人的踪影，原先繁华奢靡的楼宇此时里里外外一片狼藉，珍贵珠宝全部被洗劫一空，连门口招牌上的珍珠都被拆了下来，只留下一圈深深的圆坑，似疤痕一般。

兵败如山倒，良苑栎败北的消息如飓风一般席卷而来。那些先前一直依附着他的亲信、手下们各个弃楼而去，仓皇逃命，离开的同时还不忘将所有值钱的物件搬走，而这一切的发生不过只有几个时辰而已。

树倒猢狲散，历来便是如此。

将要跨入璨星楼的时候，杨淙淙忽然止住了脚步："临川。"

临川并不意外，一路行来，他和她之间并无一句交流，此刻也总该说些什么。

"嗯？"他居高临下，望着这个看似平凡无奇的女子，她个子并不高，但小小的身躯里却仿佛蕴含着无穷的能量。

"谢谢你放了那些孩子。"

临川面无表情："那些小东西日夜哭闹，惹人心烦，早放了早清净。"

"我看得出，你内心里仍是有几分善的。"

"善？"临川忽然笑了，"你不觉得你对一个魔说出这个字很可笑吗？"

"不管你承不承认，你都是的。"杨淙淙望着他，"我相信你是守信之人，希望在我消失以后你也能够信守承诺，做到答应我的事——帮助龙湛，救江月明。"

或许是她的眼睛太清透、太纯粹，没有任何杂质，如月光照到他的心里去，一瞬间他竟有些不敢同她对望。

他骗了她。

他当初那样说，只是为了利用她对江月明的感情来达成他的目的，他其实从来都没有打算让江月明复生。第一，江月明的魂魄和元丹已经全部不存在，灵力全无，若想让他回来，难如登天；第二，因为这对他根本没有好处。

他是魔，没有好处的事，他不会去做。

什么一言九鼎、言出必行，那只是人类可笑的说法。他非君子，对他来说，只有对他有价值的人才值得他去实现承诺。

在他的世界里充斥着欺骗、谎言，他已经习惯了这一切，可是为什么当她说出那句话的时候，他竟无法拒绝？

他的心里第一次出现了不忍，他从未想过，自己会被一个人如此信任。

第十三章

血莲绽放 故人归

就在他不知道要如何回答她的时候，杨淙淙已经跨过门槛，步入了璨星楼中。

还未走到祭台处，就已经远远地看到了那朵黑气凝成的莲花。几日未见，花朵又绽开了一些，花瓣欲绽未绽，向四方微微地伸着，仿佛只差几滴雨露的滋润就可以悄然绽放。

月光映在黑色的莲花上，呈现出一种诡异的深红色。

莲花旁边，有一个人。

那个人身穿一袭素衣，夜风中，他白衫胜雪，衣袂飞扬。他立在那里，似遗世而独立，宛若寒塘渡鹤影，冷月葬花魂。

他，便是锦澜仙君。

他望着那朵莲花，伸出了手。

在指尖轻触的一瞬间，莲花好似感应到了什么一般，忽然剧烈地颤抖起来，黑气瞬时涣散了许多。同一时刻，杨淙淙头痛欲裂，有两种力量在她脑海中剧烈碰撞着，一种拼命想要冲破出来，而另一种在竭力地压制着。她痛苦地叫了一声，抱着头蜷缩在地上。

临川也吃了一惊，正想弯下身扶她，突然锦澜仙君如同一道魅影般闪到他身前，冷冷地说："别碰她。"

他想要触碰她的手，就这样无声地缩了回去。

锦澜仙君将杨淙淙抱起，她痛苦的神色令他感到心疼。这时杨淙淙睁开了双眼，看到眼前的人，又惊又喜："仙君，你怎么来了？"

见到他，她本能地惊喜，对于他，她心里始终有着深深的依恋。然而刚说完这句话，她便马上明白了他为什么到这里来，又想到自己偷偷跑出来的，不由得紧抿了嘴唇，从他怀里挣脱了出去。

"我来这里，是要带你回去。"

"不行！"

"不行。"

同时响起的两个声音，一个来自杨淙淙，另一个来自临川。

锦澜仙君淡淡瞟了一下眼前的这个魔族男子："我带我的人回去，与你无关。"

"你的人？"临川冷笑，"她已经答应助我完成血祭，在此之前，她便是我的人。"

"以你的身份，还没有资格拦我。"

他的话语中带着轻蔑与不屑,然而临川并不气恼,在仙的眼里,不,是所有人的眼里,魔是肮脏、卑鄙、令人不齿的——但他不在乎。

"千年了,你还是这般样子。"临川说。

千年之前那场仙魔大战临川虽未参加,却始终在关注着一切,也曾因故现身人间,同锦澜仙君打过照面。那时的锦澜仙君便是这副模样,他清冷、孤傲,这世间仿佛没有任何人和事能激起他情绪的波澜,唯独一人。

千年之前的他不屑于看临川一眼,千年之后,依然如此。

"我来到这里,不是为了叙旧。"锦澜仙君走到杨淙淙身边,"跟我走。"

"我不走。"杨淙淙挣脱他,异常冷静,"我知道我在做什么。"

"若你不走,我纵是不惜一切代价,也要毁了那朵血莲。你已经违反了仙规,若再执迷不悟,纵使是我也救不了你。"

"我不要你救!我不需要你来怜悯。我只是要救我想救的人,想让他回来。"

"人各有命,江月明命中注定有此一劫,这便是天意。天意,不可违。"

天意,不可违。

呵,又是这句话。很久之前他就这样对她说过,那时的她不懂,如今再听到,感到如锥心般疼痛。

"为什么天意不可违?"她不信,她偏要问个究竟。

"星辰河汉,白云苍狗,世间一切皆有其定数,这便是天意。妄想通过一人之力改变天意,无异于蚍蜉撼树,结果往往玉石俱焚。"

"天意?真的有天意吗?"她盯着他,一字一句地发问,"上天是否有意识?是否有感情?如果有,是冷酷还是悲悯?若是冷酷,为何又创造出万物众生?若是悲悯,为何又眼睁睁地看着众生一次次陷入世间万痛?"

天地不仁,以万物为刍狗。

她说:"因为这世间根本没有什么天意!即使是有,也是在人的心里。"

"天"字有人,"意"字有心,所谓"天意",便是人心。

"你所说的固然不错,但人心始终不能违背天意。"

"是吗?好,就算如你所说,真的有天意存在,可你不是也改变了霜隐的命运吗?你救她,难道就不算违背天意?"

在听到"霜隐"二字的刹那,锦澜仙君的眼中闪过一丝痛苦的神色。

"是,我违背了天意,那是在为我当初犯下的错救赎,我也为此付出了代价。正

因如此，我才不想你像我一样！"

"你当初犯下的错？"

"霜隐，本不该成魔。"他的声音透着无尽苦涩，"若我能求师父去救她的母亲，若我能再帮她想想其他办法，或许她就不会变成后来那般……我此生自问不曾亏欠任何人，唯独愧对她。"

"你的愧疚，不过是源于自己曾袖手旁观的不安罢了。若我不救那些孩子，不救江月明，那此刻的我和当初的你又有什么区别？"她说，"仙君，我对你素来敬重，如今我便问你一句，仙人修仙，究竟是为了什么？"

她的话触动了锦澜仙君，他想到了当年的自己。千年之前，当那个看守山门的少年在眼睁睁地看着少女成魔却无力挽救后，在心里暗暗发誓，此生一定要发奋苦练，拯救这世间所有贫苦之人。

他曾以为有了高深修为就可以达成所愿，而真的成仙之后，方知仙界寂寥。仙界有一套自己的规定，其中处罚最严重的一条，便是未经允许不得过多干预人间之事，无论善恶。

他有很多可以做的事，而这不能做的，却恰恰是他最想做的。

他也曾抗争过，却没有任何作用。他曾热血沸腾，曾光华万丈，而在数千年的光阴里，他渐渐懂得了"妥协"。

如今看她这样，他好似看到了当年的自己。他永远记得那时他独自跪在月下，对着上天说出的那八个字——

"修仙救世，博施济众。"

"所谓修仙救世，博施济众，难道不过是一句空话？"

杨淙淙一字一句，诘问着他。

"仙人为什么眼睁睁看着一个生命在眼前逝去，却这么无情？若仙人冷眼旁观，不理凡间疾苦，修炼成仙又有什么意义？这样的'仙'，又与妖魔何异？"

她的声音越来越高，越来越尖锐，字字句句如把把钢刀直插他的内心，而此时的她变成了另一种模样。还是那样的轮廓、那样的五官，瞳仁中却透出一种冰冷的紫色来，如锐利的冰碴闪着寒光，令人觉得冰冷而陌生。

她望着眼前的人："仙君，我问你最后一个问题。你告诉我，我到底是谁？"

她只想知道真相，这是她此刻唯一，也是最后的心愿。

对于她的问题，锦澜仙君没有说话——他无法说话。

或许连她自己都没有意识到,她体内的魔力如一头试图挣脱铁索的魔兽,正在极力地欲冲破他设下的封印。此刻的他只能勉强压制,甚至连呼吸都困难。若一开口,必然气息紊乱,功亏一篑。

"你终究还是不肯对我说实话。"

她却不知道此刻的他在生死边缘徘徊,只当他连这个问题都不愿回答。似乎早已料到会是如此,她的眼里并没有失望,而是淡淡地笑了一下,走到了那朵血莲旁边。

"灼灼红莲,炎炎烈火。荡涤净世,如是我闻。梦幻泡影,皆为虚妄。痴恨悲欢,终归尘土……"

她所吟诵的,正是驱动血莲术的咒语。而这些,她本是不会的。

"淙淙……不要……"锦澜仙君艰难地开口,嘴角有血流下来。

然而,杨淙淙却仿佛没有听到似的,直直地望着那朵莲花。月色映着她的眼眸,折射出一种妖冶而迷离的光芒。她的唇角浮现一丝奇异的微笑,然后对着那朵花伸出手去……

"住手!"

忽然,伴着一声大喝,一道身影闪过,将杨淙淙从那朵莲花边扯了回来。

"淙淙,你已经入魔了!"

男子焦急的声音闯入耳中,杨淙淙心里一震,才意识到自己刚刚在做什么,然而脑子依然是蒙的。眼前人在不停焦急地呼喊着她的名字,她却愣愣地看着他,许久后忽然说出三个字:"江月明?"

男子愣了一下,缓声说道:"江月明是我的兄长,我是龙湛。"

"龙湛……龙湛。"杨淙淙喃喃地念着这个名字,仿佛忽然想起来什么似的,眼神一下子亮了,"龙湛!你怎么来了?"

话音刚落,她看到他手腕上有一道伤口,顿时明白了:"原来你……"

她想起来了,龙血有打破结界的功能。当年霜隐以龙血为契印,连人间和魔界之间的界限都可以由此打开,更何况区区一个结界。她竟忘了这些。

龙湛神色严肃:"你知不知道,方才你若再往前一步,就再也无法回头了?那朵血莲是有魔性的,它会吸取你的鲜血,血祭启动,霜隐便会彻底苏醒了!"

"霜隐苏醒又怎样?"杨淙淙苦笑,"你们不是都说,我便是霜隐吗?"

"不,不一样的。"龙湛摇头,"霜隐苏醒,锦澜仙君便会死!"

他的话犹如一道霹雳,令杨淙淙彻底愣住了。

第十三章

血莲绽放 故人归

"怎……怎么会……"

龙湛叹了口气，将所有的前因后果对她道来。关于这些往事，她曾听过无数零零碎碎的片段，此刻他的话才将一切事情串了起来，她终于明白千年来关于她前世今生的所有爱恨和恩怨。

他越说，她心里的疼痛便越甚，当听到锦澜仙君为护她周全用鲜血与生命在她体内设下封印的时候，她终于泪如雨下。

她望向锦澜仙君，上仙此刻紧捂着心口，脸色苍白得可怕。他立在一个黑暗的角落，白衣和黑夜形成鲜明的对比，仿佛他永远不染一丝尘埃的心。

"仙君……"她终于明白他的苦心，也知道了他先前说的那些话的含义。

他唇角血流更甚，落在胸前衣衫上，似白雪中绽开的点点红梅。他无法言语，唯有远远地望着她，眼神里仿佛有千言万语，却终究全部沉寂。

那一瞬间她忽然好恨自己。他所有的痛苦都是因她而来，她却一直毫不知情，他所做的一切都是为了她，而她却一直在逼他！

她误会他自私，而最自私的其实是她自己。

为什么会这样？

她的眼神是空洞的，那是一种心如死灰般的空洞。以前所有自以为是的一切都瞬间崩塌，她忽然间失去了方向，她不知道自己是谁，不知道自己在哪里，不知道自己要做什么。

天地之大，仿佛唯剩她一人，孑然一身。

就在这时，忽然一道杀气从身前袭来，直击她心口。那杀气来得如此之快而猛烈，完全是一击夺命之势。

"小心！"

一声急促的呼喊响起在耳畔，伴随着利刃穿透血肉的声音，杨淙淙呆呆地看着龙湛舍身挡在她身前，一把漆黑的、形状怪异的剪刀洞穿了他的胸口，而持着它的人竟是良苑栎。

没有人知道他是什么时候到来的，又或者他从船上逃离后就潜伏在这里，一直伺机而动。

他手握着的那把剪刀，正是伤魂。或许正是因为有伤魂掩盖了他的气息，所以他隐藏在这里才没有被发现。

与天赋灵性的玲珑不同，伤魂是由无数怨气凝成，拥有极强的破坏性和杀伤力，

传说中它造成的伤可深至魂魄，故名伤魂。

龙湛伤得很重，伤魂由前到后贯穿了他的胸口，利刃又透出他的背刺伤了杨淙淙。由于有他的保护，她只是被划破了一层皮肤，却依然有血流到地上。

即使如此，还是有一串血珠儿飞溅了出去。

由于伤魂邪气极重，试图控制它的人往往会泯灭了心性，最终反过来被它所控制。此时的良苑栎便是如此，他脸色青黑，眼神狂乱，分明一副走火入魔的样子，狂叫着："血莲是我的，霜隐的魔力是我的，这天下的一切都是我的！你们都给我去——"

一个"死"字还未说出口，他的话音便戛然而止。

龙湛冷冷地望着他："这天下的一切归于正义，而不是你。"

良苑栎望着自己胸口陡然出现的空洞，嘴唇嗫嚅了几下，倒在地上。奇怪的是，他居然诡异地狂笑起来。

"你们赢不了的，血莲就要绽开，末日即将来临，哈哈哈哈哈……"

说罢，良苑栎气绝身亡，而这诡异的笑声依然回荡在上空，令人不寒而栗。

"淙淙，别怕。"龙湛转身望着她，声音那么温柔。

即使已经身负重伤，他第一个想到的不是自己，而是她，他的眼睛里透着无尽的心疼与爱怜，仿佛当初对彼此有亏欠的那个人是他。

他的双眸中，她看到自己，也看到了……

那朵血莲。

"血莲！"

方才所有人的目光都在杨淙淙身上，此时经她这么一说，才注意到那朵血莲已经变了模样。

地面上有一道尚未干涸的血迹，顺着石板间的缝隙，从杨淙淙的身下蜿蜒出去，一直漫延到血莲的根部。

花朵需要雨露的滋润才能绽开，而杨淙淙的血，便是这最后的一滴雨露。

封印破了……

血祭，启动了。

锦澜仙君吐出了一大口血，整个人踉跄着半跪在地上，没有支撑多久就倒了下去，陷入昏迷。

此时的血莲已经完全变了模样，黑色褪去，花瓣变成了一种诡异的血红色。那种

第十三章 血莲绽放 故人归

红透着光,仿佛烈火在燃烧。

"灼灼红莲,炎炎烈火。"

这几个字忽然回响在杨淙淙的脑海里,一瞬间她有些恍惚。望着那朵血莲,一种很奇怪的熟悉的感觉浮了上来,似乎有另一个声音在她的身体里吟诵着这些句子。

"荡涤净世,如是我闻。"

仿佛吸收了血月的光华,莲花的颜色越来越红,也越来越艳,甚至映红了半边夜空。在红到极致的时候,血莲绽开了。

"梦幻泡影,皆为虚妄。"

一切都是那样安静,仿佛连风都停止了。

杨淙淙第一次听见花开的声音,那是一种好似怦然心动的声音,却比心跳还要轻。

"痴恨悲欢,终归尘土。"

最后一个字落下的瞬间,杨淙淙的意识模糊起来,然而与此相反,她脑海中的那团混沌却变得清晰,仿佛有一只温柔的手将掩盖在上面的那层薄纱轻轻扯掉。

她看到了修罗魔界,刀光剑影中的女子冰冷无情,杀伐果断。

她看到了九霄云端,女子绝望地坠下,成为一个无法醒来的梦魇。

她看到了女子恳请白衣上仙封印她的记忆与所有魔力,仿佛这样就可以远离所有的悲恻与伤痛。

最后,她看到了万年不化的冰霜,看到了遮天蔽日的风雪,也看到了在那冰天雪地中银衣少年悲伤而绝望的眼神。

风雪中,立着一个紫衣女子。她的手里持着一把刀,刀尖上仍有血的余温。

"原来如此。"少年最后绽出一丝笑容,"希望你以后不要后悔。"

"我,从不后悔。"

她听到自己的声音响起,冰冷得不带一丝温度。

——仿佛她的心。

女子转身离去,风雪忽然大了,遮住了天,遮住了地,也遮住了她眼角无声滑落的一滴泪水。

魔,也会流泪的吗?

早在最初成魔的那一天起,她就已经流尽了所有的泪水。从那以后,她杀伐果断,她睥睨众生,她成为人人闻风丧胆的可怖魔女,她再无一丝感情。

她以为，这一生她都不会再哭。

为什么？为什么偏偏遇见他？

又为什么，他偏偏是龙族……

打开魔界与人间的契印她可以选择其他方式，然而义父的病，却别无他法。她寻遍了世间所有的名医，得到的答复唯有二字：龙血。

刚入魔界时，她几度险些丧命，是身为长老的义父救了她，并传授她所有术法，若无义父，便无今日的她。如今他蒙难，她必须相救——纵使她知道，他培养她究其原因只是为了利用她，以巩固自己在魔界的地位。

对于魔而言，唯有利益，没有感情。而她，终究逼着自己无情。

冰天雪地中，她痛彻心扉。她知道从此刻起，这个少年，将是她一生最大的痛楚。那痛深入骨髓，刻在她灵魂深处，永远无法消除。

雪渐渐小了，阳光从山顶上照耀下来，落在女子的脸上。风从山谷那端吹来，掀起了她的长发。那一瞬间，杨淙淙看到她的容颜。

——那是一张跟她一模一样的脸。

是的，她想起来了，她一切都想起来了。

那些悲伤的、痛苦的、沉重的、难忘的过往，一幕幕在她的脑海里涌现，所有她想知道的往事，此刻都在她的记忆中得到了答案。

她的记忆复苏了，与此同时苏醒的，还有她体内沉睡了千年的魔力。

此时的杨淙淙已经变了模样，她仍是她，却又似乎不是她了。

她的头发变成了姹紫色，仿佛一匹上好的木槿色锦缎，如水光般轻盈。先前粉嫩的嘴唇也染上了丁香色，那是一种冷艳而嫣然的色彩，如迷梦般绮丽。

她不需要再问她是谁，她已然知道了答案。

"千年了……"她抬头望了望天，"可真是久啊。"

她轻移莲步，走了下来。

随着脚步的移动，她的裙摆上有光华流转，似魅离幻影。

她眼眸轻转，望了一圈周围，然后来到了临川的面前，笑道："就是你施展了血莲术，唤我醒来的？"

方才临川一直在旁观，本以为注定要失败，未料到良苑栎的突然出现竟真的使她觉醒了。

第十三章 血莲绽放 故人归

"不错,是我。"

霜隐依然在笑着,甚至笑得越发灿烂了。她笑起来的时候极美,却又带着一种妖媚又诡异的气息,蔓延在冰冷的夜空里。

在临川原本的计划里,是想趁着她刚复苏时和龙湛合力杀了她,夺取她的魔力,然而眼下顾不了那么多了,他直接对她发动了攻击。

霜隐没有躲,甚至她连眼睛都不曾眨一下,无论多么激烈的冲击都无法撼动她分毫,仅让她的发丝和裙摆在风中飞扬。

临川脸色微变,他未料想到只是初觉醒的她,就已经如此强大。

霜隐一扬袖,那朵血莲陡然悬空浮了起来,花瓣中射出无数个绯红光点,箭一般地飞来。临川躲过了大部分攻击,仍有一部分击中了他的手臂,顿时他整个人往后飞了出去,重重跌落在地上。

霜隐走过去,居高临下地望着他:"千年之前你不是我的对手,千年之后,你依然不是。"

临川揩了一下嘴角的血,站起身来,他的眼神里有愤怒,有失落,还有很多说不清的东西。

"我此生只败过两次,皆是在你手下。"

唯有他自己知道,他同她对阵的时候,根本未用尽全力。如今是,千年之前也是。

他似乎有很多话想说,却终究什么都没说出来。他最终望了她一眼,那是同千年之前一样的容颜,然后他的身影渐渐淡去,再也看不见了。

临川离去后,霜隐来到了锦澜仙君面前。

在她觉醒的那一刻,他已经失去了意识,未曾看到她一眼,平日里高高在上的仙人此时已然在昏迷之中,衣衫上血染的红梅变成了牡丹。霜隐蹲下身去,手指轻抚过他的脸颊,带着无尽怜惜。

"锦澜,阔别千年,未曾想到重逢竟是今日这般。"

她还记得他当年的模样,伫立云端,流星飒沓,世间万事万物在他眼中都渺若微尘。若非因为她,他也不会变成现在这样。

她将手放在他的胸口,能感受到他体内经脉尽断,而他的心脏已经逐渐冷了下去。她叹了口气,起身来到龙湛身前。

自她出现的那一刻起,他的目光便一直在她身上。他身受重伤,胸口的血依然在

泪泪流出,而他却似看不见一样,眸中唯有她的身影。

"龙血如此珍贵,你却任其流淌,我是否该说你太过浪费?"

她对他嫣然一笑,这一笑却同方才不同,那是极纯净的笑容,不带一丝邪气,笑起来的时候如莲花盛开。

他未曾想到她开口对他说的第一句话竟是这样,一愣,正想说什么,女子却竖起手指落在他唇边:"嘘。"

同一时刻,她另一只手掌贴近他的伤口。他感到源源不断的暖流涌了进来,流到所有的穴道和经络中,然后汇聚到身体的中心。

那暖流,正是她的魔力,她将力量渡给了他。

他心里一惊,浑身却仿佛被控制住了一般不能动弹分毫,只能任由那暖流流遍他的全身。

她嘴唇轻启,传出神秘而悠长的吟诵之声,如龙吟一般。这吟诵声轻柔和缓,好似寺院中升腾的青烟袅袅,它又触动人心,像无边大海上彭湃的波涛。

她所吟诵的,正是龙族最为古老而神秘的咒术——龙吟诀。在这吟诵声中,他的伤口正在渐渐愈合。

"你……"

他惊诧得不能自已,却忽然有一段对话响起在他的脑海之中——

"姐姐姐姐,我教给你一个咒术好不好,可厉害了,可以治愈伤口的,这样你以后就不怕受伤啦!"

不谙世事的少年并不明白,这种古老的咒术只是对他人有用,对自己却并无作用。他甚至不知道在救助他人的时候,要花费施术者极大的灵力。龙吟诀原本是严禁外传的,可他顾不了那么多。他担心她,她有太多敌人了,总是受伤,他只是希望她能好一点儿。

"我才不学,那是你们龙族的术法。"

"姐姐,你学嘛,对你有用的。"说罢,他也不管她听不听,在她耳边就念了起来。那咒语很长,等全神贯注地念完,才发现女子已经不知什么时候睡着了,睫毛还在微微地颤动。他十分郁闷,却又不忍心吵醒她,于是闷闷地走开。

那么多年了,他以为那时候她根本没有听进去,谁知道她今日竟用它为他疗伤。

终于,咒术念完,她收回了手,略显疲惫。他想谢她,却听到她先说了声:"对不起。"

第十三章

血莲绽放 故人归

她的声音很低,如夜风拂过花瓣,却令他的视线陡然间模糊起来,他知道她是在指什么。

"你恨我吗?"她说。

"恨。"

她的眼中划过一丝失落,苦笑:"我让你受了那么多痛苦,你恨我是应该的。"

他却摇头:"但是……只恨了一瞬。我恨你,并非因为你杀我,而是因为你骗了我。"

他只恨了她一瞬,在得知真相的那一瞬。他并不惧死亡与痛苦,纵使是恨,也是因为太过在乎她罢了。

她的眼中浮上惊诧的神色,随后,化作点点波光。

"我曾以为老天对我不公,如今方知上苍怜悯。"

她望着锦澜仙君,望着龙湛,想象着说要陪伴她一世的沈仪心,还有化作她心脏的江月明……她是有多幸运,才能得到如此多的爱与守护。

想到他们,她感到无比心疼。

她说:"临川召唤血莲,我由之醒来。但我本无意觉醒,对我来说,若能一直沉睡下去,才是最好的选择。"

她的身体里有两重意识,一个是沉睡着的霜隐,另一个是如今的杨淙淙。霜隐的记忆里承担了太多的痛苦,而她只愿杨淙淙忘记过去的一切,平安喜乐,度此一生。

"你想救你的兄长吗?"

龙湛愣住了,他没想到她会突然问他这个问题。

若说不想,那是不可能的,可兄长已经化作杨淙淙这副身体的心脏,若他复活,她便会死。

这是一道致命的选择题,他无法抉择。

似乎看出了他的想法,她说:"其实,还有第三种选择。那便是用'霜隐'代替他,成为杨淙淙的心脏,这样他便可解脱。"

"可这样你就……"

"我造下太多罪孽,所到之处唯有仇恨和痛苦,我是个不祥之人,太多的人因我而死,若能因为我的消失而拯救我所爱所念之人,便是我最大的心愿。"她说,"霜隐不该存在,该存在于这个世上的是杨淙淙。"

她继续说道:"我方才将一半的灵力给了你,另一半,我将会给锦澜仙君。他的

211

生命同我捆绑在一起，此消彼长，两个人之间唯有一人能生。如今我醒来，他的生命已在逐渐流失，唯有我的彻底消失才能换来他的苏醒。"

"若他知道，必然不会让你这么做的。"

"就是因为知道他会阻拦，所以我才先救你。"她撇嘴，"他太固执，像个老古董，我才不想像杨淙淙那样被他训斥。"

这个时候她依然开得出玩笑，他的心情却沉重无比。

他看着她走到锦澜仙君身边，一点点将灵力灌输进他的身体里去。他依然在昏迷，面色却已逐渐舒展，而她身上的光华却逐渐暗淡了下去。

做完这些，她走回龙湛身边，显得有些疲惫："我的时间没有多久了，所以有些事情我必须要尽快告诉你。"

他望着她。

她的面色严肃起来："当我离开后，你的兄长将会重生，但无人知道他会重生在世上的哪个角落，能否重逢全未可知。但你无须太过担心，人各有命，皆有造化。"

说到这里，她一伸掌，那朵硕大的血莲便自行飘了过来，逐渐缩小，最终化作掌心大小的一朵红色莲花。

"替我将它交给杨淙淙，我没什么能给她的，唯有这朵花，就当作个纪念吧。"她将它放在龙湛手中，"她脑海中和我有关的这段记忆，我不打算再抹去了，就让它留着吧。她便是我，我便是她，虽然我作为'霜隐'这个意识消失了，但杨淙淙还存在，她有权利知道曾经发生的一切，不用担心，我相信纵使她知道了这一切，也依然能够笑对人生。"

他默默从她手中接过血莲，花朵冰凉柔软，如一滴泪滴在他掌心。

"还有你，我最放心不下的便是你。"她说，"虽然我将灵力给了你，但毕竟并非同源，你要化为己用需要很长的时间，加之伤魂对你造成的伤害，你需得暂时避世好好修炼，待身体彻底恢复、灵力完全融合的时候，方能出世。到那时，间将无几人能与你匹敌。"

她语重心长，谆谆叮嘱，他的心情却越来越沉重。

她掩嘴一笑，忽然伸出手去轻轻揉了揉他的头："你这表情，怎么像吃了苦瓜似的？"

一下子，他愣住了。

这个熟悉的小动作，千年之前她也曾做过，在他们刚认识的时候，他还记得他那

第十三章

血莲绽放 故人归

时别扭地躲开,却悄悄红了脸颊。那时候他年纪尚小,同她差不多高,而如今他比她高了一头还多,她须得踮起脚来才能勉强触到他的头顶。

他忽然有些哽咽,眼前她的身影开始模糊起来。

月血的赤色已经渐渐褪去,女子的周身散发着珍珠般温婉的光华,仿佛要融到那月色中去一般。

他有些慌了,想去扯她的衣袖,手指却从空气中透了过去。

"人有悲欢离合,月有阴晴圆缺,此事古难全。"她说,"无须为我的消失而难过,我并非离开,而是以另一种形式陪伴在你身边。"

在他的身体里,她的灵力散发着源源不断的能量,温暖着他的灵魂和他的心。在今后漫长的岁月里,她将一直陪他走下去。

"姐姐!"终于,他唤出那两个字。

这千年来不曾唤出口的称谓……在他心中,始终只属于她一个人。

"姐姐,"他说,"还记得当年你对我说的最后一句话吗?"

她紧抿了嘴唇,缓缓点头。当年的情景浮现在眼前,她仍记得举刀向他时,她心里那撕心裂肺的疼痛。他说她是他唯一的朋友,而对她来说,他又何尝不是?

然而,她只能让自己冰冷决绝,她故意说出那些冷漠的话,是因为怕自己心软。

她并非无情,却只能逼着自己无情。

"我,从不后悔。"那是她对他说的最后一句话。

此时此刻,龙湛望着她:"这么多年了,而现在我只想问你一句,你是否真的从未后悔过?"

女子的身影越来越淡,如镜花水月,渐渐看不见了,唯有声音响起在月色下。

"我此生最后悔的事,便是与你相识。"

这句话她想说很久了,如今终于说出口。而其实只是一半,她终究没有勇气说出后半句——

"我此生最幸运的事,亦是与你相识。"

何以飘零去,何以少团栾。

何以别离久,何以不得安。

……

她的身影彻底消失,仿佛从未出现过一般。从此在这世上,再没有一个名唤霜隐的女子,她的名字同她的故事一样,化作遥远的尘埃。

圆月中的血色彻底消失,清辉洒满人间。

年轻的男子立于月下,思念着那个再也不会回来的人,最后一次念起她的名字。

"霜隐。"

当时明月在,曾照彩云归。

数年后,凝光镇。

天刚蒙蒙亮,早市上便已十分热闹。早起的渔民们已经出海归来,售卖着新鲜捕捞上来的海货,采购的人们穿梭其中,讨价还价,熙熙攘攘。

在一个不起眼的角落,一个包裹着头巾的小姑娘怯生生地坐着,面前的小篮子里放着一些五颜六色的贝壳,不过大多数人似乎对此并没有什么兴趣,偶尔有几个人驻足,也是看了一下便走开了。

"哇,好漂亮的贝壳!"有个小男孩跑了过来,眼睛亮晶晶的。

"小宝,跑慢些,娘快追不上你了。"有个妇人气喘吁吁地跑过来。

"娘,你看,它们在发光呢!"小宝捧起一把贝壳,眼神里充满了憧憬,"今天是奶奶的生日,我买这些回去送给她,她一定会很开心的!"

"姑娘,这些贝壳卖多少钱?"

"这……这……"小姑娘绞着手指,结结巴巴,"我……我不知道,你随便给点儿就行了。"

妇人显然有些吃惊,上下打量了她一番,忽然明白了什么,笑了笑,将一块碎银子放在她的手中:"这篮贝壳我们都要了。"

"谢谢!今天也是我妹妹的生日,我终于有钱给她买礼物了呢。"

小姑娘又惊又喜,连连道了谢,将篮子郑重地交给小宝,然后哼着歌儿,开开心心地进了一家胭脂铺。

"娘,那个姐姐的头发怎么是蓝色的呀?"即使是在头巾下面,小宝也看到了她未遮住的几缕发丝。

妇人望着小姑娘离开的背影,答:"她是鲛人。"

"什么是鲛人呀?"

"鲛人,是一种和人类一样的生物,只不过他们大多数时候都生活在海里。小宝,你要记得,鲛人是人类的朋友。"

"嗯,小宝记得了!"小宝用力点头,"小宝也要做鲛人的朋友!"

晨曦中,妇人牵着小宝,缓步离去。

看到这一幕,一直在一旁的杨淙淙分外感慨。她未曾想到,只是短短几年,人类和鲛人之间的关系就发生了如此巨大的变化。

几年之前,凝光镇几乎毁在良苑栎的手上,人去屋空,民生凋敝。良苑栎死后,当朝皇帝借此机会清肃朝纲,将其一干势力全部铲除,并下了一道极严的政令:严禁

第十四章 云卷云舒又一春

任何人抓捕鲛人,以及获取、售卖、购买鲛人泪,一旦查实,格杀勿论。此外,若是有保护鲛人等行为,则会予以奖励。

人类和鲛人的关系逐渐缓和下来,鲛人终于可以自由自在地生活在这世间,享受着清新的空气和明媚的阳光了。但即使如此,也依然抹不去过去那么多血与泪的伤痛,大多数鲛人依然生活在遥远的深海中,避免跟人类接触,偶尔有些胆大的年轻鲛人会好奇地来人间看看,也是鲜少能见到。

不管怎样,那段最黑暗的日子已经过去,光明正逐渐来临。听听风和雨的声音,看看霜和雪的模样,还有飞鸟掠过天际的声响,阳光照耀在身上温暖的感觉……这些鲛人曾经可望而不可即的一切,终于渐渐不再是梦想。

经过当年一战,凝光镇已几乎成为一座空城,经过数年的复建,虽然始终不比昔日繁华,终究也慢慢人气旺盛起来。

从前的璨星楼已经被完全拆除,所在的地方新建了一座龙神庙,日日都有虔诚的人们前去上香祈祷。人们都说,是因为有龙神的庇佑,凝光镇的百姓才能重新过上安居乐业的生活。

当年的那夜之后,杨淙淙醒来,和霜隐有关的过往清晰地浮现在她的脑海中,所有她曾忘却的往事都回到了她的记忆里,她全都记了起来。

霜隐说的不错,她远比所有人想象中坚强。那些往事固然有痛苦,有遗憾,但她终究坦然接受了这一切。无论喜怒哀乐,悲欢离合,那都是真实的她。

霜隐消失了,如雪泥鸿爪,没有在这世间留下任何痕迹。

除了那朵血莲。

龙湛将它交给了她。小小的花朵绽放在她的掌心,花蕊中似乎还有晶莹的露水,一漾一漾的,仿佛谁的泪。那是从前的她给现在的她的礼物,千年了,她和她终于以这种形式见面。

她将那朵莲花戴在发间,它不会枯萎,绯红娇俏,竟然分外好看。

那一夜过后,杨淙淙回到浮波城,沈仪心还在那里,双眼布满血丝,分明一夜未睡。见她回来,他一下子把她拥进怀里,仿佛怕稍微松开一点儿,她就会离开,不再回来似的。

她鼻子一酸,拍着他的肩膀:"好啦,我会跟你在一起,再也不会离开啦。"

"真的?"他委屈得像个孩子,"如果你食言呢?"

"食言而肥,"她说,"如果我食言了,你就胖到两百斤。"

"一言为定!"沈仪心开心地笑了,忽然又仿佛意识到了什么,摸了摸头,"欸?不对……为什么你食言了,我要胖到两百斤?"

他那后知后觉的样子逗得她"咯咯"直笑,旁边同她一起回来的龙湛也笑了,却没有人注意到他眼底那淡淡的失落和哀伤。

她终究不是他的,她的心也只在另一个人那里。

回到浮波城后,龙湛命人放了朱樱和顾之臻,并给了他们他的一滴血。有了它,幽归散的诅咒足以解除,他们也可以过上向往许久的平凡生活了。

朱樱终于看明白了自己的感情,知道什么是爱、什么是不甘,也知道了顾之臻才是数百年来一直陪伴在她身边的那个人。她所有的执念,也就此放下。

临行之前,朱樱向杨淙淙道别。

"我曾告诉自己要永远记得,如今才明白,能够忘记其实也是一种幸福。"她握了握杨淙淙的手,"珍惜身边人。"

除去绫罗绸缎,换上粗布衣衫,她终于找回了真正的自己和自己的心。

在浮波城休整了几日后,杨淙淙和沈仪心也告别了龙湛,去继续游历了。

他们走的时候,龙湛正在闭关修炼,并没有去送她,杨淙淙心里总是有些遗憾。她却不知当她离开海面的时候,龙湛望着水镜中女子的身影,怅然长叹一声。

琴幽走进来,陪在他的身边。他们一直望着杨淙淙和沈仪心的背影越来越远,最终消失在天边。

离开浮波城后,两个人先是去了施家屯探望施员外夫妇。数年未见,当初离家的小男孩已经长成了英武青年,而父母则已年迈。沈仪心跪在这一世的父母身前,叩谢此生养育之恩,直令老两口无比欣慰又泪流满面。

在施家屯住了些时日,两个人再次踏上了路途。虽心有牵挂,却不能只驻足一处,还有许多事情要去一一经历,方能变得更加强大。

锦澜仙君也回到了仙界,他看上去和从前没什么不同。他人缘极好,杨淙淙在人间犯了仙规的事也被他托熟识的神仙给压下来了,故而她才能自由自在地继续游荡。

杨淙淙曾去探望过锦澜仙君,他依然在他那个小菜园里修修剪剪,种瓜种豆,悠然自得。家门口的柿子树上的柿子被他摘了下来,做成柿饼,杨淙淙吃了一个,又甜又软,好吃极了。她还想再吃一个,刚伸出爪子就被他一掌拍回来。

"不能多吃,牙会坏的。"

"仙君,"她撒娇,"我又不是小孩子,多吃一个没关系的。"

第十四章

云卷云舒又一春

锦澜仙君不理她，自顾自地干活儿去了，杨淙淙偷偷摸摸地藏了几个在怀里，打算悄悄地带走。谁料一转身，锦澜仙君正站在她的身后。杨淙淙做坏事被抓包，正心虚呢，只见他拿了个小竹篮子出来，里面满满的全是柿饼。

杨淙淙满心欢喜地扑过去，却听到他一脸正色地说道："这是给我徒孙的，没你的份儿。"

他说的徒孙，正是沈仪心。

杨淙淙气得跺脚："你偏心！"

锦澜仙君不理她，悠悠地扛着锄头，下菜园去了。

杨淙淙跟了过去，只见他正小心翼翼地给一棵西红柿锄草。那棵西红柿长势极好，顶端结了一个红彤彤的小果子，杨淙淙见了欢喜，正想去摘，却被他阻止。她不明所以，却听到锦澜仙君对那棵西红柿说道："西西，来见过淙淙姐姐。"

什么？他又养了一个小妖精？

"砰"的一声，一个长得圆乎乎，脸蛋红彤彤的小姑娘出现在眼前，看着只有人类的三四岁大，站都没站稳，奶声奶气地说："淙淙姐姐好。"

杨淙淙心里酸溜溜的，却又不能在小家伙面前失了面子，故作冷酷地摆了摆手："唔。"

西西感觉到这个大姐姐似乎不喜欢自己，可怜巴巴地望着锦澜仙君。锦澜仙君摸了摸她圆圆的小脑袋，说："去玩吧。"

西西蹦蹦跳跳地走了，留下杨淙淙郁闷不已。

"淙淙啊。"

杨淙淙浑身一颤，有一种不祥的预感。

"仙君我先走了……"她提着那篮子柿饼就想溜，却被锦澜仙君拎了回来。

"景若仙子上回送给我一包西红柿种子，我竟无意间又种出了一个小仙子，觉着可爱，就把她留下了。她有些淘气，总想去人间玩玩，但我又不放心她一个人去。你看……"

"咳咳，人间险恶，还不如留在仙界安全得多。"

"也有道理。"锦澜仙君笑眯眯地说，"那这样的话，你把柿饼还给我吧。哦，对了，先前吃了的那个也要还哦。"

杨淙淙一下蔫了，吃人家的嘴软，拿人家的手短，她现在是又吃又拿，没辙了。

她最大的软肋就是吃，他早就看透了这一点，拿定她了。

天哪！这世上最可恶、最腹黑、最欺负人的人，非锦澜仙君莫属了！

"好吧。"杨淙淙悻悻地答应，看着远处那个还毫不知情的小姑娘，心里默默为自己哀悼，希望这个小家伙不要太难缠啊！

"天将降大任于是人也，必先让她吃饱吃好。"锦澜仙君满意地点点头。

杨淙淙牵着西西去往人间。一路上，西西化身好奇宝宝，一直发问。

"淙淙姐姐，听说你是一颗洋葱？"

"淙淙姐姐，听说你有一个朋友，是颗蒜头变成的，叫白算算，是真的吗？"

"淙淙姐姐，你干吗不理我呀？"

"淙淙姐姐，你最喜欢吃的东西是什么呀？"

杨淙淙实在被她问得不耐烦了，故意说道："我最喜欢吃的，是西红柿炒鸡蛋。"

西西吓得抖了一下，小嘴抿得紧紧的，噤了声。杨淙淙在心里觉得好笑，突然觉得这个小家伙也有几分可爱。

日暮已至，一大一小两个人影手牵着手，缓缓向人间走去。

月亮渐渐自东方升起，夜风微凉，拂过两个人的脸颊。

有遥遥的歌声不知自何处飘来，回响在天际。

闲梦花落，独忆兰汀。

相思何处，念君无声。

霜烟俱静，万籁皆隐。

一江春水，半弯月明。

——本季完——